折口良乃
Yoshino Origuchi
イラスト† KeG
死想図書館のリヴル・ブランシェ
Livre Blanche

「私の名前はリヴル・ブランシェ。

黒間イツキ様の従僕を命じられております。

どうか何卒、よろしくお願いいたします――」

黒間イツキ
【くろま―いつき】

人間の一個体。高校一年生。人格は純粋無垢でお人よし、頼みごとを断れないが怖い顔と乱暴な言葉遣いが多いために誤解されることが多々ある。生まれながらに驚異的な速記能力を持ち、たとえば十分間よどみなく喋り続けた人間の言葉を、一言一句逃すことなく正確に板書することができる。

リヴル・ブランシェ
【りぶるーぶらんしぇ】
死想図書館の司書。また管理人であり封印者。別名『真白き本』。
封印業務に関しては、『筆記官《ライター》』の協力を必要とする(その命に
逆らう事は絶対にない)。

「おお、イッキか。遅かったの。ふふん、どうじゃ。
女神の裸体を見れるなど滅多にないぞ。存分に堪能するがよい」
エレシュキガル
【えれしゅきがる】
古代メソポタミア神話の冥府の女王。別名アラツ。
全ての死と生を管理する神の名前の一つ。世界の
創世は彼女によって行われ、終末は彼女が決める。

矢口未耶
【やぐち－みや】
人間の一個体。高校一年生。黒間イツキの幼馴染みで同じクラスの女子。委員長も務め、持ち前の明るさと統率力で元気にクラスを引っ張っているが、同時に半分くらい空回りもしている。意味不明なニックネームをつける癖がある。
「くっそう。時間だというのに、
進路希望用紙をまだ数人だしてないぞー!?」

「イエス、マイライター。
溢れる想像により、無二の幻想を創造してください」
（検索完了。『フィヨルスヴィズの詩』と、記述内容が合致しました）
（『炎と嘆きの枝《レーヴァテイン》』、具現化《アップロード》します）

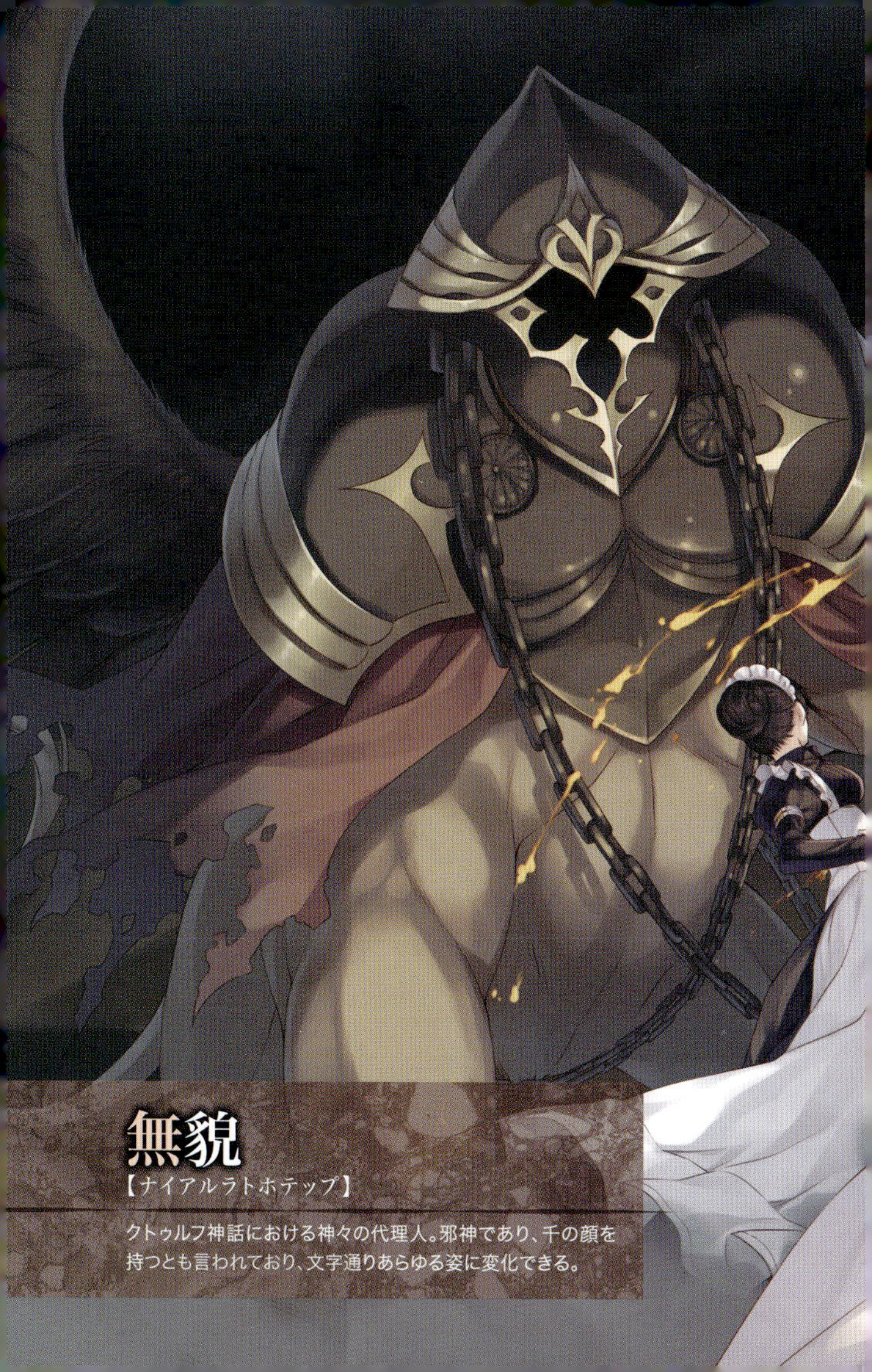

無貌

【ナイアルラトホテップ】

クトゥルフ神話における神々の代理人。邪神であり、千の顔を持つとも言われており、文字通りあらゆる姿に変化できる。

目次

死想図書館【しーそうーとしょかん】

冥界女王エレシュキガルが統括する、『この世に一冊とてない図書』である『死書』を保管・管理・整理・封印するために作られた、いわば死の図書館。そこにある死書の存在はこちらのさかしまであり、現実において存在するのならば死想図書館に送られることもない。

『死書』とは、主に以下の四種にわけられる。

一、現実において焚書、または禁書となって消失した古書、希少本。

二、架空の本。架空の物語の中で存在するが、実在しないもの。

三、改変、変更が多岐にわたり、今日かなり変質しまっているものの原書。
　主に魔導書など。

四、本の体裁をとっていないため、内容が失われたもの。
　本に編纂されて収められている。主に口伝の伝承や石版などがあげられる。

Livre Blanche

死想図書館のリヴル・ブランシェ

第一章

『真白き本』、あるいは夢の中の胡蝶に似る思索

Livre Blanche

宝石のような真紅。眩《まばゆ》く輝く街の色。とある童話に、エメラルドの街の話があった。もしこの光景がそれと似た、ルビーで作られた都市の風景だったとするならば、彼にとってはどれだけ良かっただろう。

ルビーの街が揺らめく。蜃気楼《しんきろう》のように。彼がいた街を、幻《まぼろし》のように紅《あか》い炎が食らいつくしていく。あとに残るは灰燼《かいじん》のみ。真っ白な灰。全てを埋め尽くす白い白い灰。

彼は、本当の無というものは、黒ではなく白なのではないかと思った。雪も、灰も。その下にどんなものがあろうと、埋め尽くしてしまう悪魔のような白。だって、宇宙ですら無ではないのだから。空に浮かぶ空白には闇《やみ》が充塡《じゅうてん》されている。もし本当になにもない無があるとするならば、それは完璧《かんぺき》に漂白《ひょうはく》された純白以外ではありえないだろう？

そうだ、あの悪魔も、白い髪が映えていた。誘惑をするためなのだろうか、とてもとても美しい女の姿をしていた。甘い言葉に惑わされた自分のせいでこんなことに。建物を侵略《しんりゃく》し、人々に終わりを告げる災厄《さいやく》の炎。

悲鳴が聞こえたが、彼は耳をふさがなかった。その声を聞くのはもちろん苦しい、胸を荒縄《あらなわ》で締めつけるような痛痒《つうよう》と絶望感。だが、それでもこの声を聞き続けなくてはならない。これは自分への罰《ばつ》なのだと、彼はどこか自滅《じめつ》的な理論でそう結論付けた。マゾヒズムにも似た、破滅者の理屈《りくつ》。

優雅な足音が、彼の耳に響いた。あの、炎の悪魔なのだとすぐにわかった。そうして彼は思い出す。悪魔と契約した時のことを。あの時、悪魔はハチミツのように甘い言葉でもって、彼の力になると約束した。よく覚えている。その結果が、この燃えさかる街なのだから。

みじめな彼を、炎の悪魔は最後まで嘲笑《あざわら》う。約束したものを手にするために、悪魔は彼の背中に手をあてる。彼は呻《うめ》いた。もうどうすることもできなかった。暗い暗い悲嘆のなかで、彼は苦悶《くもん》の声をあげ続けるのだ。

悪魔の腕が彼の胸を貫通してその心臓をえぐりだす瞬間《しゅんかん》、彼は生まれて初めて神に祈った。祈りが終わる前に、二度と明けぬ夜が彼に訪《おとず》れた。

そこまで読んで、俺は顔をあげた。授業が終わり、ホームルームが始まるまでのほんの短い喧噪《けんそう》の光景があった。手にした文庫はシリーズものの三作目で、もう何回か読んだ話だった。そろそろ売ろうかな、とすら考えている。

面白《おもしろ》くないわけじゃない。こういう話を好む人だっているだろうとは思う。けれど、俺はあまり好きになれなかった。気に入らないのは登場人物で、悪魔と契約するこいつらは実に簡単に自分の命をさしだすのだ。誰かを守るためだとか、ゆずれない大切なものがあるのだとかいう理由で。

勝手に悪魔に命をとられて死んでいけばいい。そう言うやつもいるだろう。でも俺はどうしても言いたいのだ。そんな風に自分の命と守りたいものを天秤《てんびん》にかけないで、どっちも得られる方法を探せばいいじゃないか、と。勝手に袋小路《ふくろこうじ》に入らないで、もっと冴《さ》えたやり方を探せばいいのに。

潔《いさぎよ》く死んだらかっこいいなんて思ってんじゃねえ。

もっとも、そんなもの一読者の適当な感想にすぎなくて、このラノベの作者はまた同じような話を書いていくんだろう。それが好きってヤツもいるだろうが、でも俺はもう飽《あ》きた。文体も軽くて、俺の好みじゃないし。

本は好きだった。最初に読んだのは芥川《あくたがわ》だっただろうか。雑食動物のように、面白《おもしろ》そうと思ったものには手を出していった。図書館だって頻繁《ひんぱん》に利用する。ああ、でもほとんど文庫だな。やっぱり持ち運びできないほど重いのは不便極まりない。物理的に軽いものならば『雨月物語』も『夏への扉』も『クトゥルフの呼び声』も『アンナ・カレーニナ』も『斜陽』もなんでも読む。

それに、俺は買った本は何回も読む。気に入ったら五回十回と繰り返して読む。同じ五百円で買った本なら繰り返して読んだほうが得だしな。

でもこれはもういいや、と飽きてしまった文庫本をスクールバッグにしまって、胸ポケットに入れていた眼鏡をかけた。あまり度が強いものではないので、本を読む時ははずしたほうが都合いい。もっともメガネのせいで目つきが悪くなり、顔が怖《こわ》いとかヤクザの息子だとかいわれのない風評を一身に浴びている現状を考えれば、いっそコンタクトに変えたほうが良いのかもしれない。

「あやや？　読書タイムはしゅーりょーですかぃ黒間《くろま》くん？」

「ええ、もう終わりです。ていうかもうすぐホームルームだろう」

隣《となり》の席から囁《ささや》くように、矢口未耶《やぐちみや》が声をかけてきた。どうでもいいが未耶って名前は意外と発音しづらい。みゃーとかいう呼び方はどうだろうと思ったのだが、彼女はどちらかというと猫より犬に近い生真面目《きまじめ》少女だった。なにせ委員長だからな。

先生に注意されない程度に染めた髪も、なんか犬の毛っぽく見えるんだよ。えーと、コーギーとか。そのへんだな。多分。犬種くわしく知らんけど。

「あのねのね、あたし眼鏡のないイツキが好きなんだけど……ぽっ」

「あー、もう何度も聞いた。眼鏡とった瞬間《しゅんかん》写メらせてとも何度も言われた」

全部断ってるが。なにせ俺は写真うつりが極端に悪い。犯罪者みたいな形相《ぎょうそう》になる。

なんてやってるといつの間にかホームルームが始まっていた。教壇《きょうだん》の上では、もうクラスの名物教師となったおじいちゃん先生が細々とした声で連絡事項を伝えている。なにが名物かって、あの小刻みに震えているじいさまの前ではどんな不良でも大人しくなるのだ。だって、ほら、怖いだろ？　なにか言い返した瞬間、目の前でふわーっとじいさんが倒れてそのままお亡くなりになったら。そんなわけでクラスは今日も不自然な静けさに満ちている。刺激与えたくないからなあ。

ま、静かなのはみんな疲《つか》れているのもあるだろう。授業最後のホームルームなんて気だるい。だからこそ、これから帰宅にせよ部活にせよ、授業から放課後となる一瞬にある種の解放感があるのは間違いない。

「あー、せんせー！」

もう終わりという段になって、未耶《みや》が手をあげた。背筋を伸ばした良い姿勢。こういうとこに人柄《ひとがら》って出るんだよなあと思う。

「委員会から連絡あるので、ちょぉーっと時間もらってもいいですかー？　あ、五分！　五分で終わらせるからたりぃーめんどぉーって顔しないのそこ！」

最後のほうで教室後方の男子群に、人指し指をびしっと突きつけた。彼女は人望があるクラスの中心。みなの時間を五分くらい借用するぶんにはブーイングはない――が、彼女の手にある連絡事項の書類は、どう考えても五分で終わる分量ではないのである。

「イッキー、ほれほれ。出番だぞー？」

「どうでもいいがお前俺の呼び方いい加減統一しろ」

そしてその呼び方はどこぞの遊園地のネズミを彷彿《ほうふつ》とさせるからやめやがれ。

未耶が委員長なら、俺は書記である。副委員長の男は俺のすぐ後ろであくびをかみ殺している。自分が口を挟《はさ》んでもタイムロスにしかならないことをよく知っているようだった。

未耶が教壇に立つ。俺はそのすぐ後ろでチョークをもつ。すう、はあ、すう、と未耶が深呼吸をしながら、携帯《けいたい》で五分タイマーをセットした。そういう厳格さはこっちのプレッシャーが無意味に増すんだが。

「じゃ、始めまーす」

「まずは下校時間ですが最近下校時間を過ぎても校内に残っている人がいるので先生がたがプンスカしておるですので気をつけるよーにこの注意があってもあんまり効果がない場合は下校時間を早めるのと先生たちによる見回りとゆー非常にめんどくさいことが発生するのでやる人は肝《きも》に銘《めい》じろっていうかこのクラスじゃああたしがやらせねえ次に生物の綾川《あやかわ》先生からですが『今度の解剖《かいぼう》で豚《ぶた》の眼球を使うが色々と準備が必要なので手伝ってくれるグロマニア募集中』だそうですちなみに綾川先生の美貌《びぼう》見たいだけの人は却下《きゃっか》だそうっすきゃーセンセーかっくいー具体的に言うと眼球にくっついている視神経の切除だそうでそこ八谷《はちや》さん目をキラキラさせて喜ばないっ希望者は直接先生までどぞーあとしーんろきーぼーう！　すう。はあ。もー！　何人だしてないのさ！　期限今日までだってわかってんのきちんと提出してくださいでなきゃあたしが家庭訪問しちゃいますぜくふふふふふお宅の娘さんまだ進路希望用紙だしてないんですぜーなんとか言ってくださいよーって言われたくなかったらきちんと提出してくださいもう二年っすよーアタシ五時まで居残ってるからねー書記と副委員長も一緒なんでこわーい黒間《くろま》イツキくんに睨《にら》まれたくなかったら早くだすようにつっぎはー明日の昼休み各部活の部長さんは生徒会からの予算について連絡があるので該当《がいとう》する人は必ず行ってくださーいあたしちゃんと言ったからねあとで聞いてないとかなしねー行かないと予算大幅削《おおはばけず》られることもあるそうなんでそこんとこお気をつけてくださいなあれーでもこのクラス該当する人は一人か二人だったよなまあそこはあたしには関係ねえっすそれと昨日の昼休み堂々とえっちい本広げてた恥知《はじし》らずなそこの男子どもさっさと頭下げて取りにこんかーいこの十七歳の乙女《おとめ》になんつーもん没収《ぼっしゅう》させとるかドアホー！　うんよし以上っす！」

はえーよ！　という声があがる。ごもっともだと思った。未耶《みや》さんが喋《しゃべ》り終わるまで待っていました、という健気《けなげ》さすら感じるタイミングで携帯《けいたい》がぴぴぴと鳴る。ちなみに俺は聞きとれたものの、意味内容はほとんど理解していない。うん、ほとんど右から左。手が忙しかったし。

「まーまー。ウチには秘密兵器がおりますので。クロちゃんできたー？」

「待て。あと少し」

あとそのサイボーグ的なネーミングはもう使うな。リアルに兵器じゃねーか。

カカカッ、とラストの文章を黒板に書きこむ。これまたはえーよ！　という突っ込みがあったがお前らいい加減慣れてくれ。俺の唯一《ゆいいつ》の特技はこういう形でしか活《い》かせないのだから。タイムは五分と十五秒というところか。

「はいオッケー。聞きとれなかった人は黒板見とくよーにいいわねー？」

黒板にはずらりと未耶が喋った内容が書かれている。もちろん書いたのは書記であるこの俺、黒間イツキ。かいさーんという委員長の号令で、クラスの連中はがやがやと騒がしく散っていく。

特にとりたてて長所のない俺の、唯一無二の得意技。それがこの高速筆記。別に文章を考えるわけじゃない。黒板に書いたのだって未耶のセリフをそのまま書いただけだから微妙《びみょう》に読みにくいよねーとすぐそこの女子三人に不評である。ただ字が汚くて読めないと言われたことはない。

未耶のセリフそのままなのは、文章を考えている暇《ひま》などないからだ。彼女の喋ったことをそのまま書いていかないと追いつかない。見やすくなどできるか。逆に言えば、彼女の早口に追いつく速さで筆記ができる、ということだが。

この特技のせいで、クラスの書記としての地位を完全に確立してしまっている。普通書記などいてもいなくてもいいようなものだが、俺の場合はしっかり有効活用されていた。クラスの連絡メモ代わりである。

喋るのと同じ速度の筆記。これを活用した仕事ってあるのかね。裁判の筆記官とか？　今どきパソコン使うよな。いくら速いってもキーボードには勝てないわけだし。

「うおーいっどこ行くクロマル！」

「お前本当にいい加減にしろよ呼び方」

「今の話聞いてなかったのっかっよー？　進路希望用紙の提出今日まで！　あたしら残るの！」

　ざわざわと部活に帰宅に足を進めるクラスメイトたち。たとえ俺たちが五時まで残っても、果たして何人分回収できるだろうか。

「…………俺の意思、無視？」

「顔が怖《こわ》ーいって噂《うわさ》のイツキも一緒に待ってれば、みんなびくびくびくんと怯《おび》えてきちんとだしてくれるだろうし？」

「なめてんじゃねえぞ」

　委員長が正々堂々とクラスメイトを脅迫《きょうはく》か。しかも俺を使って。

「帰るぞ俺」

「あー、いいのかなそんなこと言ってもー。たまってる仕事丸投げしちゃうぜー？」

「いやそれお前の仕事……」

「ぜー？」

　語尾だけ繰り返して恐喝《きょうかつ》してくる。本来俺は関係のないはずなのに。大体、顔が怖いのを利用するとか名誉《めいよ》棄損《きそん》で訴えてもいいんじゃないだろうか。こっちは好きでこんな顔になったわけじゃない。目つきが少々悪いだけだ。

原付の免許《めんきょ》を子供に見せたら泣かれる、と未耶《みや》に言われたのは半年前だったか。

「ジュース一本な」

けれど、中身はただのお人好《よ》し。ここで無視して帰ると胃が痛んでしまうナイーヴ黒間《くろま》くんなのである。笑うなら笑えよ観客ども。そんなのがいるか知らねえがな。


「あ、あ、あの……黒間くん、こ、これ」

「ああ」

「お、遅れてごめんなさい。色々悩んじゃって、あの、委員長にもよろしくって……」

「わかった。伝えとく」

「ひっ……じゃ、じゃああの、また！」

終始未知の怪物《かいぶつ》とコンタクトしているような態度で、彼女は教室を出て行った。彼女は進路希望の用紙を俺に渡しただけ、のはずなのだが——俺が頷《うなず》いただけで悲鳴をあげたぞ。いくらクラスでも気弱なほうの女子（当然のようにメガネ装備）だからって、あの怯えようは尋常《じんじょう》じゃない。

そんなに俺の顔が怖いのか。

「こーらー、いーちゃんまーた脅《おど》したのかー」

すれ違いざまに教室に入ってくるのは未耶《みや》だった。

お前がいてくれれば無駄《むだ》に怯《おび》えさせずに済んだんだよ。全力で後ろ向きな戯言《ざれごと》は弄《もてあそ》ばないつもりだからもっと普通に呼んでくれ。俺を利用しようとした委員長様はハンカチで手を拭《ふ》き拭き。ちょいはずすねーとか言うからなにかと思えばトイレに行ってたらしい。

結局、俺たち二人で残ることになってしまった。副委員長の男子は居残りさせられる気配を察したか、俺と未耶が問答しているうちに逃げてしまったらしい。くそ、要領のいい奴《やつ》め。

「今のが小牧《こまき》ちゃん、と……」

未耶は提出された進路希望用紙の確認。本来これは委員長の仕事ではないのだが、他の教師も生徒もやむをえず、という感じで黙認している。なにせあのおじいちゃん先生に全面的に任すわけにはいかないからさあ。とはいえ、書かれている内容は極力見ないようにしている。だって、ね、大事なことだし。

さっきの小牧という女子生徒も、極めて真剣に、ギリギリまで図書室で考えていたのだろう。だから五時ジャストに持ってきて、そのせいで俺に怒られるんじゃないかとびくびくしていたのだ。

いやだからさ、俺喧嘩《けんか》めちゃ強いとかヤクザの息子とか誤解だよ。目つき悪いのは視力のせいで目を細めないとよく見えないだけだし。言葉づかいは乱暴なんじゃなくただぶっきらぼうなだけ。

「あはは、傷ついてるっ」

この顔を利用したくせに、ガラスの心に残るひっかき傷をあっさり見抜いてくる。無言に隠していてどうせ数日のうちには消えてしまうのに、目ざとく引きだして笑うのだ。明るく笑われてしまうと、気にしてもしょうがないか、と思えてくる。

こういう、さりげなくわかりにくいお節介を、気遣いというのだろうか。

「くっそう。時間だというのにまだ数人だしてないぞー？」

矢口《やぐち》未耶について、すこし述べる。

家は隣《となり》。幼《おさな》馴染《じみ》で幼稚園の頃からの長い付き合いだ。十年以上一緒ということとなる。さすがにクラスまでずっと同じだったりはしないが、それでも半分くらいは同じ教室で授業を受けている。未耶はウチの妹とも仲が良く、たまに食事を作りに来たりしている。俺の家のはずなのに、その時の疎《そ》外《がい》感はとても言葉に表せないのである。

性格は犬。お節介と責任感をよくこねて、シュールさと変な言動で味付けし、人当たりの良さと明るさでじっくり煮込み、隠し味にブラコンを少々、あとはクラスの人気を独り占めする爽《さわ》やか笑顔に盛りつければ、矢口未耶の出来上がりである。

クラスの中では俺と気兼ねなく話すほぼ唯一《ゆいいつ》の女子。大体の女子が怖《こわ》がって近づかない中、未耶だけは例外である。もちろん、子供の頃から兄弟のごとく一緒なので、俺の顔と内面が一《いっ》致《ち》しないことを知っているだけだが。あとはお互い色々と弱みがな。小さい頃ってのは真っ黒な歴史を量産するんだよ。

「お医者さんごっことか昔したよねー」

「……お前その発言きちんと脈絡《みゃくらく》があるんだろうな?」

心の呟《つぶや》きを読むアビリティでも習得したのか。吹きだしそうになるからやめろ。

「あ、うん。いやね、進路希望に医大書いてる人がいてー。はっ⁉ ち、違いますですっ! たまたま! たまたま目に入っただけ! 覗《のぞ》くつもりなんぞほんのこれっぽっちも……!」

「疑ってないから安心しろよ」

進路ねえ。俺は第一希望から順にニート、進学、就職と書いて未耶《みや》に殴られ書き直させられた。仕方ないので別段無理もせずに安全圏《けん》の大学を二、三記入した。実際はどうするのかまだ未定。高校二年生の段階で決まってるかっつの。

「はふ、なつかしいなあ昔。昔は良かった……」

「たかだか十年ちょっと前の回想をなに老人風味にしてやがる」

あとお前は全力で今も楽しんでるだろうが。

「ちっがうよー。今もわくわくてかてかぴかぴかーな未耶ちゃんだっけどぉー、なんていうのかな。子供の頃からだいぶ変わっちゃったなーって思うときがあるじゃない?」

「そりゃ」

当然じゃないのだろうか。だって俺らはもう子供を抜け出そうとしている。振り払ってもなかなかほどけない自分の愚《おろ》かさとみっともなさを、どうにかしてこすり落とそうとする——そんな年頃だ。

「変わってくのは、当たり前じゃないのか」

それともお前の脳内は未《いま》だに幼稚園児並みなのか。

「えー、でもさー、なんか自分から剝《は》がれてってる気がしないー？　ぽろぽろぽろぽろ、色んなものがさ。子供の頃と、思うことや見えたことが違うっちゅーか」

「脱皮《だっぴ》みたいだな」

「おー！　それいいねいただき！　そう！　まさしくそんな感じ！」

こいつはヘビか、でなきゃ昆虫《こんちゅう》か？　その割にぱたぱたぱたーとか両手広げてるんだから訳がわからん。鳥類は脱皮せんぞ。

「そりゃガキの頃と比べたら、変わってるんだよ。つか変わらないと、通ってこれないとこがあったんだろ」

「…………つっきーは平気なん？　その剝離《はくり》してったの。大事かもよけっこー。いや、大事だな。あたし断言できるもーん」

だからまともに呼びやがれ。池に棲《す》む怪獣《かいじゅう》になった覚えはない。

そりゃかなり大切なものかもな。もう剝がれおちて俺から失われているものだとしたら、どんなものかは忘れてしまって覚えていないのだろうが。変わってくっていうのは多分そういうことで、失われた大切なそれは自分が実感しているのよりずっと多いのだろう。

「平気かな。忘れてるなら……どう大事だったかも、わからないし」

「寂《さび》しくない？　それって」

ああ、そうか。こいつは寂しいのか。自分だったものから大事なものもそうでないものも、砂のようにこぼれ流れてしまうことが。

そしてなにより、それがなんだったのか、思い出せないことが。

「惜《お》しむのも哀しむのも、いいんじゃないのか。お前らしくて」

「え、そ、そうっすかねぇ？　ん？　それって褒《ほ》めてるんですかぃー？」

もちろん褒めてんだよ。

ダメなのは、執着《しゅうちゃく》すること。剝《は》がれていくものに執着してたら、いつまでたっても脱皮《だっぴ》できないし。案外皮を剝いだその下から、なくしてったなんかが出てくるかもしれねぇんだから。

執着したらそこから身動きとれなくなって、底なし沼に沈んでいくだろ？

「む。ちぇーなにさなにさ、こーんなお話してたって誰もきやしねぇー！　はー、どうしよ提出今日までなのにー。よしクロマック、明日アイツらしめよぉーぜ！」

次にその医薬品みたいな名で呼んだらお前からしめてやる。

右手首をチェックすると、すでに五時半を過ぎていた。春先の空は夕に陰り、教室の窓から赤光が我先にと飛びこんでくる。この狭い空間にさっきまで人が密集していたわけで、それだから人がいない教室というのはやけに物悲しく見えるのだろう。あったはずのものが、ないわけだから。

「うおー、誰じゃーい」

見れば未耶《みや》は携帯《けいたい》を手に取っていた。彼女の健気《けなげ》な連絡役は、己《おの》が身体を震わせて必死に着信を伝えていた。

「はいはい。あ、兄さん？　そう、今学校だけど――うぇ？　マジですかい？　やーりぃお兄ちゃん大好きチュッ。んぁあ？　なんだとーこのやろーざっけんなキモいってなんだよ妹からの電話越しキッスをちょまってあー……きった……」

俺も妹に電話したらキスを返される状況を想像――いや、ウチの妹に限ってないな。あっても大して嬉《うれ》しくないし。むしろ熱を疑う。

「克巳《かつみ》さんか」

「そーお兄ちゃん。車で近くまできてるから拾ってくってー。ガチャピンも一緒に乗ってこーぜ！」

「お前ネタ尽きるの早すぎないか」

そして持ちネタが消えたからって考えるの止《や》めるな。そんな緑色マスコットの名前で呼んでも誰のことだかわからんだろうが。

「……じゃなくてだな、俺はいい。歩いて帰る」

「なに言っちゃってんのこの人ー。隣《となり》なんですぜお隣さん？　あたしが帰るとこと貴方《あなた》の帰るとこほぼ一緒ー。あんだあすたん？」

「いや、図書室で本返さねえと。またそういう機会があったら頼むよ。じゃあな」

あとは妹との用事もあったりするのだが、まあそれはいい。どちらにせよ返却《へんきゃく》はきちんとしないとな。次の本を借りられないし。

「あ、ういうい。おっかれー」

書類をまとめるのは未耶《みや》に任せよう。元々強引に居残りさせられたんだし。それくらいは別に構わないはずだ。そうやって教室の外に出ようとしたとき。

「うぉーい待ちやがれ」

未耶の声と同時に、放物線を描いて飛んでくるなんか。慌《あわ》ててぱしりと受け止めると、手に突き刺さる冷たい感触。

よく冷えた缶ジュースだった。

「今日はあっがとねー」

にこにこと微笑《ほほえ》む未耶。オレンジ百パーなのは幼馴染《おさななじみ》ならではのチョイスだろう。これ好きだったの小学生までだぜ？　今はそれほどでもないというのに。昔の俺の嗜好《しこう》ばっかりよく覚えてやがって。

「また言ってくれよ。気が向けば手伝うさ」

だからこう言うしかない。俺はいい奴《やつ》なんかじゃない。オレンジジュースで買収されただけだ。勘違《かんちが》いすんな。

おそらく勘違いしたのであろう未耶のだらしない笑顔に見送られながら、俺は廊下へと出た。ふと、窓から外の景色を見た。日は今にも闇《やみ》に呑《の》まれそう。

薄影色の空気の中、学校の裏手に止まっている黒のセダンが見えた。その車体にもたれかかってタバコを吸っているスーツの男。矢口克巳《やぐちかつみ》さん、未耶の兄貴だ。

しばらく海外へ短期の留学をしていたのだが、つい最近帰ってきた。多分大学での成績も優秀なんだろう。進路希望は適当に書きました、とか言ったら兄妹がタッグを組んで説教することが目に見えているので、もちろんおくびにも出さない。未耶が言うかもしれないが。

彼がこちらに気づいて片手をあげたので、俺も窓越しに小さく会釈《えしゃく》してから、最上階にある図書室へと向かうのだった。

今日はよく頼み事をされる日だ。そういう星回りなのだろうか。朝の占いは見なかったけれど。

「ありがと黒間《くろま》クン、助かるわ」

司書教諭《きょうゆ》である恋池《こいいけ》先生が、微笑みながらそう言う。図書室の常連である俺と恋池先生はすっかり顔見知りで、時たま細かい用事を言いつけられることがある。図書委員に頼め、というのが俺の正直な感想。しかし先日後輩《こうはい》から聞いたところによると、俺はすでに裏図書委員長なるものに任命されてしまっているらしかった。もちろん俺はそんなこと露知《つゆし》らず。

おのれ図書委員長。顔は知らんがきちんと仕事しろ。

「最近は……機械音痴《おんち》だと仕事もろくにできないのよね。困ったものだわ」

ふう、と必要以上の艶《つや》っぽい溜息《ためいき》をつく恋池《こいいけ》先生。既婚《きこん》者なんですから少しは自重してください。この図書室男子に不評なんすよ、色っぽい巨乳先生がいるから勉強していても気になって手がつかないと。

そんなことも知らず、恋池先生はパソコン画面を覗《のぞ》きこむ。

「全然わからないわ」

それでいいのか。IT時代に取り残されるぞ。

頼まれたのは、フリーズしたパソコンを元通りにしてくれというものだった。これくらいできなくてどうすると思うものの、頼まれたら断りづらいのである。いやだって、まあ、先生色っぽいし。

「図書館の本も、いくつかこん中入ってんですよね？」

「ええ、図書室の蔵書のデータベース化するためのテストだそうよ。確かに、貴重だけど場所をとる蔵書というのは、データにしてしまえば楽なんでしょうけれど……私なんかはね、アナログだから。ページをめくらない読書なんて、頭に入らないと思うのよ」

世代の差だろうか。俺自身は、デジタル化にあまり抵抗はない。やっぱりさ、ほら、紙ってのは集合するとそれなりの重量になるわけで。

かといって全部デジタルにされると、それはそれで困る。なんていうか、データ化された文章にはない、重さ。それが良かれ悪《あ》しかれ、紙でできた本の特徴《とくちょう》なんだと思う。そうだな、意見としては中間、だろうか。両方でやっていこうよ、みたいな。

「大学なんかはもう進んでるみたいだけど、高校でデータベース化はまだまだね。でも、若い時に紙で読んだ文章って、結構記憶《きおく》に残るものよ？　ケータイ小説が、携帯《けいたい》の小さな画面だけじゃなくて紙に印刷されて本になるのも、そういう理由があるのかも。黒間《くろま》クンも、今のうちにたくさん読書しておきなさいな」

どうでもいいが、黒間クンって呼び方やめてくれないだろうか。囁《ささや》くような吐息《といき》混じりで言うので、呼ばれるたびに首筋がぞわぞわする。

「先生は読んだんですか？」

「たくさん読んできたはずなのだけれどねえ……今にして思うと、もっと読んでおけばよかったなとも思ってしまうのよ。人生ってままならないわね」

いや、貴女《あなた》は医者と玉の輿《こし》で結婚して割とままなっている人生だと思います。

たくさん読めと言われても、どうしたって読める量には限りがある。俺だって授業中に読んだりしてるがよ、選別していかないととても無理だ。

「そんなもんすかね……あ、立ちあがりましたよ」

起動を知らせるメロディ。機械音痴《おんち》といいながらも、通常業務はこなしている恋池《こいいけ》先生だが、フリーズした時の対処ができないってのはどうなのだろう。最近は自動で再起動するOSもあるのに。このパソコンが未《いま》だ旧式なのが悪いのだろうか。

「ありがと、悪いわね。お礼に今月入った新刊、貸してあげるけど？」

まだ図書室に並んでいない入ったばかりの本を、俺にだけ優先的に貸してくれるということか。ブッカー貼《は》ったり、棚に並ぶまでには結構かかるからな。これがあるから司書教諭《きょうゆ》と仲良くしておくと得なのだけど。

今日は。

「あー、すんません。今日は荷物がいっぱいあって。それに、ちょっと急いで帰らないと」

まさか頼み事されるとも思わなかったので、時間的にはギリギリだ。もしかしたら妹を待たせてしまうかもしれない。

「あらそう、じゃ、今度は身体《からだ》でお礼でもしようかしら」

「んなこと言う公務員初めて見ましたよ。よくクビになりませんね」

「校長先生とのピロートークは素敵《すてき》だったわ……」

「マジで枕《まくら》営業⁉」

いや、ちょっと違うか。どちらにせよこの手の冗談《じょうだん》が大好きな恋池先生なので、話も弾《はず》む。

——冗談、なんすよね？　貴女《あなた》人妻なんだからホントなんていうか気をつけてくださいよ。

「んじゃ、行きますんで。またなんかあったら——今度こそ図書委員に頼んでくださいよ」

「考えとくー」

この人にも、お人好《よ》しで扱《あつか》いやすい黒間《くろま》クンね、とか思われてんのかなあ。それはそれで複雑なのだが、頼りにされること自体は嫌《いや》じゃない。そんなんだからクラスの書記なんて役職も務まっているのだから。

新刊本は惜《お》しかったけど、まあいいや。これ以上遅くなれないし。窓から差し込む夕日は目に痛くて、俺に早く帰れと知らせていた。

妹との用事というのは簡単で、彼女を迎えに行くついでに買い物をすませてこいという母からの指令があったのである。本日、母は勤めにより帰りが遅い。食事はイツキとユズキの二人で作れ、とのこと。

「兄様《あにさま》、やっぱり自分も持つです」

「いいって、気にすんな。それよりお前今日塾《じゅく》だろ。とっとと帰るぞ」

「は、はい。兄様」

妹のくせに妙に礼儀正しいユズキは、俺に買い物のビニール袋をすべて持たせていることが心苦しいらしい。だが生憎《あいにく》、こちらとて小学生の妹に荷物持たせて平気でいられるような神経はしていないのだ。それに、予想通りというかちょっと待たせてしまったし。荷物持ちはそのお礼というか。

あせあせ、なんて擬音《ぎおん》が聞こえてきそうな顔つきのユズキを見ていると、やっぱり未耶《みや》のことを思わざるをえない。妹は未耶のことを『姉様《あねさま》』と呼んで慕《した》っているのだ。影響《えいきょう》は少なからず受けている。断言できる。本当は未耶がユズキの姉でしたーとか、茶目っ気たっぷりに母親が言っても俺は驚かない。

こうな、無駄に人のこと気にする態度とか。いやほっとけよ。お前らもっと自分のことだけ考えていけ。バランス悪いからその生き方。俺が持つって言ってんだからそれでいいだろ。なんでお前がそんなに気にするんだ。

「兄様、最近、体調がすぐれないようですので」

そしてこいつらに隠し事はできない。だあ、くそ。なんでわかるんだお前は。未耶はなにも言っていなかったぞ。だがアイツは気づいていても他人への気遣いが二周三周して、どういう理由かはわからんが結局素知らぬふりをしている可能性もあるから隠し通せているなんて思わないほうがいいかもしれん。

「なんでわかるんだよ」

「最近、兄様の部屋からうなされるような声が」

「声量は」

「姉様の家にも届いているかと」

ああ、そりゃ未耶にも聞こえてるだろうな。俺と未耶の部屋は窓を挟《はさ》んで向かい合わせだからな。屋根伝いに行けば忍びこむこともできる。もっともそんなことしたのは子供の頃だけだし、今じゃ必要ない時は鍵《かぎ》かけるが。

――いや、互いの部屋に行くような用事はないぜ？　今はな？

「最近、夢見が悪いんだ」

あっははー。俺のばーか。なにが夢見が悪いだ嘘《うそ》もほどほどにしようぜ。ユズキ心配させたくないからそんな風に言ってんだがよ。

悪いなんてもんじゃやねえ。最悪。ワースト。精神かき乱す悪夢が、俺の正気を食い散らかすのだ。ここんとこ、夜という言葉が示すのは、悪夢と現実を断片にして適当にかみ合わせたものでしかない。ばらばらの悪夢から汗まみれの自室へと引き戻され、睡眠《すいみん》不足の現実が精神を眠りという深淵《しんえん》へ落としこむ。

夢の内容なんざ――あってないようなもの。俺にもなにがなんだかわからない。風景は覚えているが、あれは描写できるようなものじゃない。

鮮明なのは。

頭上に照る真紅《しんく》の月が、不揃《ふぞろ》いな三つ子だったことくらいか。

「一大事。安眠のためには」

「いいって、余計な気を遣うな。あ、未耶《みや》にも言うなよ？」

すでに気付かれている可能性も高いが。それでも、妹や幼馴染《おさななじみ》に余計な気を遣わせたくない。ていうか未耶もユズキもわかっていないのだ。

気遣うってことは、その相手にも余計な気を遣わせることになるのに。それなら最初からなにも考えてないようなやつのほうが、わかりやすい。

「なるべく静かにするです」

「ああ、そうしてくれ。それくらいがちょうどいい」

気を遣わせてしまった——なんて思っちまうと、余計に眠れなくなってしまうしな。でもこいつは静かに、静かに、と口にだして言っていて、なんだか夜の静寂《せいじゃく》を守るためだけに自分が重大な使命を負ったかのような顔をしていた。

ああ、認めようじゃないか。未耶はブラコンだが俺はシスコンだよ。こんな顔のユズキを見ているとその頭を撫《な》でたくて仕方ないのだ。もっとも今はそれを、スーパーの袋に邪魔《じゃま》されているわけだが。

ウチは父親が早くに死んでいるから、母とユズキと俺の三人家族。ただ一人の男手である俺は、誰に言われることもなくユズキの父親代わりでもあろうと努めていた。授業参観だって行ったんだぜ？

「兄様《あにさま》？」

結婚式では泣くんだろうなぁ、俺。いやその前にユズキが結婚なんざ許さんが。ていうか十一の妹の結婚の心配している時点で俺もどうかしてるが。

いやでも、妹は可愛《かわい》いぜ正直。特にユズキは可愛いし俺と違って出来もいいから私立の小学校に通っている箱入り娘。俺と母親が大事に大事にしてきたんだからよ。そこらの馬の骨に渡してたまるか。

だからさ、妹のことは気になるんだよ。余計な世話も焼きたくなるし、この優しすぎる性格が心配になったりもする。お前も未耶《みや》もどうしてそう他人の気遣いばっかり一人前なんだ。その精一杯の好意の上にあぐらをかいて、食い物にする連中だって山ほどいるんだぜ？　頼むから警戒《けいかい》とか保身とか覚えてくれ。

——と、言いたいのだが黙《だま》るしかない。なにせこういうのは性格とか気質の問題で、口であれこれ言ってもなかなか修正されてくれないのだ。一番いいのは痛い目にあうことなんだが、そんなことむしろこの俺が許さん。

結局、俺がしっかりしていればいいだけの話なのかもしれない。

「精一杯、料理頑張《がんば》りますです」

「あ、ああ」

頭の中でユズキの思考が何周したのかはしらないが、結局彼女の気遣いは、美味《うま》い食事を作るというところに軟着陸《なんちゃくりく》したようだった。未耶の教授を受けているユズキの料理テクは日に日に上達していて、正直俺も楽しみでしょうがない。

買った材料はビーフシチュー。牛肉の旨《うま》みと妹の努力があれば、今夜こそ安眠できるような気がした。

月は紅《あか》い（血濡《ちぬ》れたかのごとく）。歪《いびつ》な三つ子（大きい月一つ、小さい月二つ）。どれも満月（けれど大きさが不揃《ふぞろ》いなのがますます）。空は毒を連想する濃緑（吐《は》き気のする色彩感覚の錯綜《さくそう》）。立っているのは草木生《お》い茂《しげ》る森中（草の色は金属的光沢《こうたく》すらもつ青）。（はは、俺の目狂ってやがる）。青く輝く葉は、風にゆれてさわさわと音を立てている。色が異常なだけで、この植物はその辺に生えているようななんの変哲《へんてつ》もないものだ（ああ、ちくしょう、また悪夢だ）。

暗い森の中、見上げれば嫌《いや》な色の月と空。視線を下げれば青い葉が目に痛い。梢《こずえ》の合間にはただ暗闇《くらやみ》ばかりが（ああ、よかった、暗闇はちゃんと黒のままだ）。一瞬の安堵《あんど》も束の間、暗闇が黒だから安心するなんてこと自体が異常だと気付いて本気で叫びだしそうになった。この光景は俺の脳をとっくの昔に侵食《しんしょく》して食い荒らしていた。（全身が濡れているが、いつ雨が降ったんだろう）だから違うだろ。この濡れた服の感触は汗のせいだよ。さっきから歯がかちかち鳴ってんのも左腕に爪をたてて血が滲《にじ》んでんのも俺の身体《からだ》がヤバいからだよ（なにこれ麻薬《まやく》禁断症状?)。

すう、はあ、と息を吐く(実際はぜひゅう、ひゅこうという嗄れた音があがった)。闇《やみ》から襲う得体のしれない獣を視《み》た（幻覚《げんかく》だけどな、ぜひゅう、ひゅこう）。ああちくしょう、今までは森の外だったのに（昨日までの夢は、ぜひゅう、森に近づく夢だったから、ひゅこう）。道をたどってついに森まで来ちまった（ぜひゅう、ひゅこう）。おかしい、嗄れた音が鳴りやまない（俺の肺はとっくに常態を取り戻してるってのにか？）。このぜひゅう、ひゅこうという音は。

ああ——今気付いた。暗闇の奥にいる、荒い獣の息遣いに。

幻覚ではなかった。（ぜひゅう、ひゅこう）鼻をつくのは動物の匂《にお》い。どこに逃げる？　この森の中で逃げ場所があるのか。いや、すでに囲まれていたとしたら？

（ぜひゅう、ひゅこう）

ほら後ろからも聞こえる荒い息（ぜひゅう、ひゅこう）。暗闇の奥でなにかが紅い月光に反射した。（ぜひゅう、ひゅこう）。はは、馬鹿《ばか》だな俺。これ夢だろ？　ここで獣に襲《おそ》われたって死ぬわけないだろ。なのに足は震えて手は痙攣《けいれん》、糸を失った操《あやつ》り人形になって俺はその場にへたりこんでしまった。

（落ち着けよ、俺。いいか、大丈夫だ、これは夢なんだから）

早く目が覚めろよ俺。こんな悪夢はもうたくさんだよ。なんで最近こんなに夢見が悪いんだ。

今日は特に最悪だ。この森はなんだよ。俺を囲む獣はなんだよ。

「はは、んだこれ。夢占いじゃあどういう結果になるんだ教えてくれよ？」

もう自分でもなに言ってるかわからねえし。

気が狂ってもう死んでしまいそうだ。俺の世界はどこ消えたんだ？　俺の、なんもなくて、穏やかだったあの世界は。俺はあれで不満なんかなかったんだ。こんな麻薬《まやく》中毒者の描いた絵画みたいな世界に、俺は完全な異分子だろう？　もう帰してくれよ。俺の、平和だったあの世界に。

「それは、もう無理じゃな」

声がした。

気づけばいつの間にか、獣どもの荒い息遣いが聞こえなくなっていた。

「おぬしは、（ノイズ）に（ノイズ）からの」

ああ、聞きとりづらい。森の奥から、誰かが語りかけてくる。

足音も聞こえた。メタリックブルーの草葉を踏みならす音。なんだ？　リズミカルな足音は重複していた。二人いるのか？　獣の代わりに人が現れたのなら、俺はちょっと落ち着くことができそうだった。

「世界というのは意外にも脆弱《ぜいじゃく》。安定はしておるが（ノイズ）則が壊れてしまえばあっさりと瓦解《がかい》する。じゃから（ノイズ）の（ノイズ）に狙《ねら》われたりするのじゃ、さっきのようにの？」

なんだ。言葉の端々《はしばし》に雑音がはいる。

いや、雑音じゃないのか。なんだか声が単語の代わりに妙《みよう》なノイズを喋《しゃべ》っているようだった。カセットテープの逆再生にも似た、キュルキュルという音。普通の人間に出せるのか。

古風な言葉遣いのくせに、奇妙《きみよう》に若々しい女の声。

「とりあえず挨拶《あいさつ》くらいはしておこうかの。余は（ノイズ）（ノイズ）じゃ。よろしく頼む」

足音が、止まる。すぐ横にいたそれを見て、俺はいよいよダメだと思った。

モザイクが立っていた（はは、バカだな俺、見たくないから一言で片づけようとして）。人らしいとは、思う（わかんねえけどどな隠れてるから）。けど顔とか、手足とか、色んなとこにAVみたいなモザイクがかかってる（しかもそれが二つだぜ俺の目とうとうイカれたか？）。

モザイクだから、下地の色はかろうじてわかる（背の高いほうが黒、低いほうが紫《むらさき》っぽい）。どっちも性別すらわかんねえけど、さっきの声からするにどちらかは女なのだろう。あるいは両方女か（モザイクからはみ出す髪は男の長さには見えなかった）。黒い髪と紫の髪だというのがかろうじて（残りの部分はモザイクで修正されて見えねえよ）。

「ほれ、（ノイズ）。お主も挨拶せぬか」

「はい、（ノイズ）様。はじめまして（ノイズ）様。私は（ノイズ）（ノイズ）（ノイズ）と申します」

さっきから延々と喋っているのは小さい紫のモザイク。たった今頭を下げたのは黒髪のモザイク。二人の喋り方はかなり違うようにも思えたが、やはり金属をこすり合わせたみたいなノイズ音のせいでよくわからない。

「なんだ……お前ら」

「ん？　じゃから今……ああ、そうか。（ノイズ）の（ノイズ）に失敗しておるから……なるほどの。今のお主は（ノイズ）も雑音としてしか理解できぬのか。あいすまぬ、なるべくお主に理解できるように話すからの？」

いや既《すで》になに言ってるかわからねえし。俺の質問にも全く答えてないじゃないか。お前ら一体何者なんだよ。ていうかもっと単純なことがわかればいい。俺の敵なのか、味方なのか。それがわかるだけでだいぶ違うからよ。

「――（ノイズ）様。（ノイズ）の（ノイズ）が迫っております」

「うむ、わかっておる（ノイズ）。しかしお主の（ノイズ）を渡しておかねば、いずれ（ノイズ）でもこの者は（ノイズ）に狙《ねら》われようぞ。（ノイズ）の（ノイズ）には失敗したが、それでも本だけは渡しておかねば、の？」

黒いモザイクに、紫のモザイクが応じた。俺はただ呆然《ぼうぜん》とそれを見つめるしかない――あれ、そういえばあの気持ち悪いくらいの汗はいつの間にかひいていないか？

深呼吸を繰り返す。大丈夫だ。色彩感覚はやっぱりぶっ壊れたままだが、落ち着いた思考は今こうしてできている。

「本……だって？」

「うむ。今のお主に、余の声は雑音だらけであろう？　それは余の使う言葉のうちに、お主とは全く関係のない、本来聞かなくてもよかった言葉があるからじゃ。（ノイズ）の（ノイズ）がズレたせいでの、お主の認識できる範囲《はんい》は今 極端《きょくたん》に狭まっておる。聞きなれない言葉を聞くと、お主の脳が勝手に修正をしてしまうのじゃ。でなければ発狂してしまうからの」

ははは、このノイズは俺の頭が自己防衛《ぼうぎょ》のために勝手につけ足してる雑音だってか。どこからどこまでファンタジーだ？　それともエセ科学？　どっちでもいいから。

俺を解放しろ。

「そこで本じゃ。よく読んでおくのじゃぞ？　必要最低限のことは書いてあるし、これからのお主にも必要なものじゃ。（ノイズ）（雑音）（騒音）んに（ノイズ）でもあ（騒音）」

「（ノイズ）（雑音）ル様、時（耳障《みみざわ》りな音）」

もうなに言ってんだよお前ら。ああ、モザイクが広がってくる。もうヤツらの言葉も雑音にしか聞こえない。モザイクが段々と俺の視界に感染《かんせん》してくる。ウイルスのようなそれに、俺はなんら対抗《たいこう》する術《すべ》を――。

紫《むらさき》のモザイクが俺の手をとった。なにか重いものを手に乗せたようだった。なんだこれは、本か？　感触《かんしょく》からはそうとしか思えない。既《すで》に盲《もう》と化した俺には、その本がどんなものかすらわからないのだが。

「しっかり持て。（ノイズ）（雑音）はお主に必（ノイズ）」

　雑音だらけの中で、冷たい指が俺の手を蛇《へび》のように這《は》いずった。固い革の感触を強引に掴《つか》まされる。ああ、これはやはり本だ。それもかなり重厚な。

　視界を覆《おお》い尽くすモザイクが、やがて段々と白化する。ああ、もう立っていた奴《やつ》らの姿もわからない。目は白一色に覆われて、しかしノイズだらけの声は相変わらず俺の鼓膜《こまく》にしつこいリズムを刻みこむ。

「お主（ノイズ）（雑音）をつけて帰（騒音）（雑音）ほれ」

「黒間《くろま》イツキ様」

　もう視界は奪われ、触覚も硬い革の感触。そんな中で奇妙《きみょう》なことに、俺の名を呼ぶ声だけははっきりと聞こえた。

　これは――あの、黒い髪の女か。

「私は（ノイズ）（ノイズ）（雑音）（ノイズ）（騒音）、（ノイズ）ます、私は（ノイズ）（騒音）（雑音）（ノイズ）（ノイズ）（ノイズ）」

「（ノイズ）（騒音）（ノイズ）（ノイズ）（雑音）の（ノイズ）（雑音）（雑音）」

「（ノイズ）（ノイズ）（雑音）（ノイズ）黒間イツキ様」

　俺の名を呼ぶ、女の声が最後だった。

　視界は輝くばかりの白に埋《う》め尽くされて、音もなにも聞こえない。ああ、いや、そんなことはない。

遠く、はるか遠くから、不気味にねじくれた獣の遠吠《とおぼ》えが聞こえた――そんな気がした。

濡《ぬ》れてずしりと重い布の感触《かんしょく》で、目が覚めた。目を開けた瞬間《しゅんかん》に汗が目に流れてきて思わず呻《うめ》いた。くそ、考えうる限り最悪の目覚めだ。なんだというのだ。あんな夢、普通は見ないだろ？　リアルさと不気味さとシュールさをシェイクした、下手《へた》なホラーよりよっぽど後味悪い悪夢。

左腕がずきりと痛んだ。それで、俺は自分で腕に爪を立てていることに気づいた。ああ、夢と同じ。傷そのものは小さなものだったが、そこに汗が流れこんで痛みを拡張する。呼吸するのも精一杯で、ベッドから起き上がる気力もなかなか発生してくれなかった。

「今……何時、だ」

目覚まし時計を見れば短針が示す五の数字。なんて中途半端な。起きたばかりだというのに俺の心身はズタズタで、今二度寝したら間違いなく学校には行けないだろう。この不調極まる脳髄《のうずい》で登校時間まで待つしかない。

窓から隣《となり》を見た。二階にあるこの部屋は、窓を見ればすぐ隣家《りんか》の部屋を見ることができる。まあぶっちゃけそれが未耶《みや》の部屋になるわけだが。もちろん子供じゃあるまいし、未耶の部屋にはきちんとカーテンというバリケードがはってあるのだが。期待してねぇよむしろ安心してるよ。この年で着替え中にお隣さんの男の視線を気にしなかったらむしろ異常だろうがよ。

でも、そうなると聞かれてたことになるのだろうか。

ユズキもかなりの大声でうなされている、と言っていた。なら聞かれたか、でなきゃ俺の声で起こした可能性もある。

「未耶……起きてんのか？」

五月、この時間はまだ暗い。窓を開け放って、電気のついている部屋に問いかけた。

「ね、ね、寝ていますぞよ？」

なんか、やたら動揺した起床のサインが返ってきた。起きていたのか、それとも妙《みょう》な寝言で起こしてしまったのか。悲鳴とかあげてておかしくない悪夢だったしなあ。

「起こしちまったか。声とか聞いてたか」

「ま、まっさかー。マックのうめき声とか叫び声とか全然これっぽっちも」

気を遣わないようにしているのは瞭然《りょうぜん》だから無理せんでいい。あとまさかとは思うがそのファーストフードは俺のことじゃないだろうな。

「ユズキにも聞かれたかな」

「や、今日のはそんな大きくなかったから平気だと思うよー？」

「やっぱお前聞いてんじゃねえか」

ぎゃー、はかったなーおのれーとか叫ぶ未耶。ただ早朝なのを考えてか適度な小声。カーテンの向こう側でどんな顔をしているのか、容易《たやす》く脳裏に映写される。くそ、もしかして今日だけじゃないのか？

繰り返す悪夢。その声が覚醒《かくせい》の目覚ましだとしたら、さぞ未耶《みや》の朝も気分が悪いものとなったろう。

あー、ダメだ。眠すぎる。意識は濁《にご》った沼のように透明感がなく、疲《つか》れが俺をベッドに叩《たた》きつけようとする。寝たらマズいって。学校行けなくなる。そうしたら母親とユズキから、心配九割の耐えがたい視線が注がれる。

そういうの、申し訳なくなるだろ？　家族ならなおさら。

「お前、俺の声で起こしたんじゃないのか。じゃあなんで起きてんだ？」

窓の縁《ふち》に手をかけて、未耶に問う。カーテンに背を向けて、部屋の中を見渡す格好だ。未耶と話していれば、少しは眠気もまぎれると思った。

「ふっふ。甘い甘いぜクロぴょん。あたしはいつもこの時間に起きて昨日の復習してんのよー？　早起きは三点の得といいますしね」

テストに三点加算されるのと朝の惰眠《だみん》なら俺は迷わず後者を選ぶが、生憎《あいにく》未耶と俺の成績差は三点程度では済んでいないのである。

気づかなかった。努力家なのは知ってたがよ。でも、未耶はそういうヤツだ。見えるところでも二倍頑張《がんば》ってるくせに、見えないところでは努力を三倍してんだよ。

「ところでイツキさんや」

「なんですかな未耶さんや」

こいつはわかりやすい。苗字《みょうじ》にせよ名前にせよ、俺をちゃんと呼ぶ時は真面目《まじめ》な話をしたい時なのだ。逆に言えば普段の会話はほとんどふざけまくっているということなのだが。

「あのねのね、今日の放課後とか」（俺の視界にその時すうっと）「暇《ひま》……だったりする？」（暴力的に介入する一つの物品）「放課後……？　いや、まあ、予定はないが」（最初は見慣れないものだと思ったが）「あ、じゃあさじゃあさ、なんかそっちも調子悪いみたいだし気晴らしに」（待て、待て待て待てよ俺の部屋だぜ？）「映画でもどう？　今たまたまチケットが二枚」（見慣れないものなどあるわけが）「あるんだけど一緒に」（は、はは、これは悪夢の続きか？　やめてくれ）「悪い未耶また後で」

がしゃんと窓を閉めた「あ、ちょ」。未耶の声が硬質なガラスにかき消される。それどころじゃないんだ未耶。なんで、あれがこの部屋に。机の上にある、真っ白い装丁の本は。

一目見てわかった。なぜわかった？　見たことないはずなのに。ああ、でも触れるまでもない。直感であの本は、夢の中で紫《むらさき》のモザイクに渡されたものだと理解できてしまった。そうして、理解できてしまった自分がたまらなく恐ろしくなった。

「なんで……ここにあるんだ」

渡されたから？　はは、夢で受け取ったら現実にも出てくるのか？　それとも俺の頭はもうとっくにイカれてしまっていて、夢も現実も区別ができなくなってしまったんだろうか。

これは、違う。

違うとわかった。直感だった。なんで違うって？　じゃあ聞くがよ、ただ一目見ただけで違うなんて思ってしまう物体が、まともなものだと思えるのか？　神経かけ巡って違和感を伝えてくるような本が、尋常《じんじょう》なものであるはずがない。そしてだからこそ。

導かれるように、吸い寄せられるように、俺はその本を手に取った。その行動がたまらなく気味が悪かったけれども、でも間違いない。あの視界を遮られた世界で、この感触だけが俺の皮膚《ひふ》を這《は》いずったのだから。なんの革だろう。表面の装丁は気味悪いくらい手触りが良くて、普通の革には思えなかった。そもそも白い革なんて。

表紙の色は、真っ白。ただし薄汚《うすよご》れていて、うっすら埃《ほこり》をかぶっていた。流麗《りゅうれい》な金の書体で『livre blanche』と書かれている。

「り、りぶ……れ？　ぶらん……くぇ？」

読み方がわからない。そもそも英語なのだろうか。アルファベットが使われているから多分英語だとは思うが。

いずれにせよ、本を開いてみる勇気など俺にはなかった。

「……捨てるしか、ねえな」

こんなもの持っている気にはとてもなれなかった。あんまり驚いたせいで、眠気も疲れも吹

Livre blanche

っ飛んでしまっている。

電車に乗る前に、コンビニのゴミ箱にでも突っ込んでしまえば良い。それだけだ。こんな異常なものとは、それで今生の別れだ。日常というルーティンワークに組み入れられたイレギュラーは、そうして忘れてしまえばいい。それだけだ。

俺はこの不気味な本の処分をそう決めて、スクールバッグに突っ込んだ。

未耶《みや》に声だけかけて、また眠ることにした。変わらず心配な声だったが、引き止めるなんてことはしてくれなかった。学校に行く時に起こしてくれると言ったので、遅刻なんてことはおそらくないだろう。

心強い幼《おさな》馴染《なじみ》の心配だけを子守歌に、俺はさっさとベッドに沈みこんだ。


学校でゾンビが出たと言われた。未耶に。余計なお世話だった。

目の下にくっきりクマ作って、なにか呻《うめ》きながら机に突っ伏す様子がそんな風に見えたらしい。放課後まで居眠り七割で過ごしていたが、あんまりにも眠そうな俺に誰も声をかけなかった。当然だろう、俺だって今は鏡を見たくない。映っているのはどうせ鬼か悪魔だ。

未耶だけは、普通に話しかけてくるのだが。

「ちょ、もぉー、大丈夫かよぉイッキー」

朝の俺の大丈夫じゃなさを知ってるだろうがお前は。いつものように文庫本を読む気力もわかず、机に敷いた二の腕に額を預けていた。寝心地？　三年間一度も干してない布団よりはマシなんじゃねぇの。そんなとこで寝たことねぇけど。

途切れ途切れに寝ていたせいか、居眠りの時に悪夢を見なかったのが幸いだろうか。

あの、白く不気味な本は、登校中にコンビニで捨てた。迷いなどなかった。収集車で丁寧《ていねい》に運ばれて焼却《しょうきゃく》場で跡形《あとかた》もなく消えてしまえば良いと思った。

「んーむ、今日は映画のチケットあるからって誘《さそ》ったのにさー。なんて不甲斐《ふがい》ないイッキー。略してフガッキー」

妙な造語まで作りはじめたが、今の俺に突っ込む気力はないので心の中だけで言ってやる。お前はその造語から菓子と芸能人のどっちを連想するんだ。

あんまりくだらないボケに付き合っていると、そのうちコンビ名までつけられそうだった。

もちろん未耶に。

「ねえ、あのさ、マジメな話、病院行っとくのどーなのよ？」

「あー、平気だっての。夢見が悪いだけだから」

そして、病院だなんて母親やユズキにいらない心配をかけることになるだろうが。身体《からだ》の不調じゃない。これは精神の不調で、そうだとするならば行くところは精神科になってしまう。

過剰すぎる心配をする家族が、頭に浮かんだ。

「寝りゃ治る」

ま、寝れないから治らないんだけどな。

未耶《みや》はどうしていいかわからないらしく、俺の席のすぐ傍《そば》でうろうろしていた。手には映画のチケットらしき紙切れ二枚。そういや朝映画がどうとか言っていたな。あの怪《あや》しげな本ですっかり忘れていたけどよ。

予定なんかまっさらな状態なので別に付き合ってもいいのだが、この状況で映画館に行くというのは、ドリームランドへの特急列車に乗りこむようなものだ。それは多分、連れ合いとなる未耶にもいい気分は与えまい。

それに——眠るだけならば、まだいい。もしもそこで、あの悪夢の続きを見たとしたら？　人の多い映画館でいきなり妙《みよう》な声をあげたとしたら？　俺だけならともかく、未耶まで針のむしろに座らせる理由はない。

「あ、いーよいーよ無理っしょ？　気にしてない気にしてない」

俺の視線に気づいたか、未耶がチケットをひらひらと振った。気にしてないならなんで手に持ってるんだ。やっぱ行くという言葉は強引に嚥下《えんか》する。迷惑はかけられない。苦い飴玉《あめだま》でも食ったような気分だった。

「また誘《さそ》ってくれよ」

「えー、どうしよっかなー。あたしこれでもモテモテのモチモチのモリモリなのだぞ？　どっかのイケメンに誘われてころっといっちゃうかもー」

「中二の時、部活の先輩《せんぱい》に告白そして撃沈《げきちん》。その後三日間授業にも出ずにメソメソと。その間ノートとってやったのはどこの誰だかきちんと覚えているんだろうな？」

ぎゃわー、とか聞いたことない悲鳴をあげて未耶がのけぞった。昔の話もちだすのは少し意地が悪かっただろうか。

「そ、そっちだってー！　そっちだってー！　こ、こ、告白したこともされたこともないくせにー！」

それはトラウマでもなんでもない。まあ確かにキャッキャウフフな青春じゃあないわけだが別にどうでもいいわけで。その手の弱みを握ってないせいか、未耶は反撃に出れないようだった。

「また誘ってくれよ」

「う………………ん、ま、まあ誘ってあげなくもない、かなー」

もう一度言うと、苦笑いしながらチケットをひらひらさせた。ま、この様子なら大丈夫だろう。友達とでも行くに違いない。

俺はだるい身体《からだ》を持ちあげて、鞄《かばん》を手に取った。学校から家までは電車で二十分ほど。いつもならなんてことはないのだが、今の俺には少々身体に応える道程《みちのり》だった。

頭の霞《かすみ》はなかなか晴れない。苔《こけ》で見通せない水槽《すいそう》のように。動作の一々にキレがない。

未耶のまた明日、という声にもすぐには反応できず。結局、ゆらゆらと力なく片手をあげる返答しかできなかった。

　悪夢は未《いま》だに終わらず。脅威《きょうい》的な速度を伴って背後まで忍びよっていたことに、俺は帰宅まで気づかなかった。気づきたくもなかったけどな。

　いや、本当は予感がしていた。そう簡単に引きはがせるものじゃない。日常に寄生したイレギュラーは、その陰湿《いんしつ》さでもってますます俺を食い散らかす。跡形《あとかた》もないほどに、蹂躙《じゅうりん》する。

「嘘《うそ》だろ…………」

　帰宅してスクールバッグを開けた瞬間《しゅんかん》、入れた記憶《きおく》のないハードカバーが目に飛び込んだ。確かに登校中のコンビニで捨て去ったはずの――夢で渡された本。白い装丁。読めないタイトル。

「は、はは……」

　これは、なんだ。

　悪夢から現実にやってきて、捨て去っても戻ってくる暗闇の追跡者《ナイトストーカー》。沈黙《ちんもく》の不気味さだけが響《ひび》く。ああ、これが人間ならまだ対話も可能か、それでなくても理解はできたかもしれないのに。相手が物言わぬ書籍《しょせき》ならばその意図を問いただすこともできまい。

　どうする。また捨てるか。捨てられればいいさ。けど、もしまた戻ってきたとしたら？　想像するだけでこんなに怖《こわ》いのに、実現したらどうなるってんだ？　そんな絶望的に不毛なキャッチボールをしていたら、俺が発狂《はっきょう》する。燃やすか？　それで灰になればいい。けれど——最悪、灰から元の本に戻ったら。

「落ちつけ。怖がるな。怖がるな大丈夫だ落ちつけ」

言い聞かせても汗は止まらない。怖さと得体の知れなさが俺の疲《つか》れを奪《うば》い取り、頼んでもいないのに乗算して返済してくる。

ダメだ。どんな処理をしてもこの本が返ってくる想像をしてしまう。ああ、そうだ、人間の恐怖《きょうふ》ってのは想像から生産されるのだから。この本がなにをするか、が怖いんじゃない。なにかしそうだという恐怖こそ、俺の脊髄《せきずい》に凍《し》みるものの正体なのである。

だから、こんなにも手が震《ふる》える。

「っ……‼」

それは、至《し》極《ごく》道理だった。震えた手がハードカバーの本をいつまでも持っていられるわけがない。俺の手から滑《すべ》り落ちた紙の束は無防備にその一ページを、まるで腹を見せて転がる犬のように、頼んでもいないのに見せつけてくれた。

そこになにが書いてあったか。

そうして、俺は自らを重く貫く気だるさを痛感する。はは、まだ不気味な記号でも書かれていたほうがよかったかもしれない。

なにもなかった。

空白の地平線。一切の記述が排除《はいじょ》されたページが、ただ続いている。なにも書かれていない、白の本だった。なあ、おい、これって怖《こわ》がるべきなのか、それとも呆《あき》れるべきなのか。

恐怖《きょうふ》は薄《うす》れたような気がする。けど逆に不可解さが妙《みょう》な好奇心とともにわきあがってくる。本である以上どこかになにかが書かれているだろうと思い、俺はページをめくっていく。どこまでめくっても白紙でしかなかった。

怪《あや》しげな文章の羅列《られつ》も、見たら発狂《はっきょう》しそうな図像もない。白いページは埃《ほこり》で薄汚《うすよご》れているものの、上等な質感を未《いま》だ保っていた。それだけが不思議だった。

それともこの本はノートのように、持ち主がなにか書きこむためのものなのだろうか。しかしそれにしては表紙とか装丁が凝《こ》りすぎている。

「…………ん」

見つけた。つか、最初のほうだけなにか書いてあった。驚いたことに日本語だった。一ページ目から順に読んでみる。

1．livre blanche の概要《がいよう》について

livre blancheはwriterにより記述された文章を死想図書館《しそうとしょかん》の死書から検索《けんさく》し、端末型《たんまつ》livreに送信します。なおwriterの意識と記述文章に差異が見られた場合、図書館の検索件数が0だった場合、端末型livreに不具合が生じた場合は送信が正常に行われません。writerはご注意ください。

livre blancheに記述制限はありません。記述された文書は二時間後に消失します。また端末型livreへの送信に失敗した場合も文書が消失します。その場合、原因を解決した上で新たに記述してください。

なお、記述箇所《かしょ》の制限もありません。どのページからでも執筆《しっぴつ》は可能です。

2. 端末型livre blancheについて

端末型livre死想図書館の管理を第一とし、封印《ふういん》を執行します。優先順位の変更はwriterにのみ可能で

そこまで読んで俺は本を閉じた。前言撤回《てっかい》、どこが日本語だ。まず固有名詞らしきlivreから理解ができない。なんだ端末型って。livre blancheってのはこの本のことじゃないのか。どこぞの中学生の妄想《もうそう》ノートだと言われたら納得《なっとく》しただろう。だが生憎《あいにく》、捨てた本が戻ってきているのだ——いや、本当に捨てたのか、俺は？　もしかして、捨てたと思ったのは勘違《かんちが》いで——。

「バカか」

自らに叩《たた》きつける罵倒《ばとう》。

その可能性を考慮《こうりょ》しなかった。大体、朝から寝不足で脳が瀕死《ひんし》の状態なのだ。勘違いなんて十分ある。それともこの本を捨てたと思って、教科書かなにかを捨てていたのかもしれない。授業中は寝ていたから、ろくに教科書も開いていない。その可能性は間違いなくあった。

「なんだよ……驚かせんな」

妙《みょう》な人間が作った、妙な本。それでいいじゃないか。

そうだ、そもそも夢から本が出てくるわけがない。あの時は確かに夢で渡された本だと思ったが、別にこの目で確認したわけではないのだ。案外、ユズキや母親に聞いてみたら知っているかもしれない。なんで俺の部屋にあったかは疑問だが。

今日一日、得体の知れない夢と本に怯《おび》えすぎた。まったく、バカバカしかった。そう思うと、睡眠時間の不足が一気に去来して虚脱《きょだつ》する。

机のメモ帳に『夕飯いらない、寝かせて』とだけ書く。それを部屋の扉《とびら》に貼《は》りつけた。これでユズキも母も気をきかせてくれるだろう。

なにも考えずベッドに沈殿《ちんでん》する。堆積《たいせき》して水底に沈む俺の意識は、すぐさま黒一色に変換される。部屋に差し込む夕の光も、俺の一時的な死体化を阻《はば》むことはなかった。

（ぜひゅう、ひゅこう）

獣の荒い息で意識は覚醒《かくせい》する。

（ぜひゅう、ひゅこう）

気づいたら走っていた。濃緑の空と、コバルトブルーの梢《こずえ》。森の中、足をとられても必死で逃げる。なんでってて？　吐《は》き気催《もよお》す獣独特の匂《にお》いと、土を蹴《け》る爪の音を感じないというなら、そのまま突っ立ってろよ。ねじくれた咆哮《ほうこう》を放つ獣に八つ裂《ざ》きにされてしまえ。

心臓が恐怖《きょうふ》で痛い。おい俺の血液ポンプしっかりしろよ。お前が止まったら俺は死ぬんだぞわかってるんだろうな。

（ぜひゅう、ひゅこう）

これは、夢だ。わかっていた。けれど足は止まらなかった。

悪夢がなぜ怖いか。そんなもの、現実だと見まがう錯覚《さっかく》があるからに決まってるだろうが。どれだけ悪夢だと自覚していても、目の前に佇《たたず》む得体の知れない化け物が強烈なリアルをともなって現れたら、普通は逃げるしかないだろうが。

だから駆《か》ける速度は弱まらない。恐怖は強烈な緊張感とともに俺の感覚を研ぎ澄まし、泥濘《でいねい》を蹴る爪先は普段の俺からは考えられないほどの速度を放つ。

（ぜひゅう、ひゅこう）　　　　　　　　　　　　　　　　　　　　　　（ぜひゅう、ひゅこう）

（ぜひゅう、ひゅこう）

（ぜひゅう、ひゅこう）

（ぜひゅう、ひゅこう）

（ぜひゅう、ひゅこう）

だが、迂闊《うかつ》な俺もようやく気づく。追われていたのではない、嵌《は》められていたのだ。狼《おおかみ》は連《れん》携《けい》し、獲物を囲むように策略を巡らせるのだという。このかすれたような息の主が、狼かどうかは知らねえがな！

（ぜひゅう、ひゅこう）（ぜひゅう、ひゅこう）

詰《つ》んだ。

四方八方から聞こえる声は明確に教えてくれる、俺の逃げ場など皆無なのだと。いや、これどうするよ。もう八つ裂きになって獣どもの餌《えさ》になる方向しかなくね？

荒い息のまま、梢《こずえ》から四脚の獣が飛び出してきた。最初は、やはり狼かと思った。

「はは……」

だが、この異常な舞台の役者が、そんなもので終わるはずもない。

あえて一番似ている動物を挙げろと言われたら、やはり狼だろう。だがまず、その獣には目がなかった。眼孔《がんこう》があるべき部分にはでこぼことした肉腫《にくしゅ》があるのみ。舌はやけに細長く、力

なくだらだらと下がっている。毛はなく、全身からは青みがかった粘液《ねんえき》がはしたなく滴《したた》ってい
た。吐瀉《としゃ》物の色をしたそいつは、気味の悪い口をこちらに向けた。つか、頭がでかいし口もで
かい。顔の半分以上が顎《あご》なのは、犬というより鰐《わに》に似ていた。
おい、見たことあるぞ。お前。
「は……なあ、読んだぞ、知ってるんだからな、お前らのことは」
クトゥルフ神話。俗《ぞく》にそう呼ばれる創作神話体系。その中に出てくる怪物《かいぶつ》だ。原書はF・
B・ロングの『ティンダロスの猟犬《りょうけん》』。かのラヴクラフトと文通した彼は、恐怖《きょうふ》作家の名に
恥《は》じず様々な異形を生み出した。そういうこと詳《くわ》しいんだよ、読書家をなめんな。
そのうちの一つ、遠き時から来て鋭角《えいかく》より出《い》でる。ティンダロスの猟犬。もちろん実物なん
ざ見たのがこれが初めてだが、描写《びょうしゃ》の通りならば間違いない。
「てめえら、ティンダロスなら鋭角から出て来いよ……」
無論、凶暴なる犬は答えない。犬とは言うものの、こいつらは本来犬でも狼でもない。既存《きぞん》
の生物体系に組みこめるようなものではないのだ。
部屋の隅《すみ》から極悪な臭気《しゅうき》とともに現れるというティンダロスの猟犬だが、この場所では例
外なのか。それとも本で読んだ知識をただ見えているものにあてはめているだけで、この化け
物は全然別の生き物なのか。
いや、そんなことを考えてる場合じゃない。この逃げ出せない猟犬の檻《おり》。まずそれからなん

とかしないと、この不気味な生き物に骨髄《こつずい》まで舐《な》めまわされんぞ。

「って……はは、無茶だろ」

どこに逃げればいい。囲まれてんだぞ？　こいつらが襲《おそ》ってこないのは、逃げ場所がないことを知ってるからだ。下手《へた》に俺を追い詰めて反撃《はんげき》されるより、俺が恐怖にかられて逃げるところを襲えば良い。そのほうが効率よくダメージもなく、最善の結果で群れに食事が提供されるから。

賢《かしこ》すぎて崇敬《すうけい》すら抱きそうだった。

足の力が抜けた。その場で膝《ひざ》を屈《くっ》した。抵抗がないとわかれば、こいつらは遠慮《えんりょ》なく俺にかぶりついてくるだろう。その先にあるのは死。

死ぬって、どんなことなのだろうか？

（痛い？）暗い？（怖い？）意識はあるのか？（思考できるのか？）自我はあるのか？（感覚はあるのか？）声は？（なにかできるのか？）幽霊《ゆうれい》になったり？（あの世にいける？）死後の世界？（俺は残るのか？）ただの死体？（妹に泣かれ）母に泣かれ（未耶《みや》にも泣かれて）それでも答えない（ただの有機物）となり果てるのか？（そこに俺はいるのか？）そこに、俺の存在の一欠片《ひとかけら》くらいは。

ああ、バカだな。

なにも残るはずがない。俺の存在が消えて、その先は永久の闇《やみ》。眠っている時と同じだ。一《いっ》瞬《しゅん》で過ぎる闇が永久に続くのだ。俺は自身がたゆたう深淵《しんえん》すら認識できない。永久の闇を、刹《せつ》那《な》すら見ること叶《かな》わない。そこに闇だけでもあれば、俺はちょっとは死んでもいいと思えたかも。けれど。

それは、無だ。本当に、どうしようもない、虚無《きょむ》なのだ。客観も主観もない。ただなにもない。認識するものもされるものも。

そんなのは、嫌《いや》だった。

「なめるな、化け物ども」

くずおれた膝に、再び力を込める。そうして俺は立ち上がる。絶望より暗い死を想像したから。

「抗ってやる。抵抗してやる。お前らにそう簡単には肉にありつけないと教えてやるよ」

死は怖いぜ？　これ以上怖いものなんかあるものか。天国も地獄もない。恐怖もない世界など、恐れるしかないに決まっているだろう。

そこには、何者も存在しえないのだから。

とはいえ、俺に術《すべ》はなかった。とりあえず襲《おそ》ってきた猟犬《りょうけん》からぶん殴ってやろう。右腕をもがれたら左腕で殴ろう。そうしてどこまでも抗えば、少なくともこいつらくらいには、強烈に俺が生きようとしたことが示されるだろう。

もはや自棄《やけ》だった。その時だ。

（ひゅごうっ！）

梢《こずえ》の奥から、カエルをねじりあげて出したような声が。同時にティンダロスの一体が、俺の目の前にはじき出された。横合いからなにかの襲撃《しゅうげき》を受けたかのような。

「なっ」

一瞬《いっしゅん》、俺がやったのかと思った。だがそんなはずはない。俺はこいつらに指一本触れていない。

やったのは——梢の奥から顔を出した、黒い服の女。

「ご無事ですか、イツキ様」

黒い、メイド服。

その上になにもない、虚無《きよむ》の白皙《はくせき》。人間的なものなど欠片《かけら》も見受けられない、陶器の肌。そんな女が、そこにいた。黒い服と白い肌、そしてその瞳には冷たく映る暗き森。

最初に思った。

こいつ——生きてんのか？

「急ぎましょう」

動かぬビスクドールのような腕が、素早く俺の手を取った。そのまま吐《は》き気催《もよお》す森の中を駆け抜ける。意外に力が強い。ずっと逃げ場所を探していた俺の身体は、戸惑う前に導かれる方向へ走っていた。

妙《みょう》な色の葉を、靴《くつ》が踏み潰《つぶ》す。

メイド服の女は、スカートを翻《ひるがえ》して俺の前を走る。もう間違いなかった。モザイクもノイズもないけれど、こいつは以前の悪夢に出てきたやつの片方だ。黒髪で口数の少なかった、あのモザイクの片割れだ。

「おい、おい！」

「はい、なんでしょうマイライター」

妙な呼び方で返された。いや、呼び方なんぞはどうでもいいのだ、この悪夢の中でそんなことを一々気にしている暇《ひま》はない。暗闇《くらやみ》のなか、冷たい感触《かんしょく》の肌に呼びかける。

聞くべきことは山ほどあるがそれはいい。大事なことだけ、今は聞かせろ。でないと後ろからの追跡《ついせき》者に捕捉《ほそく》される。

「いいか一つだけ聞かせろ！　お前は、俺の、味方なんだろうな！」

「イエス、マイライター。私は貴方《あなた》の従僕《じゅうぼく》を命じられております。現在、イツキ様の命令は第二位におかれ、エレシュキガル様の命令を除けば全ての事項に優先します」

なにを言っているかさっぱりわからなかった。

「保証は！」

「現時点での証明は困難です。ご命令とあらばティンダロスの猟犬《りょうけん》より盾《たて》となってイツキ様をお守りしますが、猟犬は私を二分弱で殺した後、二十秒ほどで食べ尽くし、その後イツキ様に襲いかかると思われますので、このプランはご提案しかねます」

「いい！　そんなのはしなくていい！　どこに向かってる！　安全なところなんだろうな！」

「現在は猟犬から匂《にお》いを嗅《か》ぎつかれるのを避《さ》けるため、風下となる逃走経路を使用しています。目的地は『死想図書館《しそうとしょかん》』です。ティンダロスの猟犬がいる空間とは位相が異なるため、こちらが迎え入れぬ限り侵入はできません」

くそ、こいつの言っていることがほとんど理解できない。なんだ図書館って。ふざけてんのか？

いや、だがすぐに襲われるといった猟犬の息遣いが、段々と遠くなっている。風下に逃げて匂いを誤魔化《ごまか》しているというのは本当のようだった。だがまだ油断はできない。あいつらは数が多いのだから。

「くそ、散々聞きたいことあるがよ、まずは！　あとどれくらいでそこに着く⁉」

「イエス、マイライター。あと十五秒ほどです――見えました」

走りながら、メイド服の女がこちらを見た。口調と同じ、丁寧《ていねい》で冷静で、ミスなど犯さないと言いたげな冷たい瞳。ガラスにも似た硬質さ。

「あちらです」

暗くて建物の全部はよくわからない。つか見ている暇などない。

後ろからは無数の足音が響いている。梢《こずえ》を踏み鳴らし走る猟犬どもは、俺の喉笛《のどぶえ》をかっ切ろうと荒い呼吸を繰り返す。俺に見えたのは、重厚そうな西洋風の扉だった。獅子《しし》の形をしたノッカーが目に入る。

森の中に、こんな建物が？

メイド服の女が扉を開けた。しかし見た目通りではないのか、彼女は片手で軽々と開けてしまった。

「お早く」

言われるまでもなかった。俺は扉の中へ滑《すべ》りこむ。メイド服の女が扉を閉めると、扉の外で犬の鳴き声がした。猟犬《りょうけん》が勢いあまってぶつかったのか。

「はーっ……あ、が……はあっ……はあっ！」

呼吸を整える。水が欲しかったがそんな都合のよいものは持っていなかった。隣《となり》のメイド服を見れば、汗一つかかずに平然としていた。なんだこいつ、今生死の境界を一緒に駆け抜けたんだろ？　もっと動揺しろよ。それともそう思っているのは俺だけで、こいつにとってはあんな犬はなんでもないものだったのか？

「つか、お前……さっき猟犬殴り飛ばしてただろ……あれだけ強いなら素直《すなお》に戦えよ」

「申し訳ありませんマイライター。あれは不意をついただけですので。『筆記官《ライター》』のお力添えがなければ、私はティンダロスの猟犬の群れも負かすことすらできないのです。せいぜいが一匹か二匹です」

相変わらず訳わからなかったが、要点はわかった。つまりこいつはそんなに強いわけではないのだ。よしそれで決定。あとの複雑なことは知らん。

扉を抜けた先は、もう本当に図書館だった。ロビーなんて洒落《しゃれ》たものはない。見渡す限り本《ほん》棚《だな》ばかりである。壁にも本棚ばかり。梯子《はしご》を使えば二階（というか壁に貼《は》りついた通路のようなもの。学校の体育館にある手すりに似ていた）にも行けるが、そこにだって本しかない。

気づけば、メイド服は部屋の隅《すみ》のテーブルについていた。なにやら備え付けの電話で誰かと話している。この空間で、本棚以外の家具はあのテーブルしかないようだった。

一応、本棚のさらに上には窓がある。そこから真紅《しんく》の月三つが顔をのぞかせていた。それがこの図書館で唯一《ゆいいつ》の、建物らしい意《い》匠《しょう》に見えた。

「イツキ様」

隣に、いつの間にかメイド服が立っている。こいつのことも全然わからない。なんか――そう、説明が欲しかった。わかりやすく、納得《なっとく》できるような。もうこれがただの悪夢だなんて、俺はこれっぽっちも信じてはいなかったのだから。

「ご挨拶《あいさつ》をさせていただきます」

彼女は、そうして恭《うやうや》しく頭を下げる。別に丁寧なわけではないと、俺は知っていた。こいつはそうするように決められているのだ。それが俺にはよくわかった。

なぜなら。

そのガラスの瞳に、俺は映っていなかったから。

「私の名前はリヴル・ブランシェ。黒間《くろま》イツキ様の従僕《じゅうぼく》を命じられております。どうか何卒《なにとぞ》、よろしくお願いいたします——」

第二章

『死想図書館』、あるいは影の外の罔両の如き自演

本に囲まれた部屋。部屋の形は正確な立方体。一辺十メートルはあるだろうか、あっちこっちを見回しても本ばかりで、正直めまいがする。入ってきた扉《とびら》の横にはデスクがあり、そこに電話機とライトスタンド、そしてなぜかティーセットが置いてあった。

部屋に扉は二つ。デスクの横に一つと、真向かいの壁《かべ》に一つ、向かい合わせのように設置されている。部屋の隅《すみ》には梯子《はしご》があり、それで部屋の中ほどの高さにぐるりと張り巡らされた通路へとあがることができるようだった。その通路には手すりと柵《さく》が設置されて、落ちないようになっている。天井《てんじょう》には窓が設置され、そこからは嫌《いや》な光が差しこんでいる。夢の続きであることを示すように、月光は紅であった。

「もう少々お待ちくださいイツキ様。エレシュキガル様がいらっしゃいます」

こいつはそれしか言わねえ。大体、図書館にいるべきなのは司書じゃないのか。メイドがいるだなんて聞いたことねえ。俺はデスクに腰をかけて、出された紅茶を飲んでいた。っても水分を渇望《かつぼう》する喉《のど》は、カップを一瞬《いっしゅん》で空にしてしまった。すぐ傍《そば》に両手をあわせて控えているこのメイドが、俺をたまらなくイラつかせた。

すました顔してんな。俺は色々聞きたいんだよ。

「おい……り、リヴル？」

躊躇《ためら》いながらそう呼んだ。呼び捨てするかどうか迷ったが、さん付けもおかしい気がした。こいつ、なにより腰が低いし。

「イエス、マイライター」

返事をする白と黒の集合体。こいつの名前を聞いて、ようやく livre blanche の読み方がわかった。意味わからないけどな。本のタイトルと同じ名前ってどういうことだよ。つかやっぱり英語じゃないのだろうか。

「さっきの、猟犬《りょうけん》どもは」

「ここは位相が異なりますので、ティンダロスの猟犬の存在の範囲《はんい》から除外されています。匂《にお》いをかぎつけてはいるでしょうが、入りこむことは困難です。こちらから迎えれば可能でしょうが」

「こんな扉で大丈夫かよ」

俺は立ち上がって、デスクの横にある扉に触れた。外から犬の遠吠《とおぼ》えでも聞こえるかと思ったが、なんもなかった。

「すでに、その扉は森にはつながっておりません」

「はあ？　なに言ってんだ大丈夫かご奉仕メイド」

口が悪いって？　余計なお世話だ、この状況で訳わかんないことを言うメイド女にはそれくらい言ったってバチ当たらねえだろう。

「開けていただければおわかりになるかと」

メイド服がそう言うので、俺はこわごわと扉のノブをまわした。外に出たらいきなり食い殺されるとかねえよなこれ。と思いつつ開けた先には本棚が広がっていたので、俺はほっと一息ついてからさっさと奥へと進んでさっきと同じようにデスクの隣《となり》の扉に手を。

「待て」

なぜかさっきと変わらずデスクの横にいるリヴルに声をかけた。

「なんだこれ、俺あの扉開けて入ってきたよな。同じ光景なんだけど、つかお前なんでいるの。さっきの部屋にいたよな？　俺が入ってきた時お前動いていなかったよな。空間ループとか言ったら殴る」

「私は司書ですので、死想《しそう》図書館の全ての部屋に偏在《へんざい》します」

「はあ？　わかりやすく一言で」

「イエス、マイライター。部屋の構造は全て同じですが、所蔵されている本の種類が違います。同様の部屋は百八十ほどあり、全て通過すると最初の部屋に戻る構造となります。円を描いているようなものとお考えください。私は、イツキ様のいる部屋に同時に存在することができます」

一言じゃねえしわかりやすくねえし。誰か通訳してくれねえかなあ。いや、言っていることはわかるんだが、こいつの顔は当たり前のことを説明している顔で、ファンタジーをぺらぺら喋《しゃべ》る。こいつと俺で、ルールが違う。

　オーケー。あわせよう、こいつのルールに。ここでどんな不思議が起きても不思議じゃない。信じてはいないが、そういうことにしてしまおう。これは夢――いや、どう考えてもただの夢ではないだろうが、それでも、夢なのだから異常が常在するのだと、とりあえずは考えよう。でないと、規格の違う世界への衝突《しょうとつ》で、発狂《はっきょう》してしまいそうだった。

「つまりあれか。ここに出口はないのか。俺が入ってきた扉はどうなる」

「はい、ここの図書館の出入り口を作れるのは、エレシュキガル様だけとなります。イツキ様は一度ここに入りましたので、次からは眠りにつけばすぐさまこの図書館につくことができます」

　そう、そういう設定なのな。わかったわかった。俺はもう半分聞き流していた。エレシュキガルって確かバビロニアの冥府《めいふ》の神様だろう。なんでそんなやつの名前が出てくる。

　ああ、ちくしょう。これが町中だったらただの頭おかしい女の戯言《ざれごと》と聞き流せるのに。幻想《げんそう》と狂気が入り乱れる図書館の中では、全てを嘘《うそ》と断じることができない。

「お席にどうぞ。あ、紅茶のお代わりはいかがでしょう？」

「…………もらう」

　表情を一切変えずに、リヴルはカップに紅茶を注ぎこむ。さっきの部屋にあったはずの空のカップが当たり前のようにここにあるのがムカついた。紅茶を一口飲めば少しは落ち着くかなと思ったので、俺は席につく。良いデスクだった、マホガニーだろうか。いや、マホガニーがどんなものか知ってるわけじゃあないが。

紅茶を飲んだら精神は若干安定した。なにしろこの紅茶は普通の色だ。いや、図書館の中は俺のよく知っている色だった。本棚も普通だし、並べられている本も普通。美人すぎて気味の悪いメイドはいるが、こいつは人形みたいなもんだと思うことにした。

大きく溜息《ためいき》をついた時に、すぐ隣《となり》の扉《とびら》が開いた。

「おう、もうくつろいでおるのか。良い身分じゃのイッキや」

――ま、ちょっとだけ予感もしてたんだけどな。こいつが来るってさ。

声の主は紫《むらさき》。透けるような紫の布をまとった、背の低い女だった。リヴルも別に背が高いわけじゃないが、この女はさらに小さい。つか子供だった。髪も紫、まとう布も紫。別に露出《ろしゅつ》過多なわけじゃないが、腹や肩が透けて見えているのが妙《みょう》に妖艶《ようえん》だった。子供のくせに。

あちこちに大きな宝石を身につけていた。腕や指なんかゴテゴテしていて殴られたら痛そうだ。貴族のお嬢様と言われれば信じてしまいそうだったが、額に貼《は》りつけてある冷えぴたシートがマジでウザかった。シュールレアリスムってこういうものか。

見たことあるよお前。モザイク越しだけどな。

「うむ。その様子では余のことは覚えているようじゃな、感心感心」

そう言ってその子供は。深く深く頷《うなず》いたのだった。

夢のモザイクは、紫《むらさき》と黒。同じような光景が、目の前に広がっていた。違うのはモザイクもノイズもないことだが。

デスクに座っているのは紫の子供。名をエレシュキガルというらしい。俺を押しのけて椅子《いす》に座ってふんぞりかえっていた。

「余の名はエレシュキガルじゃが、別にヘルでもペルセポネでも構わぬ。死と生を司《つかさど》る神、極の神。お主ら人間の神話に、余に一番属性の近い女神がおったから、その名前を借りているだけなのじゃ。そんなわけで好きに呼ぶがよいぞ。あ、リヴル、お茶お代わりじゃ」

エレシュキガルと名乗った子供は神様らしい。いいだろう、そういう設定なんだな。受け入れ難《がた》いが、それはいい。とりあえずこいつらと話をあわせてやる、と決めたのだ。

「……順に説明してくれないか。わからないことだらけなんだが」

「ふむ——なにから話そうかの。色々と説明しなくてはいけないのじゃが」

エレシュキガルがあごを撫《な》でる。この子供、小さいくせに口調や仕草は老人ぽかった。なんというか、めちゃくちゃ違和感がある。

「なんじゃどうした。余の喋《しゃべ》り方がおかしいかの？　そんな顔をしておる」

「ああ、おかしいな。古いし、一人称もなんか変だ」

「お主ら人間の世の流れが早すぎるのじゃ。これでもお主らの流行にあわせておるのじゃぞ？　動物たちを見るが良い。彼奴《きやつ》らは二千年前と変わらぬルールで生きておるぞ。変わったのは人に順応した一部だけじゃ」

なんだそれ、人間社会非難か。つかお前は一体何歳だ。自称神様なら一万年くらい生きてんだろうな。

「よかろう、まずは余の説明からじゃな。うむ、それがいい。リヴル」

「はいエレシュキガル様」

召使いに説明させるのか、と思わないでもない。しかしこの子供より、説明口調のリヴルのほうが解説には相応《ふさわ》しいのかもしれないとも思った。

と思うそばから、すたすたとリヴルは俺の横を素通りしてしまう。声をかける暇もなく、彼女は本棚から一冊の本を抜き取った。すごく薄手の、緑地の本だった。なんだというのだ。

ページを開いて、リヴルはその本を俺に差し出してきた。

「……なんだ？」

「お読みください。疑問の解決の一助となるはずです」

なるわけねえだろ。

読みもしないうちから決めつけたが間違いなくそうだ。だってこの異常な空間が本に書いてあるとでも？　まさか、こんな世界が既《すで》に誰かに知られているならなんで秘密になっている。

発見者がテレビで紹介されてしかるべきだろう。

ああ、でもこの場所にある本なのだ。やっぱりどこか異常で、歪《いびつ》なのかもしれないとも思う。むしろ、不可解な世界にある本は不可解で当然だろう。

これは、もう普通の夢じゃない。最初は確かに俺の夢だったはずなのだが、なんか変なヤツらのせいで妙《みよう》な崩壊《ほうかい》が起きている。まだ、俺の夢のはずだ。覚醒《かくせい》するまでの我慢だ、こいつらに付き合ってやろうじゃないか。

そう思いながら、俺は記してある文章に目を通した。

エレシュキガル【えれしゅきがる】
1．古代メソポタミア神話の冥府《めいふ》の女王。別名アラツ。
2．全ての死と生を管理する神の名前の一つ。善と悪、生と死、光と闇《やみ》、北と南など、ありとあらゆる極を司《つかさど》り、管理する神。また世界の創世は彼女によって行われ、終末は彼女が決める。既《すで》に死んだもの、正しい世界に存在しないものを集めた施設《しせつ》も作った。名前は複数もつが、彼女自身はエレシュキガルと呼ばれるのを好む。
姉のイシュタルは、あらゆるものの秩序《ちつじょ》と中庸《ちゅうよう》を司る。世界は、エレシュキガルとイシュタルの働きによって成立している。

死想図書館【しーそうーとしょかん】

エレシュキガルが死んだ図書の保管庫として作った施設。出入りはエレシュキガルが認めた者しかできない。司書はリヴル・ブランシエ。普通の人間は夢の中でしかここに来ることはできない。保管されている図書には以下の四つに分類される。

一、現実において焚書《ふんしょ》、または禁書となって消失した古書、希少本。

二、架空《かくう》の本。架空の物語の中で存在するが、実在しないもの。

三、改変、変更が多岐《たき》にわたり、今日かなり変質してしまっているものの原書。主に魔導書《まどうしょ》など。

四、本の体裁《ていさい》をとっていないため、内容が失われたもの。本に編纂《へんさん》されて収められている。主に口伝の伝承や石版などがあげられる。

一から四はまとめて死書と総称《そうしょう》される。

力持つ本を封印する施設でもあるため、エレシュキガルの力の一端《いったん》が封印《ふういん》に用いられる。

リヴル・ブランシエ【りぶるーぶらんしぇ】

1．フランス語。白い本の意。livre blanche。

2．死想図書館の司書にして死書。また管理人であり封印者。別名『真白き本』。死想図書館にある死書の保管、管理、整理、封印を職務とする。ただし、封印業務に関しては、『筆記官《ライター》』

の協力を必要とする。

筆記官【ライター】

リヴル・ブランシェの封印執行《ふういんしっこう》に必要な人間。『筆記官《ライター》』として認定された人物がリヴル・ブランシェに文章を書きこむことで、リヴル・ブランシェは死書の封印を実行できる。現在は黒間《くろま》イツキが適合する。

黒間イツキ【くろまーいつき】

「おい」

思わず声を出す。別に誰かに向かって言ったわけじゃねえ。山ほどの疑問と文句が二文字になって表出しただけだ。

なんだこの本は。辞書か。それにしては単語の並ぶ順番がめちゃくちゃじゃないか。しかも最後に出てきたのは——俺の名前だしよ。

「いいから先を読め」

そう言ったのはエレシュキガルだった。面倒《めんどう》そうに手を振って、俺に先を促《うなが》す。

「お主が知らなくてはならぬことが書いてある。『アカシック年代記《レコード》』はお主の望むことが、一番理解しやすい順番で書かれる、生きた本の一種じゃ。読まなくてはお主、この先立ちゆかぬぞ」

うるせえなこの子供は。

だが否定できなかった。なにしろ、俺が一番知りたいのは、なぜ俺がここにいるかということだったから。早く家に帰してくれよ。俺が思ってるのはそれだけだよ。

黒間イツキ【くろまーいつき】

人間の一個体。人格は純粋無垢《じゅんすいむく》でお人好《よ》し、頼み事を断れないが怖《こわ》い顔と乱暴な言葉遣いが多いために誤解されることが多々ある。妹を溺愛《できあい》する。

「おい投げ捨てていいか」

「なにが書いてあったか知らぬが、最初の記述は『アカシック年代記《レコード》』の戯《たわむ》れじゃ。早く読め」

その個体の設定をされる時、『筆記官《ライター》』として必要だったため、エレシュキガルによって与えられた高速筆記能力をもつ。死想図書館が変事に陥《おちい》った際、リヴル・ブランシェとともに死書を封印するための存在。フェイルセーフ。

書いてあったのはそれだけだった。なめんじゃねえ。この悪夢はどこまで――。

いや。

もう違うんだ。本当はわかっていた。これだけリアルな悪夢がどこにある。悪夢だとしたらもう覚めねえよ。覚めない夢なんて現実とどう違う。

空気を肺から吐《は》きだした。リヴルがすぐ横に来たので『アカシック年代記《レコード》』とやらを返した。この世の全てが記されているという、オカルト世界の完全記録が、こんな小さな本にまとまっているとは驚《おどろ》きだ。

頭の中はぐちゃぐちゃで、どうすればいいのかの整理もついていない。けれど、俺はもうこのめちゃくちゃさを半分くらい信じていた。仮にこいつらの大がかりなドッキリだったとしてもだぜ？　空の色や月の色までは変えられまい。

それができるのなんて、神様くらいだろ。

「………整理させてくれないか」

「うむ、よかろう」

「まず、アンタ――エレシュキガルが冥界《めいかい》の神様。この死想図書館ってのは、俺らが普通はまず手に入れられないようなおかしな本が所蔵されている場所で、アンタが作った、と」

「うむ。死と生、終わりと始まりを司《つかさど》る神として、終わってしまったものを保管し管理しなくてはならぬ。そのための施設《しせつ》の一つとして、この死想図書館があるというわけじゃ。ま、神としての仕事の一つじゃの」

はいはい、ご苦労さん。まったく偉《えら》い話だ。神様なのにせっせと働くなんざよ。

「で、そこのリヴル・ブランシェはここの司書で、ここの本の中でも特にヤバいものを封印《ふういん》する仕事もしてる、と。間違いないな?」

受け入れたわけじゃない。そっくりそのまま信じているわけじゃない。

俺は、関わり合いになりたくなかったのだ。おかしな幼女もメイド服の女も、この奇妙《きみょう》な場所で奇妙なことを勝手にやってくれと思っていた。あの猟犬《りょうけん》から助けてくれたことは感謝しているが、もういいだろう?　帰してくれよ。俺を留《とど》めている理由はなんなんだ。

早く話を終わらせたかった。

「それで――俺は、その封印を助ける『筆記官《ライター》』とやらだ、と」

「そうじゃ、本来であればそのことを説明し、『筆記官《ライター》』をやってもらうためにここに呼び寄せたのじゃ。お主の夢でな?　しかし邪魔《じゃま》が入ったせいでなかなか成功しなかったのじゃ。わしらのことを認識できなかったり、猟犬に嗅《か》ぎつけられたのもそのせいじゃ」

つまり俺が危ない目にあったのはお前の不手際《ふてぎわ》ってことか?　いや、そもそも巻きこまれる道理がないはずだろう。

「どうかやってくれぬかのう、イツキ?」

見上げる懇願《こんがん》。瞳がうるうると揺れていた。ああうぜえ。

「断る」

即時《そくじ》の回答に、冥府《めいふ》の神は鬱陶《うっとう》しい子供顔をやめて、紅茶をすするだけだった。バックグラウンドを理解して、半分くらいは受け止めて、その答えだ。当たり前だろう？　こんな得体の知れないものに誰が片足を突っこむか。

「アンタ神様なんだろ。自分でやれ」

「そこなんじゃ。ほれほれ」

幼女が髪をかきあげて額を見せつけてきた。そこにはこの風景にあまりにそぐわない冷却《れいきゃく》シートが貼《は》りついていた。

「エレシュキガル様は現在、三千六百年ぶりにお風邪《かぜ》を召しておられます。そのせいで、今までなんともなかった死想図書館の封印が緩《ゆる》くなってしまい、力ある死書のいくつかが逃げだしています。現在、図書館の蔵書には二百余の喪失《そうしつ》があります」

「風邪……だあ？」

神様が風邪ねえ。なんか一気に現実に引き戻されたようなそんな気がする。風邪って菌《きん》とかウィルスが原因だろう。そんなものにやられるのか？　神様が？

「人間の風邪と同じに考えるでない。とにかく、今の余は弱っておるのじゃ。それに、神が人間の世界に迂闊《うかつ》に介入しては、バランスが崩れてしまうのじゃ。イツキ、逃げだした本を封印できるのはお主しかおらぬのじゃ」

「嫌《いや》だ。他のやつに頼め」

「それこそダメじゃ。よいか、何度も言うが余は死と生の神。全ての人間がどのように生まれ、どのように死ぬか定めることも仕事の一つじゃ。よいか、イツキ。お主は余が作ったのじゃ。お主の力――誰よりも速く文字を執筆《しっぴつ》する能力を与えての。それはなにかあった時のためにお主を『筆記官《ライター》』にさせるため。じゃから、お主にやってほしいのじゃよ」

全てレールの上ってか。気に入らねえ。というかエレシュキガルは風邪をひいているはずなのに随分《ずいぶん》とよく喋《しゃべ》るな。

「今日は調子がいいのじゃ」

心読むんじゃねえよ、お前神様ならマジで読心スキルもってそうだから嫌なんだよ。

「まだわからねえことがある。俺は確かにバカみたいに速く字書けるがよ、それと封印とどういう関係があるんだよ？　説明しろ」

「説明もなにも……お主には『真白き本』を渡したはずじゃがな。きちんと。ああ、多分捨てたじゃろうが戻ってくるからの？　あれは本来夢の世界にあるもの。夢の中で渡した以上、お主の世界でいくら引きはがそうとしても無駄《むだ》なのじゃ。リヴル、持ってきておくれ」

はい、とリヴルが素直に頷《うなず》いて、部屋を出て行った。もうどうしようもなく嫌な予感しかしなかったが呼び止める前にメイド服がかき消えた。

「そうだ。ここは夢なのか現実なのか。どっちだ」

「どちらかといえば夢じゃ。ちゃんとお主は寝ておるよ。余はお主の精神に器《うつわ》を与えてこの場に呼びこんでおる。きちんと死想図書館に呼ぶはずが、猟犬《りょうけん》どもの狩《か》り場に落としてしまったのじゃ。ま、その辺りは深く説明しても理解できんじゃろう」

結局、ここにいる俺はどれだけ意識がはっきりしていても夢を見ている状態だということらしい。もう詳《くわ》しい仕組みなどは詮索《せんさく》する気も失せていた。

「お持ちしました、エレシュキガル様」

「おお、ほれほれ、イツキにも見せてやれ。お主とイツキをつなぐ大事なものじゃ。もう捨てぬようにきつく言うが良いぞ」

予想はしていた。だって、同じ名前だからよ。名前が同じなら内容も同じだなんてことは言わないが、なんらかのつながりはあるんじゃないかと思っていた。

リヴル・ブランシエが手にしていたのは——俺の部屋にあるはずの、白紙の本だった。

「なんでここにある」

「『どうせまたよくわからないファンタジーな理屈《りくつ》で答えられるんだろう』と内心で思っておるじゃろう？　そんなやつに説明する気にはとてもなれぬが、しかし余は優しいから丁寧《ていねい》に説明してやろう」

心を読むんじゃねえこの子供神様。やめてくれよ本当に神様に思えてしまうだろ。もう疲《つか》れ果ててしまった。心身ともに。これで目が覚めて果たして学校行けるだろうか。

「その本不気味なんだよ」

「うむ。おそらく人皮の装丁じゃからそう思ってしまうのじゃろう」

「……………おい。なんだそれ、人皮？　殺して生皮剝《は》いだのか」

「まさか。この本は元々そういうものなのじゃ。初めからそういう風にしてここに置いてある。触れるうちに存分に触って堪能《たんのう》しておくがいい。この皮はそこにいるリヴルの肌と同じものじゃぞ？　――まあ、もっともそこのリヴルから剝いだりしたわけではないがの」

本の装丁に触れて堪能するなんてただの変態じゃねえかよ。

「よいか。お主は夢の中でここにいるが、本体は眠っておる。livre brancheにとっては逆なのじゃ。本にとってお主の現実が夢、本体はこの図書館にある。だからお主の世界で、この本は捨てても戻ってくるのじゃ。なにしろ本にとってお主の世界は夢じゃからな。なんでも起こりうるのじゃよ」

「ああそうかい。それで？」

「投げやりになるな。よいか、お主にやってもらいたいのは、この本に書きこむ作業じゃ。この本の形のlivre brancheに書きこむことで、端末《たんまつ》――つまりこのメイド服のリヴルが力を得ることになる。よいか、はっきり言うぞ。お主はここに書きこめば、それを現実に発現させることができるのじゃ。たとえ神話の剣だろうと、伝説の魔法だろうと、お主が正確に書くことができれば自由自在。想像力が及ぶならば、お主は世界征服すら容易じゃ」

はっは。いよいよ世界ときたか。俺は降りる。

いい加減にしろ。なんだ端末とか。まるでそこにいるメイドがロボットで、その本がロボットを操作するコントローラーみたいじゃないか。

「間違っておらぬ。それはほとんど正解じゃ」

「黙《だま》れ。白紙の本に書くだけなら誰でもできるだろうが」

「もちろんじゃ。じゃが封印《ふういん》というのは厄介《やっかい》でな。まず本を読み、内容を把握《はあく》することで死書は封印となる。しかしヤツらもなかなか手ごわくての、自分が魔導書や希少本であることを良いことに、異界の魔物や古代の神々を呼びだしてくる。本の最大の武器は己に書いてある事柄自身じゃからな。対抗するには、こちらも図書館の本の力を借りるしかない。なにも書いていない本には、なんでも書きこめるじゃろう？　故《ゆえ》に、正しく使えば負けることはない。このlivre brancheは死想図書館の蔵書から書かれた記述に適合する本を検索《けんさく》し、それを元に端末の人型リヴルに力を与えるのじゃ。そうして、ヤツらの呼びだした魔物を駆逐《くちく》してから逃げ出した死書を読まなくてはならぬ。命をかけた戦闘《せんとう》をせねばいかんのじゃぞ？　のんびり文章を書いている暇《ひま》はない。並はずれた高速の筆記が必要なのじゃ。そこでお主よ。綺麗《きれい》な字で、戦いができる速度で文字を書けるお主以外に、『筆記官《ライター》』に相応《ふさわ》しい者はおらぬ」

「嫌《いや》だ。ますます嫌になった。もういいから家に帰せ」

今こいつ命がけっつったぞ。誰がそんなことをするかってんだ。訳のわからないやつらのために、訳のわからないことを始めてたまるか。

「お主が応と言ったら帰してやろうイツキ。お主にも無関係ではないのだぞ。死書どもは、ここから逃げ出しお主の現実へと向かう。しかしもともと異界の本じゃからの、現実へ行くには媒介《ばいかい》がなくてはならぬ。つまりお主の世界の、ごくごく普通の人間が死書に狙《ねら》われる可能性もあるのじゃ。お主の家族や友人が危険にさらされるのかもしれぬのだぞ？」

「…………っ。おい、今なんつった」

家族――ユズキや母親。友達って未耶《みや》とか。そいつらの顔が脳裏をよぎった。沸《わ》き上がるのは明白な怒り。お前らの不手際《ふてぎわ》を俺に押しつけてんじゃねえ。神様ならてめえでなんとかしやがれ。

「なんだそれ、俺の家族が狙われる理由なんてないだろうが」

「いや、ある。連中が最も警戒《けいかい》しておるのはお主、『筆記官《ライター》』としての才覚をもつお主なのじゃ。お主さえ始末できれば、死書は何者にも縛《しば》られず活動できる。だとしたらまず、お主に近しい人間に近づこうとするのは当然じゃ。よいかイツキ、お主はすでに猟犬《りょうけん》に襲《おそ》われたじゃろう。同様のことや、それ以上の危機がお主の知り合いに起こらぬとどうして言える？」

ああ、言えねえよなあ。お前の話丸飲みにするとしたらなあ。そうしたら俺に選択肢《し》はないように見えるけどな。俺にはその真偽《しんぎ》を判断する材料がねえんだよ。

「イツキ様」

それまで黙《だま》っていた人形、もといメイド服が俺の名を呼んだ。ずいっと前に出て、胸に片手を当てて顔を寄せてくる。

陶器のように、白すぎて気味の悪い肌だった。

「私は、イツキ様がいなくては意味がありません」

「はあ？」

「私は死想図書館の管理を一任され、外部と接触をはかるための端末《たんまつ》として、エレシュキガル様に製作されました。私は本体と同じ本の形をとらず、人の形をあたえられました。ですが、本の管理や維持《いじ》や整理など、人型でなくてもできることです。私が人間と同じ体組織で、人間と同じ臓器をもち、人間と同じ役割をこなすことができるのは、ひとえに『筆記官《ライター》』の協力が不可欠だからです。私は、イツキ様を導いて、共に戦うために製作されたのです。ですからイツキ様、どうかお願いします。『筆記官《ライター》』がいなければ、人型端末である私の存在意義が剝奪《はくだつ》されてしまいます。私はイツキ様のための存在なのです――」

おい、やめろ。自分の存在意義を他人に求めるな。求められたほうはどうなる。押しつぶされて消えるか払いのけて逃げるかしかないじゃないか。そういう、ジレンマを与えて精神的に殺すようなことは言うな。

「――とイツキ様に言えと、エレシュキガル様がおっしゃいました」

「おいそこのチビ神様」

思わず幼児虐待《ぎゃくたい》に走るとこだった。あぶねえあぶねえ。最近は未成年に対しての虐待は風当たりが強いからな。というか薄《うす》い紫《むらさき》の布しかまとっていないエレシュキガルも、十分どこぞの政治家が騒ぎそうな露出度《ろしゅつど》だった。

「ち。ダメか」

当たり前だ。沈めんぞこのロリ神。

「じゃが嘘《うそ》は言っておらぬ。この人型リヴルはお主のために作ったのじゃ。女性型にしたのも喜ぶと思ってな？　なんならリヴル、今ここで夜伽《よとぎ》の技でも」

「はい、エレシュキガル様。では失礼いたしますイツキ様」

「今すぐやめやがれこの異次元の住人ども」

スカートをたくし上げようとしたリヴルに、可能な限り最高速で停止を命じた。イエスマイライターなんて言いながら、リヴルは猥褻物陳列罪《わいせつぶつちんれつざい》を回避《かいひ》する。この従順さが良いってやついるんだろうか。俺は脳みそにウジがわきそうだ。

ていうかさっきまでシリアスだったのに急にギャグやってんじゃねえ。

「で？　こんな素直な女奴隷《どれい》つきというのにやらんのか」

やらねえよ。

むしろそんなもので釣《つ》られるか。常人はヒくぜ普通。人間口ではあーだこーだと言っていて

も、いざ異常な状況や人間に直面すると割合冷静な反応するもんだ。たとえば二次元行きたいとほざくオタク、実際二次元の住人になったら大慌《おおあわ》てするだろ絶対。

「仕方ないのう――――お主、確か妹がおったな」

今度は妹キャラでも目指す気か？　お兄ちゃんやってーとか言われても断固拒否するぞ俺はよ。

「なにを言う。よいかイツキ、余は死と生、始まりと終わりを司《つかさど》る女神じゃ」

「それがどうし」

「つまり、人の寿命を定めるのも余の仕事じゃ。お主も、お主の家族も、お主の友人もみんな、のう」

最初からこいつの掌中《しょうちゅう》なのは、わかっていたはずなのに。

遠回しに言ってはいるが理解してしまった。こいつ脅迫《きょうはく》してやがる。先ほどの脅迫より、さらに直截《ちょくさい》的に。

俺がやらないならやらせるまで。そのためにはなんでもすると、そう言いやがった。

「おい……てめえ、なに考えてやがる」

さあてのう、などと言いながらエレシュキガルはとぼけている。隣《となり》のリヴルは相変わらずの能面だ。なんだこのワンサイドゲーム。今まで対等だと勘違いしていたが、実際は俺だけが無様に全てのカードをさらしていた。これではポーカーフェイスもただの道化。

しかも賭《か》け金は、妹の、ユズキの――。

「全部でまかせじゃないって証明できんのか」

「おお、もちろんじゃとも」

ごとり、という重い音。なにかと思えば、リヴルが花瓶《かびん》をデスクに置いた音だった。そこには、この場にはあまりに似つかわしくない、真紅の薔薇《ばら》が咲いている。満開でとても綺麗《きれい》だった、ああそういや、バラは今頃に咲く花か。旬《しゅん》だもんな。

エレシュキガルはなにをするかと思えば、いきなりその薔薇の花を鷲掴《わしづか》みにした。この自称女神様に花を愛《め》でる心はないのだろうか。綺麗とも可愛《かわい》いともいわず、無表情に花を握《にぎ》りつぶす。

女神が、その小さい手を開いた。

こぼれ落ちた花弁は、この闇《やみ》でもわかるほど色が変わっていた。

「枯《か》れ……」

そう、枯れていた。握りつぶしただけなのに。あの目に痛い鮮烈《せんれつ》な赤は、灰と茶の混じる切ない枯死《こし》の色へと変わっていた。いや、おかしいだろ。こいつ触れただけなのに。それで一瞬《いっしゅん》で色が変わるなんざ。

「お前」

死の女神。いや、半信半疑だったが。

証明、したのか。こんな、意味もなく花の命を奪《うば》うことで。俺が今見た光景よりも、そんな瑣末《さまつ》なことのためにあっさりと生命を消し去る。その無慈悲《むじひ》さと酷薄《こくはく》さが、なによりの証明に思えた。

例えだ。そうだ例えだ。例えだが。

この花が、もしユズキだったら。

「これでも断るというのならば、まあ見ておれ、翌朝にはお主の妹の部屋から冷たい冷たい氷のごときした」

「コールだ」

それ以上は言わせなかった。

さっきの、狙《ねら》われているのが俺の家族だ、なんて話よりはよほど現実味のある脅迫《きょうはく》だった。なぜかって？　わかるだろ、エレシュキガルの目が本気だからさ。必要ならばやるしかないって顔してたからだよ！

ユズキの屍《しかばね》なんぞ見てしまったら、俺は今度こそ発狂《はっきょう》してしまう。

「訳わかんねえがやってやる！　ああ、やってやるさ！　『筆記官《ライター》』だがなんだが知らねえが、てめえらがどうしても俺を脅迫するってんならな！」

「おお、さすがイツキ。余はそう言ってくれると信じていたぞ」

白々しい女神の顔をぶん殴りたくて仕方がない。

ああ、もう踏み入れた。非日常の泥沼《どろぬま》に片足を突っこんでしまった。もがかなくては沈むのみ。けれど力の限りもがいたところで抜け出すのにはとても時間がかかる。

出入り口を塞《ふさ》がれた迷宮の中。もうどこにも行けまい。

「…………もう、いい。利用するだけしろ悪魔ども」

「いえ、利用されるのは私です、イツキ様。イツキ様は私をお使いになり、死書の封印《ふういん》をしていただきます。この身がぼろぼろに朽《く》ち果てるまでイツキ様に隷属《れいぞく》します」

それは本当に隷属しているのだろうか。

奴隷は縛《しば》られるのみか？　今の俺は自分を召使いだと断言するリヴルにすら、見えない言葉で行動を強制されているような気がした。ああだってそうだろう。奴隷《どれい》の首につながれた鎖《くさり》は、同時に主人の腕につながっているんだから。

「で？　最初はなにをすればいいんだ」

「では、こちらにサインを」

リヴルが羽ペンを渡し、livre brancheを開く——いや、紛《まぎ》らわしいなこいつら。同じものなんだろうが、役割も外見も違うなら区別する必要がある。

本の方を『真白き本』、人型をリヴルと呼ぶことにした。『真白き本』の、リヴルが指示したところに自分の名前を書く。どうもそのページはライターの名前を書くための箇所《かしょ》らしかった。こんなページあっただろうか。

「これで契約《けいやく》完了です。よろしくお願いいたしますマイライター」

「簡単なもんだな。で、早速《さっそく》その死書とやらを封印に行くのか」

「せっかちじゃなお主は。今日はもうすることはない。なにしろ初手はすでに勝っておるからの。連中に妨害《ぼうがい》されてもなお、お主をこの図書館まで導くことができた。これでお主はもうテインダロスの狩《か》り場に迷いこむこともなく、眠ればすぐに死想図書館まで来ることができる。これは、死書の連中が最も阻止《そし》したかったことじゃからのう。もう直接お主に手は出せないのじゃ」

なるほどね、もうあの森とは切り離されたわけか。便利なルールだなおい。

これから、少しは安眠できるだろうか。あのジャンキーの抽象画《ちゅうしょうが》のごとき色彩の森に行くことは、もうないというのだから。

「死書の次の狙《ねら》いは、おそらく直接お主か、お主の身近な者になるはずじゃ。とはいえ急ぐことはない。下手《へた》に手をだせば、リヴルとお主によって返り討《う》ちにあうことくらい、敵もわかっているはずじゃ。お主もゆっくり予習をすれば良い」

予習？　予習ってなんだ。

質問に答える前に、リヴルがまた棚から本を取り出して俺に渡してきた。今度は数冊あって、どれもこれもハードカバーの重そうな本だった。

「『王の写本』を筆頭に、北欧《ほくおう》神話に関連した死書を選出しました。どうぞお読みください、イツキ様」

「読めったって……」

なにがなんだかわからない俺に、エレシュキガルが課題図書じゃ、とか言い始めた。

「リヴルの力を引き出すには、想像力と知識が不可欠じゃ。じっくり読んで、頭の中で具現化させたい武器や魔法のイメージを固めておくことじゃな」

「意味わかんねえんだけど」

「お主はやると言ったのじゃ。その言葉にウソはないな？」

ああくそ、この子供俺本当に嫌いだ。なにが嫌いって外見はいたいけな子供のくせに中身は老獪《ろうかい》な詐欺《さぎ》師《し》なところがだよ。

「読書は得意じゃろう？　今まできっと多くの本を読んできたじゃろうからな。それも数日のうちに読める、きっとできると信じておる。本当に、余は期待しておるのじゃイツキ。さあもう朝になるからの。扉《とびら》はお主の世界とつなげておいた。出て行けば目覚めることができる。続きはまた今夜じゃな」

結局、エレシュキガルはデスクに終始座ったままだった。一方のリヴルは俺のすぐ傍《そば》に寄ってきてこちらですイツキ様とか小声で告げた。ここまで世話されるのは正直やりづらい。

続きねえ。できればもう、こんなところに来るのはごめんだと思ったが――そんなわがままが通るほど、こいつらは甘《あま》くなかろう。

「お眠りになればまたここに来ることができます」扉を開けるとリヴルの声はもう遠かった。

「今夜、私を使っていただくことになります」扉の奥が見えない。すでに意識は半分が睡眠《すいみん》に沈《しず》む。「イツキ様を狙《ねら》う死書の名は、『邪神秘法書《ネクロノミコン》』」彼女の言葉の意味ももはやわからない。

「どうかよろしくお願いいたします、マイライター」

長い長い覚醒夢《かくせいむ》は、眠りに落ちて終わる。

とりあえず確信できることが一つ。

名前を書いた。これで、あの奇妙《きみょう》なメイドは俺に隷属《れいぞく》する。

『真白き本』リヴル・ブランシェは、絶対に、間違いなく、俺の命令を聞くのだということだった。


朝は、今までよりはマシな目覚めだった。

いや、疲《つか》れはとれてねえんだがな。

もっともそれは頭だけだ。身体《からだ》はきちんと休んだ状態になっている。学校も問題なく行けそうだった。これからあの図書館の夢が続くとしても、慣れていけば日常に支障はないだろう。

なんて思っていた矢先から、俺は騙《だま》されたことを知る。

目覚めた俺の部屋には当たり前のように、あいつらから渡された本が置いてあった。ただし、ただしさあ！　量が全然違うだろうがよ！　アイツら俺に直接渡してきたの数冊だったじゃねえか！

思わず呻《うめ》いた。部屋にあったのは五十冊はくだらないと思えるハードカバーの本である。もちろん見覚えなどあるわけがない。本棚《ほんだな》に入りきらない分は床に積まれて置いてあった。いや、これユズキとかに見られたらどうすんの。これを都合よく説明できる言い訳など、生憎《あいにく》俺は持ち合わせていなかった。

もちろん、『真白き本』もきっちりと置いてあるのだ。当たり前といや当たり前なんだが、それこそがこの大量の本の非現実ぶりに、口出しできない止《とど》めをさしていた。

どんな方法を使ったか知らないが、俺の部屋に大量の本を送りつけてきやがったのだ、アイツらは。

一冊手に取って見る。中身を開けば一応日本語だった。とりあえず一冊を通学カバンに無造作に突っこんだ。これだけの本わざわざ俺に渡したのならば、少しは読んでおかねばなるまい。でないと何を言われるかわかったものではない。

本の中には、不気味な装丁の『真白き本』もあった。当然のように。持っていくかちょっと迷ったけれど、分厚い本は二冊もカバンに入れられない。エレシュキガルも、肌身離さず持ち歩けなんて言わなかったし、結局そちらは放置にする。

白濁《はくだく》した脳内のまま、学校へと向かった。

授業は半分くらいしか聞いていなかった。代わりに分厚い本を机に広げて読んでいた。いつものことなので教師も注意しなかったが、これまたいつものように未耶《みや》だけがうるさく授業聞けよおとか言ってきた。声の調子がいつも通りだったのが安心だった。

そんなわけで放課後。

「終わったー！　マキマキー、終わったよー！」

こいつもはや俺の名前アナグラムして適当な造語を作っているだけなのではないだろうか。

「お疲《つか》れさん」

「お疲れさんじゃねぇー！　お前学校来て平気なんかよー！　昨日ユズキちゃんからメールがあってマジ心配したんだぜ！」

返答したらいきなり逆ギレ、いやまあそれはいい。

心配って感染《かんせん》するんだよな。そして感染源は俺なわけだが、元を辿《たど》れば悪いのは死想図書館の子供とメイドだろう。

「悪いな。けどもう大丈夫だよ」

「おーしっ、見た感じ平気そうだから私も安心！　ユズキちゃんにもちゃんと報告しときまあす、貴女《あなた》のお兄ちゃんはもうバリバリ元気で学校でも構わずにあたしの服を脱がしてちょっと口にだせないことをしようと」

「お前の顔からちょっと口にだせないようなひどい有様にしてやろうか」

そしてそれはユズキへのセクハラだこの親父《おやじ》め。

「え、ちょお、学校で？　そんな……やん、そりゃ確かにあたし妹だけどぉ、だからって同級生の男の子と兄妹プレイだなんて……それにそんな、顔にぶっかけてひどい有様にするなんて……」

「やめろ、そこまでは言ってない。身体《からだ》くねらせて遠回しに俺の品位を貶《おとし》めるな」

そしていい年の女が兄妹プレイなんて言ってんじゃねえ。

こんなやり取りは、いつも通り。俺と未耶《みや》の間で絶えず交換されていくのは、五分後には忘れてしまいそうな戯言《ざれごと》ばかりだ。

さすがの未耶も、俺がさらなる泥沼《どろぬま》に沈《しず》もうとしていることには気づいていなかったようだ。不調でないように見えるのは新たな展開を迎えたからです。俺はこれから得体の知れない連中と一緒に、得体の知れない連中と戦うことになるのです。

全部夢ならどんなにいいかと思った。

けれどリアルはどうしようもなく厳格で、今まさに手にしている北欧《ほくおう》神話の本は、ずしりと俺の圧覚を刺激する。現実逃避《とうひ》したいが、たとえば現実逃避で睡眠《すいみん》に陥《おちい》ると容赦《ようしゃ》なく死想図書館へワープするわけで結局逃げ道はない。

なにより。

俺が今更投げ出したら、あのいけ好かないガキは絶対にやる。俺の家族、友人知人を手にかける。脅迫《きょうはく》を実行して、次は誰にしようかと神に相応《ふさわ》しい理不尽さで笑う。その時俺の目の前に転がるのは、なに一つ悪いことなどしていないユズキの滑稽《こっけい》なまでにひしゃげた。

「うおーい、まーちゃん聞いてるかーい？」

もう未耶の呼び方の元ネタもわからないのでつっこめない。それともしかして壊《こわ》れたあの子か？　だったら女の子じゃねえかよ。

「なんだよ、どうした」

「昨日の映画ー。今日は暇《ひま》かなってか暇だろ付き合えーと思って。どうせ彼女もいないんだからこの未耶様が一緒に行ってやるってかチカもマナミも忙《いそが》しくて一緒に行けないって言うからいいからこいよぉー！　主演俳優がカッコいいのよぉー！」

そんなに見たかったのか。

さて、どうしたものかね。今日は昨日みたいな不調もない。多分行っても楽しめるだろうし、妙《みょう》な心配をかけることもないだろう。ただ、不安なことも一つある。

エレシュキガルによれば、俺は死書に狙《ねら》われているらしい。

アニメとかでよくあるだろう。『話せば貴方《あなた》も巻きこまれてしまう』とか言っときながらぺらぺらと事情を喋《しゃべ》るやつ。まさか俺が狙われる側になるとは思わなかったがね。それでも家族や友人に危害が及《およ》ぶ可能性もあると言っていた。

ならば、あまり一緒に行動するべきではないのかもしれない。俺を狙った連中が、未耶には手をださないなんてのは甘《あま》い考えだ。その具体的な対抗策《たいこうさく》も、リヴルやエレシュキガルに聞いておかねばなるまい。

「いや、今日は用事があってな」

だから大嘘《おおうそ》をついた。

嘘をついたからには、すぐに帰るのはよくないだろう。どこかでぶらぶらしてから、いかにも忙しかったという顔をして我が家に帰ることにする。隣家《りんか》の未耶《みや》より先に帰ったりして、嘘がバレたら傷つくのは。

当然のごとく、未耶なのだから。

「えー……そっかー。うむ、素直《すなお》に言うけど残念」

「俺も残念だよ。つかしばらく遊べないかもしれないから」

「ほえ、バイトでも始めたん？」

似たようなものだ、と答えておいた。そういうことにしておいたほうが都合がいいかもしれない。

結構二人で出かけたりもしていたんだが、それも控《ひか》えたほうがいいだろう。少なくとも安全だと断言できる状態になるまでは。結局のところ、リヴルやエレシュキガルとしっかり話をして、この危ない現状をどうにかするしかない。

「ちえー。しょうがねえなあ。あ、ユズキちゃんゆーわくしてもよかですかい？」

「キズものにして帰したら承知しねえ」

冗談《じょうだん》に冗談で返していや半ば本気なんだがまあそれはいい。つーか未耶は下手《へた》したら俺よりもユズキを溺愛《できあい》している。コイツが保護者ならいいだろう。ガラスケースの中の人形のように大事にしてくれるに違いない。

いや、それもそれで不健康っぽいが。

クソ重い本をカバンに突っこんで、俺は未耶に別れを告げた。また明日という声に、うぉーというよくわからない叫びが返答だった。まったくいつも通りだった。

目に痛い紅《くれない》の月光が、天窓から侵入《しんにゅう》する。なるべく外の光景を見ないようにしているのだが、それでも気が狂《くる》いそうだ。きちんとした色彩感覚の世界がどれだけ人を安心させるか、身をもって知ってしまった。

俺はデスクに腰かけて、例の本を読んでいた。『王の写本』と呼ばれる北欧《ほくおう》神話の一冊。内容は詩や装飾語《そうしょくご》にあふれて、文字を追っていくだけで精一杯である。ストーリーあんのかこれ。

リヴルは俺に茶をだしていた。その一方で、ソファで頭に氷を乗せて唸《うな》っているエレシュキガルの面倒《めんどう》を見ている。そういえばここには水道とかないはずなのに、どうしてリヴルは紅茶を用意できるのだろう。

昨日までなかったソファがあるのには驚《おどろ》いたが、まあこの図書館は神様が主らしいので、多少の不思議は大目に見てやろう。感謝しろ。他はいつも通りだしな。

「うー、あー、イツキ。お主本は読んでおるのじゃな。感心感心」

「アンタは辛《つら》そうだな」

「かーぜー、なーのじゃー」

声はどこかコミカルだったが、確かに辛そうだった。昨日は完全に敵だと思ったわけだが、こうして風邪《かぜ》に喘《あえ》いでいる様子を見ると、ただの子供だった。相変わらず口調はふてぶてしいのだが。

「はうー、リヴルー。水、水をー」

毛布にくるまって手だけ差し伸べているエレシュキガルと、従順に淡々に仕事をこなすリヴル。この図書館ではいつもこんな光景が展開されていたのだろうか。

夕食をすませると、俺は早々に眠りについた。つまりここに来たのだ。夕食の席でユズキが嬉《うれ》しそうに、姉様《あねさま》と映画に行ったのですとか言っていたのが可愛《かわい》かったのだがまあそれはいい。

図書館でのこいつらはこんな感じ。読書が途中だったので、俺はリヴルに本をもってきてもらった。あの『真白き本』と同じように、『王の写本』は当たり前のように棚《たな》に並んでいた。

「おい、俺は色々とお前に聞きたいことが」

「今日はー、むーりーじゃー。げほ、がほ。このー、有様ー、じゃからのー。リヴルー、代わりに頼むー」

「はい、エレシュキガル様。なんなりとお聞きくださいイツキ様」

不思議に思っていたのは、こいつが俺を呼ぶ時に二種類の呼び名があることだ。イツキ様とマイライター。なにか法則性でもあって、彼女なりに使い分けていたりするのだろうか。

「…………お前ら、例の死書に俺の家族や友人が狙《ねら》われることもあるっつったな」

「はい、その通りです。敵の狙いは、イツキ様です。イツキ様を殺して、思うがままに活動したいと欲する死書ならば、どんな手でも使う可能性があります。イツキ様のご親族、ご友人に危険が及《およ》ぶことも十分ありえることです」

「回避《かいひ》策はあるのか」

「イエス、マイライター。順を追って説明いたします」

なんというか、打てば響《ひび》く感じ。ただし感情のない鉄琴《てっきん》を叩《たた》いて音をだしている感じで、そこに温かみとかはみられない。

「まず、死書――いえ、今回、イツキ様を襲《おそ》った死書『邪神秘法書《ネクロノミコン》』についてお話したいと思います」

ティンダロスの猟犬《りょうけん》が出てきた時から、嫌《いや》な予感がした。クトゥルフ神話における最大の魔導書。ありとあらゆる異界の神や怪物《かいぶつ》、そしてそれを崇拝《すうはい》する異端《いたん》種族について書かれているという。作者のアラブ人は路上で見えない怪物に躍《おど》り食いされたらしい。いや、それはラブクラフトの創作ではあるんだがな。だから、あるはずがない。

しかし、ここは死想図書館。

ありえぬ本がありうるという幻想《げんそう》の要塞《ようさい》では、それは明確な形となる。

「まず逃げだした『邪神秘法書《ネクロノミコン》』は、エレシュキガル様へ妨害《ぼうがい》をしかけました。エレシュキガル様は以前からイツキ様に呼びかけ、この場へ招聘《しょうへい》しようとしていました。しかし『邪神秘法書《ネクロノミコン》』が空間転移を得意とする神を召喚《しょうかん》、その妨害により、イツキ様は意図的に作られたティンダロスの猟犬の狩《か》り場へと迷いこまれてしまいました。そうして、死想図書館とイツキ様を切り離し、イツキ様を亡《な》き者にしようと画策したのですが」

「余もー、気づいてーおったからのー。リヴルを差し向けてー、ここまで導いたのじゃー。死想図書館の中に一度入ってしまえばー、夢では手だしできぬはずげほっ、ごほっ」

アンタはもういいから寝てろ。

ここまで、敵の妨害とやらは夢の中だけだ。夢で殺されたらやっぱり死んでしまうんだろうか。植物状態とかになるのだったら相当怖《こわ》いのだが、それはもう過ぎたことだ。今日だって眠りについてすぐにこの図書館へとやってきた。もはや夢で襲《おそ》われることはない。

俺が狙《ねら》われたのは、俺が『筆記官《ライター》』だからか。

「はい。夢の中でイツキ様を殺害、『筆記官《ライター》』という天敵の誕生の阻止《そし》という、敵の目論見《もくろみ》ははずれました。ですから、これから死書は『筆記官《ライター》』を相手取ることになってしまいます。であれば、『邪神秘法書《ネクロノミコン》』にもそれなりの準備が必要になるでしょう。特にクトゥルフ神話に登場する邪神たちは、生贄《いけにえ》を要求するものも多くいますので」

　そうだな。読んだことあるから知ってるよ。はは、やめようぜそういうの。

　生贄に俺が供されるはずがない。なぜなら、その俺を殺すために生贄が必要なのだから。だから選ばれるのは哀《あわ》れな被害者《ひがい》。そして、それには。

「イツキ様の知人が狙われる可能性があります。元々、イツキ様の行動を把握《はあく》できるほど近くにいるはずですので。その場合、『邪神秘法書《ネクロノミコン》』は暗示や催眠《さいみん》を行って、自分に都合のいいように人間を操《あやつ》ろうとすることもありえます。特に、精神的な隙《すき》、悩みや心配事で頭を埋《う》め尽くされている人間は、非常に催眠にかかりやすいのです。最悪の場合、イツキ様の家の本棚《ほんだな》に紛《まぎ》れこんでいることも考えられます」

　そう。その場合、一番危ないのはもちろん俺の家族。

　明日、本棚を見て得体の知れない本が混じっていないかチェックしようと心に決めた。ブックカバーはつけない主義なので、見慣れない本があればすぐにわかる。

　もちろん、俺だって安全なわけじゃない。なにしろ、夢だろうが現実だろうが俺はごくごく普通の一般人。骨で支え血に満たされた肉の袋に他《ほか》ならないのだ。化け物に襲《おそ》われたらあっさり死んでしまうに違いない。最終的に敵が狙ってるのは、俺なのだから。

　勘違いするな。安楽するな。なにより危ないのはこの俺だ。脳髄《のうずい》のニューロン一つ一つに丁寧《ていねい》に刻みつけろ。俺を狙うやつが俺の周りを狙っているという、最悪の現状を把握《はあく》していろ。

「防ぐには」

「攻勢に出ます。相手に準備時間を与えず、なにもさせずに封印《ふういん》してしまうのが最良の策です。どこかに潜《ひそ》んでいる『邪神秘法書《ネクロノミコン》』を探し出して、図書館の本棚に戻してしまうのです」

つまり、攻撃《こうげき》は最大の防御《ぼうぎょ》。俺の知り合いが狙われる前に積極的に動けと。

「だったら昨日からすぐに敵を探し出して封印でもなんでもすればよかっただろうが」

「申し訳ありません。ですが、数日の余裕はあるというのが、エレシュキガル様のご判断です。それに、イツキ様には昨日のうちに本をお渡ししました。読んでいただかないと、私を使うのは難しいかと思われます」

なるほどね、渡された数十冊の本は必要なものだったわけだ。

けれど、それがわからない。エレシュキガルはこう言った。『真白き本』に書きこめば、俺は世界すら思うがままなのだと。しかし具体的にどういうことだ？　おまけに渡された本との関係は全くと言っていいほどわからない。

こう言う時は論より証拠《しょうこ》だよな。

「攻勢に出るには、どうする」

「イツキ様の現実世界において、死書を探していきたいと思います。場所の見当はエレシュキガル様がある程度割りだしていますが、最終的には直接探し出さなくてはなりません。もちろん、『邪神秘法書《ネクロノミコン》』の妨害もあるでしょうが、その時はイツキ様が私、つまり本体である白紙の本に文章を書きこむことで、力を発揮します」

書きこむのか。そう言えばエレシュキガルもそんなことを言っていた。と思っていたら、リヴルが俺のすぐ傍《そば》に寄ってきた。デスクの引き出しを開けて、中から何かをとり出す。

羽ペンだった。先端《せんたん》からはインクが滲《にじ》んでいる。

「たとえば、これで本に『リヴルが手の先から炎の塊《かたまり》を撃《う》ち出した』と書きこみます。そしてイツキ様にそれを正確に想像、イメージしていただきます。さらにこの死想図書館に、その記述に該当《がいとう》し想像を補強する魔導書が存在するのであれば、私は全く同じことが可能となるのです。もし『リヴルが翼《つばさ》ある馬に乗っていた』と書きこめば、現実にギリシアの神馬が立ち現れます」

「…………マジで？」

「イエス、マイライター」

やべえ。

幻想《げんそう》には慣れたつもりだったが、ここにとっておきのラスボスが残っているなんて思わなかった。はは、これ本当だとしたら、リヴルは俺の言うことならなんでも聞くどころじゃねえ。俺がどんな妄想《もうそう》を書きこんでも、リヴルはそれを実現するということになる。ただし図書館にある本の記述に則することが条件なわけだが。

リヴルは嘘《うそ》は言わないだろう。今だって非現実的な無機の瞳で、まごうことなき現実だと告げたのだ。これほどの説得力はそうそうあるまい。

「だから……北欧《ほくおう》神話か。世界覆《おお》う蛇《へび》だろうと火炎吐《かえんは》く巨人だろうと、文章に書けば自由自在ってか。投げれば当たる槍《やり》も雷鳴《らいめい》を呼ぶ槌《つち》も」

「はい。エレシュキガル様との協議の結果、武器や神獣《しんじゅう》の多い北欧神話が選出されました」

確かに、ゲームやラノベでも山ほど題材として出てくるしな。

「なあ、それなら」

「はい、なんでしょうイツキ様」

「たとえばここに、そういう風に書いたなら、エレシュキガル『さま』だって殺せるんじゃないのか」

「いいえ、それはありえません。いかな幻想《げんそう》の実現といえど、エレシュキガル様はそれを包括《ほうかつ》する存在です。イツキ様の手によって生み出された神は、とても精巧《せいこう》に作られようと、エレシュキガル様の絶対は揺るぎません」

まあ、知ってたけど。

もしかしたら、エレシュキガルに一矢《いっし》報《むく》いることができるかもしれないと思っただけだ。そんなことは無理だと、なんとなくわかっていたが。

「私はここの司書ですので、イツキ様の読みやすいと思われる本を厳選いたしましたが、いかがだったでしょうか？」

「……ああ、読みやすかったし、それなりに面白《おもしろ》かったよ」

ただし量が尋常《じんじょう》じゃないが。しかも今この女厳選したと言ったか？

まだ全部は読んでねえし。

「それはよかった」

そこでにこりと笑いでもすれば可愛《かわい》いとも思えたかもしれないが、リヴルはぴくりとも頬《ほお》を動かさなかった。条件がいくつかあるのもわかったが、とりあえず俺はリヴルを操作できるようだ。ゲームのコントローラーかっつの。

「いかがでしょう、イツキ様？　ご理解いただけたでしょうか？　あ、私はここの司書ですので、あくまで死想図書館で所蔵されている本という制限があります。現実に存在する本はちょっと……」

いやいいよ、幻想本だけで十分じゃねえか。あの大量の本をよこした理由もわかった。死想図書館の死書の中だけ、という制限があるのならば、俺は少しでもこの図書館の本を読んでおかなくてはならない。それを元に文章を作り書きこむのだ。

だから、俺の高速筆記が必要なんだな。

「わかった。いけるかわからねえが、やるだけやってやるよ。攻勢とやらに出てやる。それが一番なんだろう？」

「イエス、マイライター。私もそれが最良と思いましたが、もう少しイツキ様が慣れてからご提案するべきかと思っていました。エレシュキガル様、申し訳ありませんが『邪神秘法書《ネクロノミコン》』の潜伏《せんぷく》場所を調べていただけますか？」

うーむー、なんて言いながらエレシュキガルが手をあげた。同時に、リヴルが部屋を出ていく。なにが始まるのかわからないせいで、俺も口を挟《はさ》むことができなかった。なんだというんだ。

しばらくしてリヴルが持ってきたのは、掌《てのひら》サイズの小さな機械だった。白い小さな箱のように見えるが、箱の側面に穴が開いている。しばらくして、それが本屋でよく見るプリンターだということに気づいた。

ほら、でっかい本屋によくあるだろ。コンピューターで欲しい本がどこにあるか調べて、その位置や値段までプリントしてくれる、あれだ。もっとも、これはコンピューターに接続されていないもののようだが。

エレシュキガルが、寝たままの状態でプリンターから伸びたコードを掴《つか》む。一体なにが起きるのかと無言で見ていると、やがてプリンターから一枚の紙が吐《は》き出された。虫の羽音のような、印刷音とともに。どんな仕組みだ。

「占いです」

「はあ？」

「あのプリンターは出力のためのものです。エレシュキガル様の占いによって、『邪神秘法書《ネクロノミコン》』

の居場所を探り当てています。無論、相手は死想図書館から逃げだした死書であるため、正確な位置を特定することはできませんが、闇雲《やみくも》に探しまわるより有益であると思われます」

そう言って、リヴルはプリンターから出た紙を手に取る。なんの変哲《へんてつ》はない、プリンターと同じように、本屋で書籍《しょせき》の情報が出力された紙片だった。いや、題名とか著者とかはアルファベットでまだ読めるんだけどさ、ISBNコードとか値段とかにモザイクかかってんのはなんなんだ。見るなってことか。

もちろん、どこにあるかの欄《らん》も作ってあった。ご丁寧《ていねい》に地図でも印刷されてここですよと示されているのかと思ったが、そんな都合よくはいかないらしい。紙に記されているのは、ただの無機質なアラビア数字だった。８９３８と横並びに書いてあるだけ。死書の居場所どころか、そもそも位置情報が記載《きさい》されてねえじゃん。

「なんだこれ」

心中の想いがそのまま声に出てしまった。

「わかりません」

「おいメイド」

即答《そくとう》しやがったなこの機械式人間。いや、こいつ人間なのか？　見てくれは人間なんだが、エレシュキガルが『作った』とも言うし。こいつの中身が歯車とクランクとオイルで構成されていても、特段驚《おどろ》きはしないが。

「手掛かりがない状態なのじゃー。おまけに敵は数ある死書の中でも代表格の『邪神秘法書《ネクロノミコン》』じゃからの。結果が曖昧《あいまい》になってしまうのはどうしようもないのじゃー。どうか勘弁《かんべん》しておくれー」

「ってもなあ、この数字だけで探せってのも辛《つら》いだろうよ」

けれど、勘弁してくれなんてエレシュキガルが言うのも珍《めずら》しいと思った。傲慢《ごうまん》な口調ではあるが、そこにもしかしたら神様なりの譲《じょう》歩《ほ》と申し訳なさがこもっているのかもしれない、なんてことを考える。

「すまんなー、占いじゃからのー。どんな結果が浮かび上がるかまでは余もわからぬのじゃー。けれど、安心しておくれイツキ。この数字、なにを意味するか知らぬが、間違いなく『邪神秘法書《ネクロノミコン》』の所在を示しているはずじゃ。余の神たる名にかけて、その事実だけは保証しようー」

ってもお前その名前神話から借りてきただけなんだろ。要は偽名《ぎめい》じゃねえか。そんなもんにかけられても説得力ねえ。あと風邪《かぜ》ひいてだるそうなせいでいまいち頼りない。

「じゃあ、あれか。この数字がなにか考えろってか」

うむ察しがいいの、とニコニコ顔の神様。良い笑顔なんだけど、それが俺の腹の沸騰《ふっとう》に一役買ってるってわかってるかお前。

ナンバープレート。番号だけじゃ同じのがいくつもある。住所。肝心《かんじん》の地名がねえし。暗証番号。なんのだよ。西暦《せいれき》。ほぼ七千年先とかどんな予言だ。

「年齢《ねんれい》、とかどうじゃー？」

「…………神様基準でもの言ってんじゃねえ。ていうかてめえ何歳だ」

「乙女《おとめ》になんということを聞くのじゃー、デリカシーのないやつめー」

乙女はそんな喋《しゃべ》り方しねえよ。

「なにも神の年齢に限らぬー。樹木はそれくらい生きておるものもおるはずじゃろうー？　お主らがサルだった頃から見守っておる老木もおろうてー。たとえば、樹齢八千九百三十八歳の木を使用した本棚《ほんだな》に、『邪神秘法書《ネクロノミコン》』がいるとか、どうかのー？」

「たとえそうだったとしても、どうやって調べ——ああ、いや、神様ならわかるのか。けどよエレシュキガル。一個の本棚に一本の木の材料が全て使われていることなんてないだろ？　もしかしたら全国に散らばってるんじゃないか？　それも一個一個見てくのか？」

「むー……そうじゃのー。現実的ではないかもしれぬー。そもそも、イツキのいる街から遠く離れた場所に潜伏しておることはありえぬからのー」

さらっと嫌《いや》なこと言ったな。この神様。

でもそうだ、もし死書が俺を狙《ねら》っているというのならば、常に俺を攻撃《こうげき》——ないしは監視《かんし》できなくてはいけないはず。死書がどんなものか、俺にはいまいち掴《つか》みきれていないのだが、もし普通の人間が誰かを襲撃《しゅうげき》しようとするのに、標的の近くにいないなんてことはないだろう。

「ふむー……たとえ条件のあう木があったとしてもー、他の木と組み合わされて使われたりしておるかもしれぬのー。そうしたらこの数字の意味は薄《うす》れるー。なんじゃー、ますます現実的ではないのー」

神様らしいスケールのでかい推測じゃああるんだがな。それとも風邪ひいて思考力落ちてんのか？

「リヴル、なにか意見とか、あるか？」

仕方がないので、さっきからなにも言わないメイドに振ってみた。いやでもこいつ自分の意見とか言うかなあ？　三人寄れば文殊《もんじゅ》というし（ましてや一人は神だし）なんとか知恵を絞《しぼ》りたいところではあるのだが。

「ございます。イツキ様さえよろしければ、僭越《せんえつ》ながら申し上げます」

「なんでお前はそんなに腰が低いんだ。いいんだよ、言っても」

「イエス、マイライター。図書分類ではないか、と推測いたしました」

図書分類。

学校の図書室に頻繁《ひんぱん》に出入りする俺は、それがなにを意味するのかくらいは知っていた。おおざっぱにいえば、本のジャンルを三桁《けた》の番号で分類したものだ。本屋とかでもそういう区分で書籍《しょせき》が置かれていることが多々ある。まあもっとも、どの数字がなにを意味するかなんてちっともわからないんだけどな？

「日本ではNDC、日本十進分類法が用いられております。それに従いますと、893は八類の『言語』に属し、『その他のヨーロッパの諸言語』を示します。英語、ドイツ語、フランス語、スペイン語、イタリア語、ロシア語、ポルトガル語、ギリシア語、ラテン語およびそれらの近親の言語は別に分類されていますので、そこに含《ふく》まれないヨーロッパの言語を示します。ですが、この場合はそれは重要ではなく――そのように分類されている棚《たな》に含まれているということを示す数字ではないのかと、愚考《ぐこう》いたします」

「ん？　待てよリヴル。図書分類って三桁なんじゃないのか？　この数字四桁だけど、それは？」

「はい、イツキ様。考えるに、最後の番号だけは分類番号ではなく、何冊目にあるかを示しているのではないでしょうか。893という番号は専門的なものであり、小学校や中学校ではなかなか設置されないはずです。かつ、イツキ様の動向を見ることができるほど近くにある、ということを鑑《かんが》みれば――かなり捜索範囲《そうさくはんい》を絞れるのではないかと考えました。いかがでしょうか？」

正解だ、と間髪《かんはつ》いれずの即答《そくとう》は、俺にはできなかった。

けれど間違いだと断言できるほど強力な根拠《こんきょ》もない。言われてみれば、図書室から借りた本の背表紙には、三桁だか四桁だかの番号が書かれたラベルがついていたような気もする。自称司書の推論だけに説得力もあった。

「多分……あってるんじゃないか、それで」

なんというか、一番、『らしい』答えに思える。というかそれ以外の推測なんて俺には浮かばなかった。エレシュキガルが小さくうんうんと頷《うなず》いているのを見ても、それがうかがえる。

「ではー、早速《さっそく》リストを作るかのー……といってもー、紙に書きだすだけじゃなー。リヴルー、紙をー。イツキはそこで本でも読んでおれー、すぐ終わるー」

だるそうな声のエレシュキガル。ふと思った。エレシュキガルが風邪《かぜ》をひいているなら、彼女にとってはもしかしてこういう作業も辛《つら》いんじゃないか、と。それなりにエレシュキガルに面倒《めんどう》みてもらっているんだが、これって裏を返せば俺の力不足ではないのか、と。

意外と良いヤツじゃないか、という発想が頭をもたげてきたのだが、それをすぐに首を振って打ち消した。おいおい冷静に考えろよ。こいつ俺の家族で脅《おど》してきたんだぜ？

エレシュキガルの言葉通り、それはすぐだった。紙にリストアップされたのは学校や図書館の名前。それも、俺の知っているようなものばかり。

「イツキ様の街や近隣《きんりん》の施設《しせつ》で、図書分類８９３の棚《たな》が存在する場所です。いかがですか、イツキ様」

さすが神様。図書の資料とか見なくてもそういうことわかるのな。なんか反則っぽい。

リストの施設は、都合十三。俺がまず真っ先にしたのは、そこに俺の高校の名前があるかどうかだった。幸いなことに、俺の高校はリストには載《の》っていなかったので、それだけでほっとしてしまった。

　上から一つ一つ丹念に見ていく。主として大きな図書館や大学の名前だった。それだけ、893の図書分類は珍《めずら》しいというか、一般的ではないのだろう。なにしろ『その他のヨーロッパの諸言語』だもんなあ。書かれている順番に規則性はないらしい。そりゃそうだ。エレシュキガルが今即行《そっこう》で作りだしたもんなんだから。そんな風に思いながら眺《なが》めていたら。

　ふと。

　嫌《いや》なものを見つけてしまって。

「イツキ様？」

「おい……ちょ、リヴル。この、私立沖津《おきつ》大学付属藤《ふじ》が丘《おか》小学校って……」

　ウチの妹は、小学生。俺と違って出来の良い妹は、私立の小学校に通っている。ああ、そうだ確かそれは大学の付属で、だから図書館も小学校ではありえないくらいの大きさなのだと、ユズキは言っていた気がした。

　この学校。

　ユズキの、通う――――。

「もし懸念《けねん》があるのならばー、優先して向かってみるが良いぞー。なに、初陣《ういじん》じゃからの、華々《はなばな》しい戦果など期待しておらぬー。きちんと、そこに死書があるかないかだけー、見ておいておくれー」

言いたい放題だった。そうか、こいつはここにいるのか。それはそれで、かなりやり易《やす》そうではあった。

「リヴルー、扉《とびら》はつなげておいたからのー。しっかり案内するんじゃぞー」

そう言って、エレシュキガルはさっさと毛布にくるまってしまった。すぐに聞こえるすうすうという寝息。やっぱり疲《つか》れてたのか。けど五秒で眠れるってすげえ特技だなあおい。

「参りましょう、イツキ様」

下僕《げぼく》にしてメイド。粛々《しゅくしゅく》と告げる、氷の能面。

最初の行先は、妹の通う学校。そこに危険があるかないか、きちんと見ておくのは有益なはずだった。俺は『真白き本』を抱《かか》えて、リヴルの後に続く。

悪夢ではない嫌《いや》な夢は、まだまだ終わらないらしかった。


俺の通っていた小学校とはだいぶ違うというのが、第一印象だった。まあ私立と公立の違いなんてこんなものかもしれないが、こういうところでユズキが勉強しているのだと考えると少し思うところがある。

暗い夜の学校を進む。警備員に見つからないだろうかなんて思ったが、リヴルはどんどん先に行ってしまった。なにか考えて——いや、なにも考えていないんだろうな。そもそも警備員に見つかる心配をしているかどうか怪《あや》しいものだった。

「なあ、リヴル。どこに向かっているんだ？」

「もちろん、図書館です」

「お前、場所わかるのか？　来たことあるわけじゃないんだろ？」

「はい、ですから最初は案内表示を探しています。イツキ様もできればご一緒にお願いします。図書館の場所がわからないことには話になりませんので」

そういうやり方は、普通と変わらないのな。

やがて階段を下りてやってきたのは、一階。リヴルは学校の見取り図を見つけてたたたっと駆け寄っていった。感情のない瞳で熱心に見取り図を睨《にら》んでいる
「こちらです」

なんでこいつは、こんなに人間味がないのだろうか。

夜の学校をつかつかと進む、メイド服の人形みたいな女。冷静に考えればなんかの前衛芸術としか思えないほどにシュールな光景。それでいて会ったばかりの俺に気持ち悪いくらい従順だ。

「なあ、お前は、人間なのか」

前から思っていたことを、シンプルに聞いてみた。

「生物学的には人間、ホモサピエンスに分類されます。物質構成は、エレシュキガル様の手作りではありますが、人間と同様のものです。ただ、幻想《げんそう》を具現化するために若干の調整はなさ

れています」

「つまり、人間だろ？」

「いいえ、確かに人間とおおむね同じなのですが、猟犬《りょうけん》の不意をついたように、身体能力の一部は人間とかけ離れている部分がございます。また、これが一番大きい差異ですが、感情、思考ロジック等がかなり違います。特に感情においては、イツキ様の命令に従う都合上、ほぼ排除《はいじょ》されています。喜怒哀楽《きどあいらく》という言葉は知っていますが、概念《がいねん》を実体験したことはありません」

こっちを見て喋《しゃべ》れサイボーグめ。

ちょっと変だが、普通の人間に見えるんだがな、俺には。でも確かにこいつが喜んだり悲しんだりというのは全然見ていない。猟犬から逃げていた時も、自らの危機を淡々と語るだけだったし。

「感情はないのか、お前には」

「希薄《きはく》なだけ、と聞いています。完全な排除はしていないとエレシュキガル様はおっしゃいました。ですが、私はまだ感情、それに類するものを実感したことがありません。そもそも、心というものが、私にはよくわからないのです。率直に申しまして、心があると思えたことはありません」

見えねえからな。それ。

なかなか、存在を自覚するのは難しいだろうよ。そこにあるかわからないし、ないからって別に困らない。こいつも、心がないとか言いつつもすました顔で廊下《ろうか》を歩いている。

もしも、もしも本当に心がどこにもないとしたら。

そんな無表情すらも、できないはずなんだけどな。

「ていうか、そうだ。前から聞きたかったんだけど、なんでメイド服着てんの」

何気ない質問は、吐息《といき》のようなもの。けれどリヴルは歩みを一瞬《いっしゅん》だけ止めて、わずかに見開いた眼でこちらを見た。わかりにくいが、えーと、驚《おどろ》いてんのかこいつ。

「メイド服は司書の正装では」

「なにを勘違いしているか知らないが、司書って普通はエプロンとかじゃないか？　もっと作業着的というか」

少なくともコスプレの司書は見たことないな。

「ですがイツキ様。この服とて作業着の一種ではあるはずなのですが」

「いやまあ、確かに労働者の服装ではあるんだろうけどよ……」

「エレシュキガル様も、イツキ様は典型的かつ重度の変態であるからメイド服でどうしようもなく興奮する。着替える必要はないとおっしゃっていたのですが」

「なに言ってんだあの幼女⁉　会って間もない人間の性癖《せいへき》をどうしてそこまで断言できる⁉」

そりゃ、神様なんだからできるのかもしれねえけどよ。だったら俺も主張するぜ。そんなおかしな趣味はないと。

「イツキ様。私はイツキ様とお会いする前の準備として、様々な資料を拝見いたしました。問題はありません。メイド服を着用したままの行為にもお応えすることができます。もちろん、私が人間でないからお嫌《いや》というのでしたら仕方ありませんが、エレシュキガル様によって交尾《こうび》を滞《とどこお》りなく遂行《すいこう》できるよう調整を――」

「前の話をひっぱりつつボケ倒してんじゃねぇ！　お前とは行為も交尾もするつもりはねぇよ！」

「やはり、私が人間ではないから」

「人間っぽいから嫌なんだろうが！　据《す》え膳《ぜん》食わぬは男の恥《はじ》なんてことわざもあるがよ。

その相手が、これからもきちんと友好を築き上げていきたい人間だとしたならば、なかなか適用しにくい言葉だと思う。そんなことをしたら後はすげぇ仲良くなるか険悪になるかのどっちかじゃん。愛でも嫌悪でもない友好というのは、絶妙《ぜつみょう》なバランスの上に成り立つものではないのだろうか。

けれど、リヴルはその答えがお気に召さなかったらしい。無表情の瞳の奥に、わずかながら眉《まゆ》を寄せている彼女がいる気がする。いや、わかんねぇけど。気のせいかもしれないけど。

「イツキ様。何度も申し上げますが、私は人間ではありません。よく似ているだけで、人間とは違います」

　そこはお前的に譲《ゆず》れない事項なのか？

「そこまで言うのでしたら、私にも考えがございます」

　リヴルの行動は一瞬《いっしゅん》だった。ぷちぷちぷちぷちという音がしたかと思ったら、もうすでにリヴルが服を脱いだりしていた。メイド服のシャツのボタンを一瞬で全て外してなにやっちゃってんだこの電波⁉

「ちょ、お前」

「ご確認ください。この身体《からだ》余すことなく全て、イツキ様のものでございます。どうぞ、お好きなように観覧くださいませ。人間と同じ組織ではあるものの、細部の差異はイツキ様でもおわかりになるはずです。なんなら存分に触れて構いません。私の、人間ではないという証明です」

「なんでそんなにこだわるよ⁉」

　すでにメイド服の前は開いていて、白磁のごとき肌に浮かぶ黒い下着がうあちょこいつ着やせしすぎっつか胸結構いやうるせえ凝視《ぎょうし》してんじゃねえよ俺落ち着けっての！　暗いから見えづらくて残念とかちっとも思ってねえからな！　ていうか服を脱ぐことと人間ではないことがどうつながるのか一ミクロンもわからない。

「もうやめろ、わかった俺が悪かった。お前は人間じゃねえよ。だから服を着ろ」

「イエス、マイライター」

普段は従順すぎるくせになんで妙《みょう》なとこで意地をはるんだよ⁉

疲《つか》れる。こいつの扱《あつか》いは疲れる。それともまだ慣れていないだけなのだろうか。どっちでもいいけれど結局こいつのカラーリングは白と黒のみで構成されていることだけはわかった。モノクロの少女。死想図書館の司書。

俺になついておらず、けれど従順。

心はないらしいが、それでも強情。

一見矛盾《むじゅん》するような事項にも思えるが、けれどその程度の矛盾なんて誰もが持っているようなものだと思った。そう、誰もが持っている。人間ならば、誰しも。だったらもう。

人形のような人間で、いいじゃないか。

「余計な時間を食った……行くぞリヴル」

イエスマイライター。その返事ははっきりと。ちくしょう、こんな暴走がたびたびあるんじゃ俺の精神がもたないぞ。誘惑《ゆうわく》に屈《くっ》する気があるということでなく、突発的行為に対する混乱と狂乱《きょうらん》でおかしくなってしまいそうだ。

そんな時だった。

鼻孔《びこう》から侵略《しんりゃく》するのは、吐《は》き気催《もよお》す殺戮《さつりく》的臭気《しゅうき》。それは突然、俺の嗅覚《きゅうかく》を刺激した。

「イッキ様」

「――――なんだ。嫌《いや》な臭《にお》いが」

鼻に棒をつっこんでかきまわされている。そんな強烈な臭い。胃が暴れるのを必死で抑《おさ》えつけた。おい、俺の内臓なんだから言うこと聞きやがれ。

廊下《ろうか》の隅《すみ》。床と壁《かべ》の間にある直角から、煙のようなものが湧《わ》き出していた。くそ、知っているからこそ連想してしまう。またお前らか。もういい。噴出《ふんしゅつ》する煙は空中でこりかたまって、吐瀉物《としゃぶつ》の色をした犬として具現する。そう、煙が形あるものとして凝固する。

ティンダロスの猟犬《りょうけん》。

夢では狼のごとき登場だったが、現実ではますます化け物じみたご登場だな。おい。

「こいつらがここにいるってことは……ここで当たりか⁉」

「わかりません。が、『邪神秘法書《ネクロノミコン》』にとって、ティンダロスの猟犬は雑兵です。防御《ぼうぎょ》はもちろん、素敵《さくてき》にも用いられます。結論を出すのは早計です！」

否定も肯定《こうてい》もしなかった。くそ、当たりだという言葉だけでも否定してほしかったのに。ここはユズキの通う学校だぞ。そこで死書が横行しているだなんて考えたくもない。くそ、なにも知らなければたかだか本なんぞに怯《おび》えなくてもいいのに。

だけどな。

知らず知らず、敵に食い散らかされるのも、まっぴらごめんだ。

「リヴル、行くぞ。要は妄想《もうそう》を書けばいいんだろう？　近くに人はいないな？」

「イエス、マイライター。もし建物の破壊《はかい》を嫌うのでしたら、そのような記述も同時にお書きください。的確な手順であれば、いかな武器でも建築物にわずかな傷も残しません。足場が崩《くず》れることもありませんので」

隠蔽《いんぺい》工作も完璧《かんぺき》ってか。いいね、暴れられそうだ。

ティンダロスの猟犬を撃退《げきたい》するため、俺は本を開いた。右手にもつのは羽ペン。常にペン先からインクの滲《にじ》む、幻想《げんそう》量産の兵器。

いいだろう。見せてやるよ。俺の唯一《ゆいいつ》の得意技。建物の鋭角《えいかく》からどんどん凝《こ》り固まる煙に向けて、俺は笑う。そういえば学校なんざ鋭角の宝庫じゃないか。目のない猟犬ども、今から全員屠《ほふ》ってやる。

「初戦です。イツキ様、どうか気負わずに。感触《かんしょく》を摑《つか》むようなつもりでよろしいかと」

「ああ、ありがとうなリヴル。けど今日の俺はちょっとばかり本気だぜ」

なにせ、妹の学校に侵入《しんにゅう》した化け物だ。ただ子犬が迷いこんで来たとかそういう次元の話じゃねえ。俺すら躊躇《ためら》いなく襲《おそ》った獣、ここで倒《たお》さないとユズキがあぶねえ。

初陣《ういじん》から、全力出してやってやる。

「リヴル。準備はいいな」

「イエス、マイライター。溢《あふ》れる想像により、無二の幻想を創造してください」

彼女の言葉に、俺は深く頷《うなず》いた。

立ち現れたのは白き巨軀《きょく》。北方の雪原より世界を壊《こわ》す、つながれた魔狼《まろう》。廊下《ろうか》を埋め尽くすその美貌《びぼう》に、ティンダロスの猟犬《りょうけん》は動きを止めた。

（検索《けんさく》完了。『王の写本』にある巫女《みこ》の予言と、記述内容が合致《がっち》しました）

リヴルの跨《またが》る、白き狼《おおかみ》。悪神の仔《こ》。神族の敵。

（『天王狼《フェンリル》』、具現化《アップロード》します）

美しき毛をなびかせた狼が、ひと声吠《ほ》えた。

それだけで、近くにいた猟犬が吹き飛んだ。ただの咆哮《ほうこう》でも、スケールが違えば衝撃波《しょうげきは》をともなう攻撃なのだ。この神話の狼は、背に美しき人形を乗せてただ雄叫《おたけ》びをあげるのだ。

この場で最強なのは、自分以外にあり得ないと。

強靱《きょうじん》な四肢《しし》が地を蹴《け》った。手近な猟犬から口にくわえ、柱のごとき前脚で猟犬を押しつぶす。不気味な異次元の化け物が、崇高《すうこう》なる神話の破壊《はかい》者に太刀打ちできるはずもなかった。

これは、神なのだから。

それでも、学校の廊下には傷一つない。神秘は神秘のまま、同じ神秘を惨殺《ざんさつ》していた。鋼鉄の爪《つめ》が猟犬を引き裂《さ》いては押しつぶす。圧倒《あっとう》的なまでの力の差。開けば天地に届くという巨大な顎《あご》で、またもティンダロスの猟犬は噛《か》み砕《くだ》かれた。くたばった猟犬どもは、そのまま煙のように溶けて霧散《むさん》する。

仲間を十数匹、一瞬《いっしゅん》のうちに殺されたせいか、ようやくティンダロスの猟犬が反撃へと転じた。しかし、これも一瞬で惨殺される。この狼にかなうような相手がいるはずもなく、リヴル・ブランシェはただ無言で八つ裂きとなる敵を見下ろしていた。また一匹、また一匹と狼は（不具合《エラー》が発生しました）（記述内容と『筆記官《ライター》』の架空現実《イメージ》が合致しません）（これまでの記述内容、および具現化《アップロード》した『天王狼《フェンリル》』は消去されます）（改めて書きなおす場合は、死書の再《さい》検索《けんさく》から実行してください）

俺が書きこんでいたはずの文章に、別の文章が溢《あふ》れるように現れた。そう思った次の瞬間に、『真白き本』のページは元の白紙に戻ってしまっていた。

「なっ」

顔をあげれば、さっきまでいた巨大な白狼《はくろう》はどこにもいない。俺が文章を書いていたのは二分もないが、その間に圧倒的な力を見せつけていたフェンリル。俺の想像と、死書の文書が作り上げた幻想《げんそう》は。

消え去った。

「なっ――おいリヴル、どうなってやがる！」

思わず声をあげた。リヴルはもうフェンリルに跨《また》ってはおらず、ティンダロスの猟犬も書きこんだ文章ほどは死んでいない。殺したのはせいぜいが十匹だ。廊下《ろうか》をふさぐほど巨大な狼が暴れまくったというのに、廊下には爪痕《つめあと》一つない。

リヴルは、客を出迎えるかのように手を前で組んで、猟犬どもと対峙《たいじ》していた。

くそ。書いた文章じゃ当たり前のように圧勝していたのに。実際はすぐに消えさる砂像じゃねえか。

「まだ敵が残ってるってのに！　どうして消えたんだ⁉　簡潔《かんけつ》に答えろ！」

「イエス、マイライター。死書の内容を具現化《アップロード》するのに必要なのは、正確な記述とイメージです。短く言いますと、イツキ様の知識と想像力不足です」

相変わらず辛辣《しんらつ》だなおい——いや、それはいい。

なるほどね、正しく書いて、正しく想像する。それは意外と難しい作業だろう。特に人間、見たことないものはなかなか想像できないからな。フェンリルなんて本来学校の廊下に収まるサイズじゃないだろうし。

どうする。また書くか。

そう思った瞬間。猟犬どもが反転した。

「ッ⁉」

「フェンリルに恐《おそ》れをなしたようです。わずかの時間で十匹も殺されたのですから、当然ですね」

本当かよ。

逃げる猟犬ども。残った数は五匹ちょっとか。暗い廊下の奥へと走っていく。（いや、おい待て）。こいつら鋭角《えいかく》から現れて鋭角へと消えるんだよな。（おかしくないか）そういや獲物を峻別《しゅんべつ》する頭があるようにも。（消えないでそのままなのは）逃げたんじゃなく。（廊下の奥に人が）目を凝《こ》らせば腰を抜かしている幼い少女。

――――学校の生徒かッ!?

「リヴル、走れ！」

思わず叫んだ。そうだ。新しい、狩《か》りやすい獲物を見つけたのだ。だから反転した。そう考えるのが当然だろう。こいつら頭は犬程度だろうし。

雇用主《こよう》の命令をきちんと遂行《すいこう》できる知能があるとも思えない。むしろ本能だけ。

「イツキ様、どの猟犬から狙《ねら》えば？」

「なに言ってる！　あの子をかばえよッ！」

「間に合いません」

リヴルもかなりの速度で走っているが、ティンダロスには追いつかなかった。俺？　こんな化け物どもにかなうほどの脚力なんかあるわけないだろ。

「ち、くっしょ、ッ！」

一か八かだ。効果は短い間でも発揮できればいい。俺は羽ペンを握《にぎ》って一瞬《いっしゅん》で文章を書きこんだ。

間に、あえ、よ――――ッ！

思考《フギ》より速く走れ。

（検索《けんさく》完了。『ギュルヴィたぶらかし』と、記述内容が合致《がっち》しました）

もう、これは刹那《せつな》よりも短い。まばたきするほどの間の出来事。

ティンダロスの猟犬《りょうけん》が爪《つめ》をふるうのと、リヴルが思考も追いつかない超高速で移動して少女をかばうのと、少女が許容できない非現実に気絶してしまうのと、全てが同時に起きた。

次の瞬間、リヴルが腕をふるって猟犬の一匹を薙《な》ぎ倒《たお》す。撤退《てったい》するべきと見たか、猟犬どもはそのまま廊下の奥に逃げ込んでしまった。やっぱり。消える時は鋭角《えいかく》に避難《ひなん》するのだ、あいつらは。

「リヴルっ！」

思わず駆《か》け寄った。リヴルは猟犬の爪を真っ向から受けているはずだった。

「問題ありません。かすり傷です」

言葉通りだった。メイド服は引き裂《さ》かれて背中が露出《ろしゅつ》していたが、傷自体はそんなに深くない。かばう瞬間に、少女ごと抱いて避《よ》けたのだろうか。

「……忘れ物、取りに来たのか」

気を失っている少女は、手にリコーダーの入った袋を抱《かか》えていた。なんとまあタイミングの悪い。間の悪い人間ってのはいるけどよ、そんな理由で命落としちゃ死んでも死にきれまい。ましてや十歳くらいに見える。

「お前、この子助ける気、なかったのか」

リヴルに問うた。

こいつは、俺が走れと叫んだ時、どうして走るべきなのかわかっていなかったように見えた。傷を負ったメイドは、やはり無機の瞳で俺を見る。

「私の現在の行動優先順位において、イツキ様以外の人間の護衛は選択肢《し》に含《ふく》まれておりません。命令以外で、自発的に私がこの少女を助けることはありえませんでした」

「…………そうかよ」

思わず溜息《ためいき》をついた。こいつには期待できないのだ。まっとうな常識とか、当然取るべき行動とか。

「優先順位を変更しろ。俺は身内助けるためにお前らに協力してんだ。それなのに目の前で殺されそうなやつ見捨てるとかありえねえからな。死書の封印《ふういん》より、人命が優先だ。いいな？」

「……イエス、マイライター。人命の救助を上位に置換《ちかん》します」

思わず耳を澄ませてしまった。コンピューターみたいにピーとかガーとか聞こえるかと思ったが、なんもなかった。

こいつの価値観は、本当に自分の基準がないのだ。俺の介入でどうとでも変わる。気をつけろ。油断をするな。勘違いしてしまいそうになる。人間と同じ体組織でできてるからとか、人間に見えるからとか、怖《こわ》いぐらい美人だとか、時折人間らしい矛盾《むじゅん》があるとか、そんな諸々の要素のせいで、当然人間が持つべき倫理《りんり》を、この少女も持っていると思ってしまいそうになる。

それだけは、間違えてはいけないこと。どんなに人間のように見えても、その一点において、俺はリヴルを人間のように扱《あつか》ってはいけないのだと、学んだ。

これから——こいつと一緒に、戦わなくちゃいけないのか。

責任が二倍増したような錯覚《さっかく》を得た。俺が間違えるということは、こいつも間違えるということ。一蓮托生《いちれんたくしょう》といえば聞こえはいいが、要はこいつは俺の脚にしがみついているだけだ。自分で決断はしないのだから。

重荷じゃあないのか、それ。

「リヴル。その子保健室に。誰もいねえだろうがベッドに寝かせるくらいはしとかねえと。酷《ひど》い状態じゃあないよな?」

幸い息はしている。救急車を呼ぼうかとも思ったが、この様子なら大丈夫だと思った。

「イエス、マイライター。一晩寝かせれば回復するかと思います」

にこりともしない。少女を背に乗せようとしたリヴルだったが、俺はそれを制止する。俺がないだろう。

背負うことにした。小学生って軽いな。ユズキも背負ったらこのくらいだろうか。

リヴルは自分が背負いますと言ったのだが、俺は無視した。お前、浅いとはいえ怪我《けが》してんじゃん。そんなやつに背負わせるわけにはいかないだろうが。この子の服に血をつけてもよくないだろう。

なにより、リヴルの怪我はそのまま、俺の未熟さの露呈《ろてい》だ。背負った少女がずしりと重くなったような気がしたのは、罪悪感のせいだろうか。俺はリノリウムの廊下を見つめ、リヴルが無傷で、この子も巻き込むこともない方法はなかったのだろうかと模索《もさく》した。

「せめて先導します」

そう言ってリヴルが前を歩く。そうすると破《やぶ》れたメイド服と、わずかの傷が見えるわけで艶《なま》めかしいし痛々しい。俺だって一般人で、傷を見せられて平然とはしていられない。

こんな夜が、毎晩続くのか。

だとしたら限りなく憂鬱《ゆううつ》だ。初戦は敗退と言ってもいいだろう。敵の撤退《てったい》も、実力ではない。フェンリルを具現化できていれば、圧勝だったのに。想像するべきは幻想《げんそう》だけでなく、その幻想でどう戦うかも正確にシミュレーションしなくてはならないのか。

窓から差し込む月明かりが、ごくごく普通の色だということに、俺はつい安心してしまった。当たり前のことなのに、な。

第三章

『邪神秘法書《ネクロノミコン》』、あるいは盾と矛の相容れぬ二律背反

一緒に屋上でむぐむぐしようと言われて、最初は子供向け公共放送に登場しそうなキャラクターがむぐむぐと奇声をあげている様子を思い浮かべた。せめて片手にパンでももっていたら意味がわかったのに、未耶《みや》め。

別に避《さ》けていたわけでもなんでもないのだが、高校に入って未耶と食事をとるなんてこれが初めてだった。ま、お互い色々あるし。特に未耶は委員長としての仕事のせいか、昼休みと同時に教室を飛び出すことが多かったからな。

昨日の晩は慣れないことをやらかしたせいか、まだ鬱陶《うっとう》しい疲《つか》れが肩にとどまっている。しかもあの後、図書館に帰ってもなかなか寝かせてもらえず、リヴルにずっと本の続きを読まされていた。睡眠《すいみん》不足の代償《だいしょう》は、どこで使えばいいかもわからない北欧《ほくおう》神話の雑多な知識。

そんなわけで屋上のフェンスを背もたれにして、俺と未耶は食事を始めていた。他に人がいないのは、吹き抜ける風が少々強めだったからかもしれなかった。

「むぐむぐ」

未耶が焼きそばパンをかじりながら、わざわざ擬音《ぎおん》を発声する。律儀《りちぎ》なのかバカなのか。多分両方。

俺も購買のパンで腹を満たしていた。なんだかんだで青空の下の食事は気分がいい。その爽《そう》快《かい》さに妙《みよう》な理屈《りくつ》をつける必要はあるまい。

「あー、食べた食べた。げふー」

「女は胃が小さくていいな。パン一個で満足なんだから」

「なにおー。女の子はそのぶんすぐお腹が空《す》くんですー。でも欲望に任せて食べまくっちゃうとあっという間にぶくぶく茶釜《ちやがま》になるんだぜー？」

そんなタヌキは昔話でも聞かんな。

「で、ちょいとイツキ」

「どうした。あ、昨日ユズキと映画行ったらしいな。喜んでたぞ」

反射的な受け答えをした後に、気付いた。あだ名で呼ばれなかった。それなら、今未耶がしたい話は。

「あたし、もうイツキのこと好きじゃなくなるんで」

初めに言っておくと。

俺がそれ聞いて考えたことは、そのセリフはどういうシチュエーションで使われるのだろうということだった。もう好きじゃない。それは好きだったけど好きじゃなくなってしまったということ。いやでも、もう好きじゃなくなる。現在形だし。どういう意味だよ。

「……は？」

だから、俺のリアクションがすっとぼけたものになっても責められるいわれはない。俺は未《み》耶《や》がなにを言わんとしているのか、まったくわからなかったのだ。

ついでに言うなら、俺になにを求めているのかも。

「二度言わせんな」

からからと笑う未耶に、変わった様子は見られない。いつも通りに見えた。

「いや、どういうことだよ。は？　その文脈で言うと、ついさっきまで俺のことを好きだったって聞こえるんだけど」

「まさしくそのとぉーり」

否定を前提に告白された気分はどうですか？

普段は食べられない三時のおやつをくれると言われて、けれど目の前でお預けにされたような、そんな気分です。なんだこれ。得られないはずのものが得られないだけだから普通のことなのに。尋常《じんじょう》じゃない損をしたような。

「……気付かなかったよ」

「そりゃそうっしょ。だってイツキ、鈍感《どんかん》だし。どぅーんかぁーんだし」

なにその鉄工所で聞こえてきそうな擬音《ぎおん》。いや、そんなことはどうでもいい。

こういう時、なんて言えばいいのだろう。俺ってなにか言うべきなのだろうか。それとも、黙《だま》っていたほうがいいのか。けど未耶はもう告げるべきは告げたみたいな顔をしていて、結局俺はおいてけぼりだ。

「お前、好きなヤツがいたことなかったか」

「その後ー。ほらー、三年くらい前からイツキにそういう恋愛の話しなくなっちゃったっしょ?」

そうだっけな。覚えてねえよ。ていうかどうしろというんだよ。

「……なんかさ、変な気分だけど。そんな簡単に諦《あきら》めていいのか」

諦められる当人が言うセリフじゃないのはわかっていたけど。

「ん? いやぁ、だってさぁー。イツキあれでしょ? あたしと付き合う気なんてなかっただろぉー?」

「そんなことは…………」

いや、嘘《うそ》だった。今俺は、とっさに嘘をつこうと。

未耶とそういう関係になるのが、その、想像しにくいというか。

戸惑う。恋人に、なれないこともない。多分。でも、なんかぎくしゃくする気がして。そしてそれは、いつも通りの俺と未耶ではない気がして。でも未耶は、そういう関係を望んでいるのだろうか。

「ねえんじゃんかー」

未耶は快活に笑う。それは、無理している笑いなのだろうか。そうさせているのは俺なのか。

「そんならもう、時間の無駄《むだ》だぜこれー。私はいつまでも想い続けるのきゅるるんって主義でもないし。宣言してすっぱり諦《あきら》める。どーよこの作戦」

どうともいえなかった。

実らない恋と知って想い続けるのは、とても辛《つら》いだろうなということしか。当事者なのに蚊《か》帳《や》の外だった。だってもう、俺は諦められてるし。

ここで俺も好きだと言えば、未耶《みや》はそれを受け入れてくれる気がした。けど俺は——いや、未耶は好きだけど。それはユズキを好くのととても似ていて。家族？ 仲間？ なんかそんな感じ。

「だから、もう諦めんの。あ、別に避《さ》けたりしなくていいからね？ 今までどーりでよろしくっす」

今まで通り。

今まで通り、幼馴染《おさななじみ》で。できるだろうか。そう言った未耶本人でさえ、そんなことは無理だろうなと思っている。そんな表情をしていた。そして、そんな顔をさせているのは。

俺のせい、なのだろうか。

もしかして俺は、知らず知らずのうちに、未耶を傷つけていて。自覚のない悪意ほどタチの悪いものもあるまい。

「映画を断ったのは、悪かったよ」

「ほえ？　あ、ちげーちげーっす。あのねのね、そりゃ映画も一緒に行きたかったけど、なんてーかな。それだけじゃないってか、ずっと前からぐるぐる考えてたことなんだけど。ぐるぐるー」

頭使うの苦手なくせに。

そのぐるぐるを、未耶はとても嫌《いや》がるのだ。妙《みょう》に世話好きなのも、委員長なんてやっているのも、そういうぐるぐるしたものが苦手だからだ。

ぐるぐるめぐる。嫌な考えとか、嫌な空気とかが。

「でも、きっかけはあれかなー。ほら、こないだ言ったじゃん？　もう忙《いそが》しいって、しばらく遊べないかもって」

「それ、はっ…………！」

死想《しそう》図書館に、あの魔窟《まくつ》に関わってしまったから。

「あれで、なんかもー無理かなって。無意味かなって」

遠ざけたのは、なにも未耶を嫌ったからではない。

もしかしたら、それは未耶もわかっているかもしれなかった。けれど、ダメなのだ。俺の真意とか、事情とかは確かにあるけれど、未耶が決断したのはそういうことじゃなくて。

ただ、近くにいてくれないから。

諦めた理由が痛いくらいにわかった。一番大事なのは、付き合うとか好き嫌いとかじゃなくて。俺が未耶《みや》を遠ざけた。その事実だけが、未耶の決意を促進したのだ。

「それってさ」

未練がましい声が、知らず漏《も》れた。

「俺に言う必要あるのか。お前が心の中で決めて、黙《だま》って諦《あきら》めればいいことじゃないのか」

「うん、それはね」

にこりと笑って、未耶が言う。

「嫌《いや》がらせなの」

この告白に、求めるものはない。

憂《う》さ晴らし、あるいは八つ当たり。けど俺にそれは責められない。その彼女の憂さを溜《た》めこませたのは、間違いなく俺なのだから。俺がなにかしていればなにかが変わったなんていうつもりもないけれど。なにかしても結果は一緒だったかもしれないけれど、それでもこれは俺のせいなのだ。

この胸にずしりと突き刺さる、墓標のごとき痛みは、だから受けて当然のもの。ヒロイックなナルシズムに陥《おちい》って悦《えつ》に入ったか。誰よりも優先してくたばってくれ、俺。

未耶が近づいてきた。俺の制服に少しだけ触《ふ》れた。その行為に意味はあったのか。あったとしても未耶本人にしかわからないものに違いない。人間、理由のないよくわかんない行動をしたい時もある。

特に、こういう時に。

「んじゃあーね。先に教室戻ってるねん。うふん」

だからお前、とてつもなくシュールなんだってば。

ここで好きだと呼び止めれば、未耶《みや》は足を止めただろう。だがそれができるのは、おそらく月九のドラマだけ。だって、現実に最終回はない。ここで俺が未耶を呼び止めて、偽《いつわ》りの愛を告げても、その結末はとんでもなく後味が悪いことになるだけだ。

ドラマのハッピーエンドなら、そこで終わり。

最終回のない現実は、終わりがないまま続いていく。ハッピーエンドもバッドエンドもない。だって俺が死んでからさえ、その後も誰かの現実は続いていくのだから。

なにも変わらない。今まで通りの幼馴染《おさななじみ》で、今まで通りの日常だと言い聞かせた。

こうしてうだうだと悩むこと。それこそが未耶のやりたかった嫌がらせで、彼女のわかってほしかった気持ちなのだと思い知った。

昼休みが終わるまで、まだ時間があった。

半ば放心状態のまま、俺が訪《おとず》れたのは図書室だった。今まで通りと言い聞かせたところで、俺の心はそう簡単にスイッチが切り替わってくれない。内臓が腹の中で増殖《ぞうしょく》したような、なんとも言えない気持ち悪さを抱《かか》えて、それでもここに来た理由は、至極《しごく》単純。

俺は、俺のやらなくちゃならないことを。

ユズキの学校に、例の死書『邪神秘法書《ネクロノミコン》』は存在しなかった。それが昨日のこと。それでとりあえずは一安心だった。

次に調べたのは自分の家だ。今朝のうちに、俺の部屋はもちろん、母やユズキの部屋まで徹《てっ》底《てい》的に（もちろん許可はとった）調べあげたが、見慣れない本などなかった。つかさ、リヴルとエレシュキガルのせいで見知らぬ本がたくさん並んでるのはなにより俺の部屋なわけで。

ともあれ、自宅でなければ。次に優先順位の高いのは俺の学校というわけだ。

あの数字、8938が図書分類だとするならば、この高校の図書室は候補からはずれるわけだが、だからといってノータッチというわけにもいかない。

「あら、失恋した顔ね」

そういう、至極真面目《まじめ》な理由なのに。

俺を一瞥《いちべつ》した恋池《こいいけ》先生のセリフは、それだった。失恋はしてねえ。まあ確かに、なにかを失ったような気はするけどさ。それは恋じゃない。

失幼馴染なんて言葉はないだろうし。

「あー、若い若い。もう若さが肌からオーバーフロー状態ね。吸い取りたいわあ」

言うほど恋池先生も枯《か》れているわけじゃあないだろう。どうも彼女は本の整理中だったようだが、積み重ねた書籍《しょせき》を持ち上げるたびに、その本の山に彼女の豊満な胸が乗せられている状態となる。つまり図《はか》らずもその巨乳を強調してしまっているわけで。

図書室内の勉学の邪魔《じゃま》をしている自覚があるのかないのか。恋池《こいいけ》先生は抱《かか》えた本をその辺の机に置いて、俺の近くまでやってくる。

「今日はどうしたの黒間《くろま》クン？　私に失恋の痛みを癒《いや》してほしいのかしら？　主に肉体的方面で」

「今の発言録音したんで旦那《だんな》さんに送りますね」

「どうぞ？」

ニコリと笑う。く、これが大人の余裕かっ。いや、単に俺の嘘《うそ》を見抜かれただけか。さすがにマジでやったのなら恋池先生でもどうぞだなんて言わない——よな？

「いや。そういうんじゃなく、調べ物です」

「そう？　結構多いのだけど。私に恋愛相談に来る子」

あー、それはわかる。なにしろ百戦錬磨《れんま》っぽいからなあ。変に理想論的なアドバイスよりも、実践《じっせん》的かつ確実な方法を教えてもらえそうだ。

恋池先生にあの番号のことを聞いてみようかとも思ったが、やめておいた。未耶《みや》の時と同じだ。このおかしな一連の事象に、知り合いを巻き込むのは極力避《さ》けたい。番号のことを説明するのに、死想図書館のことを無視するのは難しそうだし。

幸い、俺は図書室の常連で、本棚《ほんだな》だって飽《あ》きるほど見ている。見慣れない本があればわかるはずだ。ていうかそんなものがあれば、そもそも司書教諭《きょうゆ》である恋池先生が気付いているはずだけどな。

だからといって、手を抜けるわけがない。

相手は死書なんていう得体のしれない連中だ。なにをするかわかったものではないのだから。

俺は、本棚を端《はし》から端まで丹念に見ていく。背表紙でもちろんタイトルも確かめる。いくら得体のしれない本だからと言って、タイトルまでごまかせるわけではないだろう。想像だが、本の装丁を変えたりすることは、人間で言うなら整形手術で外見を変えてしまうようなことなのではないかと思った。

「…………先生」

「ん、なーに黒間クン？」

「なんでついてきてんですか」

そんな風に俺が作業にしっかりいそしんでいるところで、どうしてこの人は水を差すように後をついてくるのだ。

「え？　なんでもないわよ」

その割には随分《ずいぶん》そわそわしていますね。仕事はどうした。

まあ、大方察しはつく。失恋の匂《にお》いを嗅《か》ぎつけたこの人は、きっと詳《くわ》しい話を聞きたいのに違いない。それが教師としての面倒《めんどう》見の良さからくるのか、あるいは至極《しごく》単純な好奇心から来るのかはわからないけれど、いずれにしても俺は未耶《みや》のことを話すつもりはなかった。

話してどうなるものでもないし。

話せば楽になる、という。それはもちろんその通りだろう。けれど話せば、それは音となって空気に溶ける。背負っていた重い想いは、声に出すことで吐《は》き出され、どこでもない風に運ばれて雲散霧消《うさんむしょう》してしまうのだ。

それが、嫌《いや》だった。そういう風に、忘れるように楽になってしまうのは。

背負った気持ち悪さは、それでも未耶との関係性なのだ。自分が苦しいからと、無理矢理のようになかったことにしてしまうのは。それこそ未耶に申し訳がないような気がして。

それとも、これは。

ただの感傷なのだろうか。

「パソコンは大丈夫ですか？」

だからあえて、思いっきり話題をそらしてみた。恋池《こいいけ》先生の好奇心には気付かないふりをして。

「あー、もう、全然ダメよぉ。以前からやってたことはできるんだけどね、前にも言ったでしょ？　どんどん機械の仕事が増えてきちゃって。新しいことは覚えなくちゃいけないから、もう大変」

だろうな。この人、こないだ携帯《けいたい》の使い方を俺に聞いてきたことがあるくらいだし。

とりあえず死書がないかを入念に確認していく。端《はし》から端まで、ほとんどしらみつぶしである。ていうかさっきから後ろの司書教諭《きょうゆ》が鬱陶《うっとう》しい。とっとと自分の仕事しろよ。

「あの、ちょっと聞きたいんですけど」

「ん、なあーに？」

「『ネクロノミコン』って本、探しているんだけど」

念のため、恋池先生にも尋《たず》ねておかねば。

恋池先生だって司書だ。その名前が、クトゥルフ神話に関連する魔術書の名前だと、すぐに気付いたはず。その後の沈黙《ちんもく》がなにを意味するのか、最初俺にはわからなかった。

「…………読みたいの？」

だから。

ひそめた声でそんな返答をされてしまった時、俺は一瞬《いっしゅん》何も言えなかった。

「持ってくるわ。待ってて」

何故《なぜ》、秘密の会話をするかのような態度で。恋池先生はそのまま、図書室に隣接《りんせつ》された司書教諭《きょうゆ》のための部屋へと行ってしまう。俺は何も言えず、彼女の背中を見ているだけだった。

持ってくると、言った。

あるのか、当たり前のように。恋池先生も知っているということは、どういうことだ。死書が先生までも巻き込んでいる可能性すら考えて、俺はその場を動けない。あふれる思考の処理がやっとで、身体《からだ》の操作にまで神経が行き届かない。

「これでしょ」

恋池《こいいけ》先生がもってきたのは、意外と小さめの本だった。装丁はピンク色。キラキラとしたラメがちりばめられていて目に痛い。なんだかやたら目の大きい少女のイラストもあって。

『ねくろのみこん・恋のおまじない全集　気になる彼のハートをゲット！』

「もぉー、やっぱり失恋したんじゃないの。でもこれ小学校低学年の女の子向けよ？　こんなの読むより恋のエキスパート恋池先生に相談したほうがいいゾっ☆」

「すんません勘違いっした」

呆《あき》れるオチだった。そうだよなあ、恋池先生が持ってくるわけないよなあ。安心したと同時に気が抜けてしまった。ああやべえやべえ、このエロと包容力が取り柄《え》なこの人をこっち側に引き込んでしまうのかと本気で怯《おび》えてしまった。ていうか読むと発狂《はっきょう》する邪書《じゃしょ》をそんな子供向け書籍《しょせき》のタイトルにするんじゃねえ！　ユズキが読んじまったらどうするんだよ！

あと、キラキラした目をこっちに向けるな人妻。そんなに失恋の話を聞きたいか。でも何度も言うように失恋なんかしてないっすから。

俺はその後も、丹念に『邪神秘法書《ネクロノミコン》』がないか探していった。手を抜くなど無論ありえず、ましてや本を探すなんてのは得意中の得意だ。なにか怪《あや》しいものが紛《まぎ》れ込んでいた時、俺がそれを見逃すはずがない。

結局、死書はあったのか？

もちろん答えはノーで、それは安心できると同時に、綱渡《つなわた》りのような『筆記官《ライター》』の業務がまだ続くことを示していたのだった。いい加減見つけて終わりにしたいんだけどな。

なんかもう、全部終わりにしたいんだけどな。

家に帰ると、ユズキがいた。まあ別に家に妹がいるのも当たり前っちゃあそうなんだけど。

「お前、今日塾《じゅく》じゃなかったのか」

「…………………」

居間にあるソファにうつぶせになっていた。真面目《まじめ》なユズキが塾をサボるなんて珍《めずら》しいと思っていると、彼女の顔がゆっくりとこちらを向いた。

「……兄様《あにさま》」

「なんだ、なんかあったのか」

「兄様が、兄様が――」

しゃくりあげるような声。泣いていた。涙はでていないが、瞳を濡《ぬ》らす雫《しずく》がなくとも、人は容易に泣くことができる。俺はなにか、ユズキを泣かせるようなことをしてしまったのだろうか。

「兄様が、姉様《あねさま》に、金輪際会わないと言われたと」

「ちょっと未耶《みや》連れてこい」

「ふえ？　兄様、いいのですか。姉様はもう、あんな腐《くさ》れ下衆《げす》野郎には二度と会わないことにしたと」

「その様子じゃあ呼びつけても平気だ。一発殴《なぐ》るから連れてこい」

そして人の妹に平気で汚《きたな》い言葉教えてんじゃねえよ未耶ぁ！　ウチのユズキは箱入り娘なんだぞ！　くそう、さっきの感傷的な気持ちが雲の彼方《かなた》へ消え去ってしまった。

「で、お前。そんな理由で塾サボってんのか」

知らず、キツい口調になってしまったかもしれない。いや、今まで真面目に通ってたしサボったことに目くじらたてたわけじゃあないが。兄の人間関係一つでそこまで落ち込まれるのも、な。

「あ、いえ、今日は塾は、ないわけではないのですが、その。先生から、できるならば行かないほうがいい、と言われてしまいまして。自主判断で休むべき、ということにしました」

えらく曖昧《あいまい》な言い方だった。この台詞《せりふ》が未耶の口から出た言葉だったら、お前はサボりだと遠慮《えんりょ》なく現実を突き付けるのだが、ユズキが言うからには教師はまさにそんな言い方をしたのだろう。

これが人徳だ。この場にいないヤツにそう言いたくなった。ああ、でもアイツもサボりなんてしないな。優等生だしな。

「どうも昨日の晩、忘れ物を取りにいった下級生がいたらしいのですが、その子が校内でお化けを見たと」

ギクリ。

「なんか、あったのか」

へえ、そりゃあ大変だなあああははははは。

「その子のご両親はもう警察にも届けていたので、学校の保健室で寝ていたのを見つけた時は、それは大騒《おおさわ》ぎだったらしいです」

ほう、どこの親切なお兄さんが保健室まで運んでくれたんだろうな。そりゃあ不思議だなあ。

「彼女の証言によれば不気味な犬やメイド服の人が出てきたということなのですが、なにしろ曖昧でして。それに、彼女自身もよく覚えてないことが多々あるらしく。半分くらい夢を見てたみたいだ、と言っていました。警察は事件性があると動いていますが、彼女の言うことをそのまま受け取っているわけではないようです。犬はともかく、深夜の学校に侵入《しんにゅう》した不審《ふしん》人物がいることは間違いなさそうだから、調査が必要だということのようです」

「お前は、なんでそんな、下級生の証言や警察の見解まで知っているんだ」

「すみません兄様。警官さんの近くを通る時に偶然《ぐうぜん》聞いてしまいまして」

おい警官！　ウチの妹の聞こえるような位置でそういう内部事情をぺらぺらと喋《しゃべ》ってんじゃねえ！　守秘義務とかあるはずだしなにより教育に悪いだろうが！

あの、リコーダーを取りに来た子には悪いことをしたかもしれない。しかし家まで送り届けるわけにもいかなかったしなあ。住所も知らんし、万が一誰かに俺の姿を見られたら最悪犯罪者扱《あつか》いだ。

それもこれも、全部半露《はんろ》出 狂《しゅっきょう》の女神様と、メイド服の奴隷《どれい》女が悪いんだユズキ。俺はヤツらに利用されているんだ。そういう本心（そして限りなく真実に近い俺の見解）を言いたくて仕方なかったが、無論そんなことができるはずもなかった。

「そうか、それで」

「はい。兄様が心配するといけないので」

可愛《かわい》い妹だろう。どうだ。反論は許さん。俺に心配させないために塾《じゅく》を休んだのか。いやもちろん、警察が動いているなら学校の提言としてもそれは正しかっただろうけど。

ただ、その犬が出たのは俺のせいだろうし。

ユズキの下級生の子も、昨日俺が猟 犬《りょうけん》を撃滅《げきめつ》しておけば、怖《こわ》い目にあうこともなかったかもしれない。未熟さのせい。くそ。

「そうか。でもユズキ、大丈夫だからな」

「はい？　兄様……？」

「大丈夫だ」

断言した。もう失敗はしない。

失敗なんざ――昨日のだけで十分だ。二度も失敗できるほど、俺は自分に甘《あま》くないし、この世界も甘くない。二度も間違えたら、手遅《ており》れになってしまうかもしれないだろう？

未耶《みや》みたいに。

気がついたら、なんか終わって剝離《はくり》していた、俺と未耶の関係性みたいに。

「論外です」

開口一番のリヴル・ブランシェの言葉が、これだった。

「具現化が一分も持ちませんでした。非難を通り越して悲惨《ひさん》ですらあります。エレシュキガル様もお怒りです。失礼ながらイツキ様、今までどのような読書をなさってきたのですか？　想像力不足は知識で補えるはず。イツキ様は本がお好きと聞いていたので、私はそれを加味した選書を行いました――ですが、見誤ったと言わざるをえません。私を扱うのに圧倒《あっとう》的に知識量が不足しています。これから数日間、イツキ様には私が見繕《みつくろ》った本で勉強していただきます」

死想図書館に向かった俺を出迎えたのは、山ほどの量の本だった。俺の家に送られた本の数倍はありそうだ。いや、これ百冊くらいあるだろう。おまけに図書館の床に机にほとんど無造作に積み上げられていた。地震来たらこれ絶対危《あや》ういって。

結局、ユズキの学校に『邪神秘法書《ネクロノミコン》』はなかった。それはそれで安心したのも確かだ。もちろん、俺の高校にもそんなものがないことは、さっき調べて確認済みである。

だから、俺は今日も昨日の続きをするつもりでここに来たのである。リストに載《の》っている施施設《しせつ》を上から順番に確かめて、いずれ『邪神秘法書《ネクロノミコン》』にぶち当たる——そういうつもりだったのだが。

その俺の考えは、ばっさりとリヴルに切って捨てられた。一応俺だって反省はしていたんだが、そこに追い討《う》ちをかけられるとへこむなあマジで。

「イツキ様、失礼ながら、先日お渡しした本はお読みになられましたか？」

「いや、全部はまだ」

　ぴしゃん、とリヴルは威嚇《いかく》するように教鞭《きょうべん》で自らの掌《てのひら》を打つ。思わずその音に身がすくむ。

　言い忘れたが今日のリヴルは最初っからその格好だった。高いピンヒールにストッキング、黒のタイトスカート、胸元が少しだけ見えるシャツ、そしてとどめとばかりに縁《ふち》なしレンズの眼鏡《めがね》。

　入った時は誰だと叫びそうになった。もう完全無欠、絵に描いたかのような女教師スタイルでご登場である。

「……その格好はなんなんスか、リヴルさん」

　思わず敬語が混じってしまうほど、隙《すき》のないコスプレだった。

「まず形から、と申します。本日はここに用意した本を全部お読みいただくため、私もこのような格好をいたしました。並べてあげますと、『巫女《みこ》の予言』『オーディンの箴言《しんげん》』『ロキの口論』『スリュムの歌』『アルヴィースの歌』『リーグの歌』『ヒュンドラの歌』『グリームニルの歌』『ヴァフズールニルの歌』『スキールニルの歌』『ハールバルズの歌』『フィヨルスヴィズの詩』『ヒュミルの歌』『グリーピルの予言』『レギンの歌』『ファフニルの歌』『シグルドリーフアの歌』『バルドルの夢』『詩語法』…………他には」

「まっ、待て待て待て！」

思わず声をあげた。いくらなんでも多すぎる。今リヴルが題を言ったものだけでもほんの一部だ。本の解説で朝が来てしまうことは目に見えていた。そして――そんなもの、読めるわけがない。

「これ読めってのか⁉　全部？」

「むしろ当然読んでいるものと計算していました。北欧《ほくおう》神話は元々口伝ですので、そちらの世界に残っている文献《ぶんけん》とは細部が異なります。そのため、このように死想図書館へ北欧神話の文献が死書として存在しています。少なくともこれだけは読んでいただかないと、具現化を成功させるのは難《むずか》しいかと思われます」

無理だ。断言できる、無理なのだ。

だって、これ百冊単位の本だぞ。一刻も早く『邪神秘法書《ネクロノミコン》』を見つけなきゃいけないこの状況で、これだけの本を読んでいられるか。そんなこと、司書であるお前が一番よくわかっているはずじゃないのか。

「事態は一刻を争います。数日で読んでいただきます」

「おい、リヴル……冗談《じょうだん》言っている場合じゃないだろう？　数日でこれだと？　読んでいる間に一か月たっちまうぞ」

「はい。もちろん一冊一冊丁寧《ていねい》に読んでいる時間はございません。そこで私がご教授いたします。つきっきりで。要点のみをわかりやすくお伝えしようと思います」

思わず汗が垂れる。無感動の瞳で見つめてくるリヴルの顔を見ることができなかった。ああ、こいつ本気だよ。勘弁《かんべん》してくれ。そう思って視線をそらしたら、本の山に囲まれたソファで、エレシュキガルが寝ていた。すやすやなんて可愛《かわい》い寝息をたてていると思ったら大間違いで、真っ赤な顔で苦しそうにうなされている。いかにも体調が悪そうだった。

「お聞きですか、イツキ様」

聞きたくねえ。

だが逃《のが》してくれる雰囲気《ふんいき》でもなかった。ていうかここ出口ねえし。朝まで逃《に》げられないのだ。そもそもリヴルの女教師スタイルが彼女の決意を如実《にょじつ》に示している。ああ、憧《あこが》れの個人授業はどうやら地獄《じごく》っぽい。それにしてもこの女教師ぶり半端《はんぱ》ないな、恋池《こいいけ》先生と並ばせてえ。

諦《あきら》めるしかないだろ。いや、ここから逃げられる方法があるなら教えてくれよ誰か。

全面降伏《こうふく》。

俺は両手をあげて、リヴルの講習を受けることにした。その後に続く阿鼻《あび》叫喚《きょうかん》は、あえて考えないようにした。

五分の間に一冊分の講義。その後、十個ほどの質問。それに答えることができなければ、ペナルティとしてその本を明日までに（明日までに、だ！）読んでくるという宿題が課されてしまう。開始三時間。すでに五冊ほどが持ち帰りを義務付けられている。分厚いハードカバーをな。

これでも頑張《がんば》ったほうで、俺は五分間の講義の間一言も聞き漏《も》らさないつもりで話を聞いているが、なにしろ量が桁《けた》違いだ。早口で行うリヴルの講義はついていくだけでギリギリだし、その後の質問だって正攻法ではなく変化球がばしばし投げられる。

精神的にボロボロだったのだ。わかるだろ？　起きてる時も学校で勉強して、寝たらここでも勉強かよ。なんのいじめだ。

「――――では、少し休憩《きゅうけい》といたしましょう。メインとなる文献《ぶんけん》は半分ほど終わらせましたので」

「リヴル……お前は、人間の集中力は三時間も持続しないということを知らんらしいな……」

ちなみにその三時間の間、食い物はおろか水すら口にしていない。

「紅茶をお淹《い》れいたします」

ああ、そうしてくれると助かる。

しばらくはエッダだの、サガだの、そういう単語は聞きたくなかった。けれどこの休憩が終わってしまえばまた講義が始まるので、やりたくないとか言ってもどうしようもない。そもそも逃《に》げ場がないし。

本来ならば休憩中でも本を読むくらいはしなければならないのだろうが、さすがに文章を眼で追うのは疲《つか》れる。もう俺発狂《はっきょう》しちまうぜ？　きっと。

そんなわけで、ちょっと無駄《むだ》話でもしようと、紅茶をもってきたリヴルに声をかけてみることにした。ていうか紅茶をもってきただけのはずなのに、いつものメイドスタイルに戻っていた。うん、こっちのほうがしっくりくる。

「お前、苦手なものとかあるの？」

「……………………………………早口言葉が苦手です」

答えるまでにすごく長かった。なんでだ。

「赤巻紙青巻紙黄巻紙」

「赤まききゃっ……」「……あきゃまききゃっ……」「……あかっみゃっ……」「……赤巻紙青巻紙きみゃきみゃき……赤」

「もういい。やめろ」

壊《こわ》れて繰り返すテープレコーダーみたいだった。怖《こえ》よ。成功するまでやりなおすな。でも最後は割と頑張《がんば》ったな。

「何故《なぜ》そのようなことを」

「いや、話のネタにとでも思ってな」

疲れたから休みたいし。

「なるほど、イツキ様は女性に卑猥《ひわい》な言葉を喋《しゃべ》らせて恥《は》ずかしがる様子をつぶさに観察することで間接的に快楽を得る嗜好《しこう》の持ち主だと聞いていましたが、今のが実例ですか。納得《なっとく》できました」

「納得すんじゃねえ！　その発言には色々と異議があるぞ！　早口言葉が卑猥なら大抵の言葉はR指定になるし、第一お前は無表情で頬《ほお》の一つも染めてねえ！」

「イツキ様。怒らずとも私はイツキ様の下僕《げぼく》です。どのような特殊《とくしゅ》な嗜好でも、この身体が壊れるまでお付き合いできます。なんでしたらもう一度早口言葉を。次こそはきちんと最後まで」

「早口言葉噛《か》んだから怒ってんじゃねえんだよ！　お前にそんな嘘《うそ》吹き込んだのはあそこの露《ろ》出《しゅつ》女神か！」

こんなバカな会話でも、いくらか気が紛《まぎ》れた。

そうして、そんな会話の中で未耶《みや》のことを思い出した。怒濤《どとう》の知識の洪水で忘れそうになっていたが、脳に余裕が戻ってくるとすぐさまあの感覚が蘇《よみがえ》る。あの、足からせり上がり内臓を圧迫するかのような、泣きたくなるような感覚。

こぼれ落ちた感覚が。

そういう意味では、今日のリヴルの講習はありがたかった。未耶《みや》のことを、思い出さずにすむから。深く深く、考えてもどうしようもない鬱《うつ》ループにもぐりこまなくてすむから。

「……なあ、リヴル」

「次の早口言葉はいかがいたしましょうか？」

「その話は終わりだひっぱんな！　ちょっと聞きたいんだが、『真白き本』に書き込むとするだろ？　それって俺が想像しなきゃダメなんだよな？　正確に」

「はい、その通りです。たとえば昨日の『天王狼《フェンリル》』ですが、イツキ様は記述と食い違う想像をなさいましたね。原典には口を開けば上顎《うわあご》が天に届くとあるはずですが、これを実際に顕現《けんげん》させるとなると、そうですね。天、という記述を成層圏《せいそうけん》の最上部と仮定して……」

「いや、いい。学校の廊下《ろうか》に収まるサイズじゃないのはよくわかる」

成層圏に上顎が届く狼《おおかみ》。そんな化け物、右脚だけで日本列島を崩壊《ほうかい》させられるに違いない。そんな姿で顕現されなくて本当に良かった。もう金輪際、フェンリルを呼び出すのはやめよう。

昨日、フェンリルを使ったのは——単純に、強いと思ったからだ。

だが、それだけではダメなのだ。もっと扱《あつか》いやすい、シンプルなもので良い。そう思って、俺は一つの武器を選びだしていた。だが、それについても少々疑問がある。

「……たとえば、リヴル。元々の記述が曖昧《あいまい》な場合は、どうなんだ？　それは、俺の想像で書きこんでも、問題はないのか？」

「いえ、ただ想像するだけでは実体化は一瞬《いっしゅん》となってしまいます。大事なのは、原典の記述と矛盾《むじゅん》なく、イツキ様の解釈を書き込むことです。それはイツキ様個人の解釈でなくとも、一般的な学説でも構いません。曖昧な部分は、説得力のある解釈で補っていただければ、具現化は可能です」

ふん。解釈ね。ただ想像するだけじゃなく、それなりに説得力のあるものじゃないとダメってわけか。

「レーヴァテイン、なんだが」

「はい、北欧《ほくおう》神話における神剣の一種とされています。ですが記述が曖昧で、どのような形状なのか、どのような力を持つのかすら判然としません。そもそもレーヴァテインを直訳すれば『害なす魔の杖《つえ》』となりますが、ここでいう杖、テインは、必ずしも剣を示す語ではありません。槍《やり》という説も存在します。一般に、炎の巨人スルトの持つ、燃えさかる剣とされていますが、それはスルトの妻が管理しているからというのが主な理由のようです。北欧神話で、スルトは世界を焼き尽くす者とされていますので、彼がもつ剣も当然それに見合う力をもつだろう——そのような論理展開により、ゲームやアニメでは強力な力をもつ秘宝とされることもあるようです」

丁寧《ていねい》な解説ありがとう。大体のところは把握《はあく》していたものの、そこまでわかりやすく噛《か》み砕《くだ》いて解説してもらえるとは思わなかった。結構便利だな、リヴル・ブランシェ。

「また、よく似た語にミストルテインがございます。こちらは普通名詞で、いわゆるヤドリギの枝を示します。戦神ホズが兄バルドルを殺害する時に用いたものですが、それ自体になにか特別な力が宿っているわけではありません。レーヴァテインと同じくテインと言う語が使われていますが、こちらの場合はただの枝、ないしは槍《やり》、特に投げ槍の形状をしているとも言われます。『フロームンド・グリプスソンのサガ』にも同名の品が登場しますが、こちらは明確に剣であるとされています」

ややこしいなあおい。

「結局、炎の剣ってことでいいのか」

「とも限りません。説としては、スルトとの戦闘《せんとう》を演じた豊穣《ほうじょう》神フレイの剣とする場合もあります。またスルトの剣は確かに燃えさかる炎だとする説もあるのですが、彼のもつ剣が一本だと限定することもできません。燃えさかる炎と、レーヴァテイン、二振《ふたふ》りを宝としてもつ可能性もあります」

要は、よくわからない、曖昧《あいまい》な剣だということ。

だが、それは解釈で補えるとリヴルは先ほど言った。一番大事なのは、その部分。いかに矛《む》盾《じゅん》なく、リアリティを備えた形で、俺がレーヴァテインを想像できるか。そういうことだ。

「しかしイツキ様。なぜレーヴァテインを？」

「ああ、昔やったゲームで最強のやつだったからな。さっきの『フィヨルスヴィズの詩』でも出てきたし。なんか使えるかなって」

さっきの講習の成果を、さっそく生かすべきということだ。

レーヴァテインは、炎の巨人スルトの武器だということでいい。その解釈をする余地が、十分原典にあるのだから。ならばレーヴァテインにも炎の性質を与えてしかるべきだろう。

「はい。ですがイツキ様、『邪神秘法書《ネクロノミコン》』自体の対処についてはどのようにお考えですか？相手はクトゥルフ神話においてはまず最悪の魔導書です。そもそも、クトゥルフ神話自体が、ラヴクラフトをはじめとする数々の作家が世界観をリンクさせて創り上げたもの。その性格ゆえ、邪神《じゃしん》や異端種《いたんしゅ》は作品の数に比例して増えています。無論、それらについて描かれた『邪神秘法書《ネクロノミコン》』の記述もたえず変更されます。いわば、『邪神秘法書《ネクロノミコン》』は成長するのです」

「だが、それだってもうカウンターストップだろ？　今じゃ、ゲームやアニメくらいにしかでてこないんだから。今の時代、正当なホラーで書かれたクトゥルフ神話ってあるのか？」

どっちにしたって、敵の手数は多い上に、どんなやつが出てくるかすらもわからないのだ。だったらあれこれと対策をしてもしょうがないというか、ほぼできない。ならば俺が戦った唯《ゆい》一《いっ》の相手——ティンダロスの猟犬《りょうけん》に絞《しぼ》って対策するほうが、建設的だろう。

あとは、知識を溜《た》め込むしかない。戦闘《せんとう》に備えて。どんな敵が来ても、臨機応変に対処ができるように。

「いえ、イツキ様。私の言う成長とは、邪神や異端種を召喚《しょうかん》する能力ではありません」

「――なんだと？」

「『邪神秘法書《ネクロノミコン》』自身がもつ、知恵や知識の成長です。彼らは自分の記述の多寡《たか》によって、その能力が決定されます。かつて焚書《ふんしょ》にされた死書などは、それ以上記述が増えないので、能力は固定されたままですが――『邪神秘法書《ネクロノミコン》』はそれに関する書物が増えれば増えるほど、知恵を働かせることができます。悪知恵、というべきかもしれません。これが我々が現在『邪神秘法書《ネクロノミコン》』を最優先の封印《ふういん》対象として行動している、最大の理由です」

脅《おど》かすようなことを平気で言うんだな、こいつは。

でも、それでも俺に退路はない。それこそ脅迫《きょうはく》によって強制されたことだ。『筆記官《ライター》』をきちんとこなせば、とりあえずそこの風邪《かぜ》ひき女神が俺の家族に手を出すことはない。

「臨機応変にやるしかねえだろ、それこそ。そういえば、他の魔導書はほっといていいのか。逃げたのは『邪神秘法書《ネクロノミコン》』一冊じゃないんだろ？　クトゥルフ神話関係でも相当あるだろう？」

「はい。クトゥルフ神話に関連する死書で、逃げ出さなかったものは『エイボンの書』『金枝篇《へん》』『ナコト写本』の三冊です。残りは全て封印から逃れましたが、現在において、イツキ様に具体的な攻撃《こうげき》を仕掛けたのは『邪神秘法書《ネクロノミコン》』のみです。これは、攻撃をできる状態にあるのが『邪神秘法書《ネクロノミコン》』のみであり、他は潜伏《せんぷく》するので精一杯であるのだと推測ができます。魔導書の中でも新参ではありますが、『邪神秘法書《ネクロノミコン》』の知識量は相当なものです。それが真っ先に攻撃を仕掛けているのですから、他の力のない死書は安心もしていたのだと思います」

過去形の発言は、まあ、正しいのだろう。

俺が、死想図書館に来て『筆記官《ライター》』になってしまったから。

「今頃、他の死書は慌《あわ》てているでしょう。『邪神秘法書《ネクロノミコン》』に任せておけば安心だと思っていたのに、第一陣は失敗したのですから。すぐに攻撃を仕掛けるようなことは、死書にはできません。彼らは本ですから、人間のように自在に行動するわけにはいかないのです。どちらかといえば、自分の手足となる人間を誘《いざな》い、受け身の状態から操《あやつ》ろうとします」

なるほどね。つまり俺とお前の関係と同じってわけだな、リヴル。

まあ、他のヤツが手を出してこないというのならば、それはそれで楽な話である。あの、テインダロスの猟犬《りようけん》を尖兵《せんぺい》として使う、陰険《いんけん》な死書と一対一というわけだ。名前も有名どころだし。

最初の相手としちゃ、不足はないということか。

それに、どうせ俺は『邪神秘法書《ネクロノミコン》』を封印《ふういん》してしまえばお役御免《やくごめん》だ。他の本の面倒《めんどう》まで見ろとも言われていない。最初で最後、それで終わりだ。後のことなんざ知らない。

休憩《きゆうけい》もそろそろ終わりだろう。そう思って講議に戻ろうとすると、辛《つら》そうな咳《せき》が鼓膜《こまく》を刺激した。そういえばさっきまで静かだったな、そこのチビ神。

聞きたいことがあったので、声をかけてみる。

「おい、エレシュキガル」

「……な、なんじゃ……はあ、ふう……」

返事するのも辛《つら》そうだった。真っ赤な顔で毛布をかぶっている。視線をけだるくこちらに向けるだけで、初対面の時のうるさい様子は少しもない。

張り合いがないというか。俺からするに、お前は悪役だったわけだが。

拍子抜けのような。

「り、リヴルー。お願いじゃ、喉《のど》が痛くてげほっ……な、なにか飲み物を……」

「はい、エレシュキガル様。ミルクに蜂蜜《はちみつ》を混ぜたものをお持ちします」

再び本を手にとって講義を始めようとしていたリヴルだったが、エレシュキガルに言われては仕方あるまい。彼女はささっと隣《となり》の部屋へと移動した。隣だって全く同じ構造の部屋のはずなのに、なぜ移動するのかがわからなかった。それとも材料は隣にあったりするんだろうか。

「お前、まだ俺の家族に手を出す気か」

着ていた上着を脱いで、エレシュキガルの毛布に上乗せしてやった。現実じゃあ寝間着を着て床《とこ》についたはずなのに、ここに来る時はなぜか外出用の私服なんだよな。持ってない服を着せられたこともない。

まあ、そんな不思議を挙げ連ねたらキリがないわけだが。

「げほっ……ごほっ……そのことじゃが……あのな、イツキ。怒らないで聞いてほしいのじゃがー」

「なんだよ」

「あれはー、嘘《うそ》なのじゃー」

嘘。

嘘ってどういうことだ。主語が抜けてるからわかりづらいんだよ。けど、あれだよな。この文脈で考えればさ。やっぱり。

「俺の、俺の家族に手ぇ出す気はなかったってことかよ⁉」

「ひうっ！　す、すまぬ、すまぬのじゃー。余は確かに死と生の神じゃがー、迂闊《うかつ》に人間の世界に介入することはできぬ。それが姉上と決めた規則なのじゃ。一度決めた寿命を途中で変えることも、逆に死人を生き返らせたりすることも、余にはできなくてー……」

「うるせぇ！　つまりアレだな、お前騙《だま》しやがったな！　できもしない脅《おど》しで！」

ふざけんな。

いや——安心するべきなのか。こいつが家族に手を出せないってことがわかったから、それは良かったのか。だが、そんな脅迫《きょうはく》にぬけぬけと乗ってしまった俺の間抜けぶりはどうなる。

いや、待てよ？

「お前、目の前で薔薇《ばら》を枯《か》らしてたろ。あれだってダメなんじゃないのか？　植物だって生き物のはずだし」
「あれ、あれか、あれは……のう」
エレシュキガルが掌《てのひら》を開いた。その手にはいつかの枯《か》れてしまった薔薇《ばら》の花弁がある。って
おい、なんでいまパッと出せるんだ。
「て、手品なのじゃー。袖《そで》にのう、こう、枯れた花弁を入れておいての？　バラの花は握《にぎ》りつ
ぶして袖にいれて、すり替えたのじゃ……ちなみに、あの、あれは全部造花じゃ」
啞然《あぜん》とした。思わず花弁を手に取る。そうだ、この空間は夜なのだ。よほど近くで見ない限
り、花が本物か偽物《にせもの》かもわからない。枯れた花弁と思ったのは、そういう風に着色された紙片
だった。
手品。
「ひ、人の世界は便利じゃの……魔法など使わなくとも、ちょ、ちょっとした小道具で、この
ように再現できる………」
「はっはー！　見たか神様！　人間様だって奇跡《きせき》の真似事《まねごと》くらいはできるんだよ！　ああちく
しょう！　ふざけんじゃねえ！」
そしてそれで、俺はすっかり罠《わな》に嵌《は》められた。神が目の前で不可思議な現象を起こしたのだ。
普通に考えれば、それにタネがあるなんて思わない。だって、神様なんだから。手品を使う必
要はないはずなのだから。

「つまりアレだな、お前騙《だま》しやがったな！　できもしない脅《おど》しで！」

「ひぅっ！　い、イツキ、セリフがさっきと同じじゃ……」

「うるっせえ！」

「だ、だって、だって、お主はなかなか承《しょう》諾《だく》してくれぬから……死書は余では封印《ふういん》できぬ……。そちらの世界に、余のような力の大きな者が介入してしまうと、バランスが崩壊《ほうかい》するのじゃー……イツキに、イツキに頼むしか余は……」

「それは、てめえの都合だろうが！」

怒鳴ってしまった。大声で。相手が、見た目だけにせよ子供だというのに。

エレシュキガルは半泣きの顔でわたわたと毛布を撥《は》ね除《の》けて、ようやく戻ってきたリヴルの後ろに隠《かく》れてしまった。ああ、くそ、こいつは最初に会ったときの女神とは違うのだ。

弱っている。

自分では死書の封印ができないというのは、バランス云々《うんぬん》もあるのだろうが、やはり純粋《じゅんすい》に力が落ちているのか。この様子を見る限り、やはりそうとしか思えなくて。

「り、り、リヴルー！　リヴルー！　イツキが、イツキが怒鳴るのじゃー！　怒らせてしまっがはっ！　えほっぐぇほ……っ」

「エレシュキガル様、大声をだすとお身体《からだ》に障《さわ》ります。どうかお休みくださいませ。蜂蜜《はちみつ》ミルクもお持ちしましたので」

「う、うん………」

ちくしょう。罪悪感が。なんだよ、お前もっと傲岸不遜《ごうがんふそん》なキャラだったろうが。

「……悪かったよ」

「イツキ様。イツキ様はすでに『真白き本』にお名前を書き込んでいます。たとえエレシュキガル様の嘘《うそ》が理由で『筆記官《ライター》』になったとしても、取り消すことはできません」

「そうかい」

そんなことだろうと思った。契約《けいやく》を無効にできるならすぐにでもお願いしたかったのだが、それができるならエレシュキガルがわざわざ脅迫《きょうはく》の真実を言うはずがない。弱っていても抜け目のない女神だった。

けど、告白した。嘘をついたことを。

それは、エレシュキガルなりに、俺を騙《だま》したことを後悔《こうかい》していたからだろうか。騙し続けたほうが都合がいいはずだろうし、な。毛布にくるまって湯気立つミルクを飲んでいるエレシュキガルが、年相応に見えてしまった。

「……悪かったよ。今更言っても、しょうがないんだな」

もう一度謝る。半泣きの顔で、エレシュキガルが小さく頷《うなず》いた。

お人好《よ》し。くそ、ああ、お人好しだよ。悪いか。やる人間なら、風邪《かぜ》をひいてようがなんだろうがエレシュキガルをなじるだろうし、あるいはもっとひどいことも。こんな簡単に納得《なっとく》する俺は、多分おかしいのだろう。

なんか、怖《こわ》かった。

未耶《みや》のことが、あったからだろうか。対話に、会話に、交渉《こうしょう》に、つまりは人間関係に。笑ってしまうくらい臆病《おくびょう》になっていた。ああ、未《いま》だになんか、アイツのことが離れなくて。

アイツと、未耶と恋愛ができないなんてのは、俺が一番よくわかっていることだし、ではなんでこんなにうだうだと考えるのか、アイツの身体とか逃《のが》して惜《お》しいとか、好きでなくても好きだって言ってしまって一回くらいヤッてしまえば良かったとか、恋愛の愛情はいらないけど家族に似た近しい愛情だけ欲しいとか、そんな低劣《ていれつ》な考えが表面にあったわけでもないが、けれど自覚できない暗い脳髄《のうずい》の中心部で、そんな下衆《げす》思考さえ含《ふく》んだ無数の仮定が、戦場で飛び交う銃弾《じゅうだん》のように乱反射してやまなくて、なにが惜しいのか、なにを傷ついているのか、なにが欲しかったのか。それすらもよくわからない。

未耶と恋人になりたかったわけじゃない。

でも、未耶と離れたかったわけでもない。

もしかしたら未耶が嫌っていたのはこの中途半端《はんぱ》な距離を保とうとしている俺自身で、だとしたら彼女が嫌《いや》がらせだと言ったのはまさにその通りだし、その嫌がらせのせいでくだらないへばりついた未練をこうしてうだうだと考えているのを傍《はた》から見ていたらさぞ他人事《ひとごと》に楽しめるだろうとは思うものの、結局俺は当事者以外のなにものでもなくて、ああもうよくわかんねえ。

「イツキ様」

ふと、リヴルが言った。

「少々、怖い顔つきになっておられます」

見れば、まだ泣き顔でエレシュキガルがこちらを見ていた。顔が赤いのは例の風邪《かぜ》のせいだろう。人間の風邪とは違う、と彼女は言ったものの、症状《しょうじょう》そのものは風邪にしか見えないのである。

「この怖い顔ばっかりは直せねえよ」

「そんなことはございません。整形手術を施《ほどこ》せばゴヤの絵画のごとき顔つきも、どうにかドラクロワくらいには」

「それは怖い顔から暗い顔になってんだろうが！　お世辞でもルノワールくらいは言えねえのかてめえは！」

「イツキ様。私は嘘《うそ》は言えないように設定されております」

ああそうだな正直だなてめえはよ！

どうもリヴルとは相性が悪い。ペースが乱される。俺はいつからこんなキャラで、お前はいつからボケキャラになったんだ。

ぴくり、と。

ソファにくるまった毛布が、痙攣《けいれん》するように反応したのは、その時だった。

「……イツキ」

「あん？」

「気をつけるのじゃ」

短い、警告《けいこく》。鼻水混じりのその声。いや泣き声なのか？　しかしそれはとても神らしく。予言にも似ていた。

「　　　！　　　　　！　　　　　　　！」

音のない咆哮《ほうこう》が聞こえたのは、その時だった。

訳のわからないまま『真白き本』と羽ペンを手に取ったのは、自分でも不気味なくらい見事な判断だったと思う。この咆哮は、人間の可聴《かちょう》音域ギリギリのもので、だからこんな音がないけど啼《な》いている、獣の姿が想像できるのだ。

「！　　　　　！　　　　　！　　　　　！　　　！　　　　　！　　　　　！　　　！　　　　　　　　　　　　　　！」

ガラスが、割れた。二階の天窓、紅《あか》い月光の差し込むガラスから、獣が降ってきた。声なき声。ティンダロスの猟犬《りょうけん》よりはるかに巨大な獣。それが落下してきて——。

おい、待て。その先には。

「エレシュキガル！」

風邪《かぜ》で動けない小さい神様。やべぇ、あの動物どんだけ重いか知らないが、あんなのに潰《つぶ》されたらこ、なご、な、にッ！

考えるより走る。そうだ、一番近いのは俺だ。リヴルよりソファに近いのは、俺だ！

獣が墜落《ついらく》するよりわずかに先に、俺はエレシュキガルを抱《かか》えて跳んだ。誰もいないソファが、強靱《きょうじん》な前脚によってバラバラにされる。ぶっといスプリングが吹き飛んで、俺のすぐ横をかすめていった。

すぐ傍《そば》を通過した、金属の塊《かたまり》。それは明確な死の感触《かんしょく》だ。くそ、なんなんだアイツはよ！

「すまん、のう……げほ」

「お前は黙《だま》ってろ！　おい、リヴル！　エレシュキガルを！」

イエス、マイライター。この状況でも変わらず聞こえてくるその返事が、今はとてもありがたい。は、混乱している頭が一気に冷めたぜ、おい。頼もしい限りだよリヴル・ブランシェ！

リヴルはエレシュキガルを素早く抱え、部屋の端《はし》へと横たえた。

俺は対峙《たいじ》する。降ってきた獣に。

オーケー。俺は幻想《げんそう》に慣れたつもりだ。未《いま》だ、名状しがたい鳴き声をあげるこの化け物を、冷静に分析《ぶんせき》するくらいは可能である。誰かに語りかけるがごとく、乱暴な侵入《しんにゅう》者を表現してみよう。

まず顔は後回しで描写だ。そこは空白にでもしておけ。身体はライオンを想像しとけよ。ただし背中に羽が生えてるのが大きな違いだ。前脚の付け根、人間でいう肩甲骨の辺りから、巨大な茶褐色《ちゃかっしょく》の羽が生えている。よし、ここまでほぼ獅子《しし》だな。それでは顔に戻ろうか。空白になってるはずだな？

ならば空白のままで、オーケーだ。なにせ顔がない。

前脚まではライオンだが、そこから先にあるのは頭部ではなく、鎧《よろい》に包まれた上半身。要はこのライオン、人間みたいな胸部があるんだよ。そこから首があって、兜《かぶと》だかサークレットだか知らねえが高そうな飾りをつけていて。

兜の中は、どこまでも深淵《しんえん》。

ない、とかじゃない。ああもうわかったぜこれ。その空白、深い深い洞《ほら》は、見つめちゃいけない虚無《きょむ》の狂気《きょうき》だ。俺がその深淵に頭突っ込んでみろ。

狂《くる》い死ぬぜ？

「そうか、ようやく大御所のお出ましか……」

「イツキ様」

「説明はいらねえぞリヴル！　丁重にもてなしてやれ、『無貌《ナイアルラトホテップ》』様をなあ！」

千の顔を持つ神。強壮なる使者。

クトゥルフ神話における神々の代理人。性格？　良いわけがないだろ。クトゥルフの邪神《じゃしん》の中でも、冷笑と嘲笑《ちょうしょう》を得意とするメッセンジャー。その特徴は、いくつも姿を持つというその身体。こいつに定形を期待するほうがどうかしている。

千の姿に変化できる、気色の悪い砂漠《さばく》の邪神。

「元ネタはネフレン・カのくだりか？　顔のないスフィンクス。ふん。月に吠《ほ》える化け物よりはやりやすそうだ」

「　　　　！　　　　！　　　　ッ！」

うるせえ。その音のない咆哮《ほうこう》が鬱陶《うっとう》しい。何か喋《しゃべ》れよ。お前喋るのは得意だろう？　それともなにか。その姿じゃお喋りできないってのか。

「リヴル！　ここに化け物どもは入ってこれないんじゃなかったのか!?」

片手で『真白き本』を開き、もう片方では羽ペンを。頭の中では、リヴルのための武器を組み立てている。そしていかにしてこの『無貌《ナイアルラトホテップ》』を粉砕《ふんさい》するか、その順番を、的確に、確実に、創造していくのだ。

俺の想像が、実現可能なプランに則《のっと》っているならば。

全ては現実のものとなる。

「そのはずです、イツキ様。こちらから招かない限り、夢の中で死書は手だしができません。いかな邪神とはいえ、所詮《しょせん》は本に呼び出されたもの。エレシュキガル様の力を破ることなどあり得ません」

「お前、こんなセンスの悪いやつに招待状でも出したのか?」

『無貌《ナイアルラトホテップ》』は、無造作に積んであった本の山を邪魔だとばかりに引き裂《さ》いた。散らばるのは紙と埃《ほこり》の匂《にお》い。太い脚と鋭い爪《つめ》にあっては、どんなに該博《がいはく》な知識を詰め込んだ本だろうと、ただのゴミになり下がるということか。

「イツキ様」

エレシュキガルをかばうように立ち上がったリヴルが、いつにない力強い声で。

「私、この死想図書館の司書を務めております」

ああ、知ってるよ。

『無貌《ナイアルラトホテップ》』はやりたい放題だ。本棚《ほんだな》を倒し、あちこちに爪痕《つめあと》を残して俺とリヴルに少しずつ向かってくる。もちろん、貴重な本を気にする様子など欠片《かけら》もない。あるいは、それは、威圧《いあつ》と威嚇《いかく》をともなった行動か。

「このように、日頃から丹念に整理整頓《せいとん》、郡分類聚《ぐんぶんるいじゅ》した本が、蹂躙《じゅうりん》されるのには我慢できません」

なんだ。

ちゃんと怒れるんじゃないか。こいつ。

「怪我《けが》治ってんだろうな、リヴル」

「損傷個所は、エレシュキガル様のお力で回復しています」

「じゃあ問題ねえな」

羽ペンを手に取る。幻想を顕現《けんげん》する神秘。空想を体現する神技。今度こそうまくやる。もう失敗はしない。

そう、決めた。

其《そ》は火の巨人の破壊《はかい》としてか。豊穣《ほうじょう》の神王の象徴としてか。

九の鍵の封印《ふういん》を割いて、現れるは破壊の枝。幻想の内で数多《あまた》屠《ほふ》った名具。その先端は、火の巨人に相応《ふさわ》しく赤く燃えたぎる。だが、それを持つ者には熱さを感じさせることはない。

神々に黄昏《たそがれ》をもたらす、最後の巨人の炎槍《えんそう》よ。

（検索《けんさく》完了。『フィヨルスヴィズの詩』と、記述内容が合致《がっち》しました）

（『炎と嘆きの枝《レーヴァテイン》』、具現化《アップロード》します）

そうして、女は槍《やり》を手にして舞う。

嘆《なげ》きもたらす炎槍は、一瞬にして異次元の邪神を追い詰める。触《ふ》れたものを焼却《しょうきゃく》し、灰にして風に還《かえ》す。この槍が突き刺すのは女の怒りを向けたもののみ。散乱する書物には、火の粉一つふりかからず。

熱さも感じず、燃えさかる槍はその力を誇示《こじ》し尽くす。

明々《あかあか》と燃え、轟々《ごうごう》と鳴る終わりの枝。

手にもつ少女が、そこにはいた。

そこまで書いて、俺は筆を止める。

目の前では、まさにリヴルが燃え盛る槍《やり》でもって、スフィンクスと対峙《たいじ》している最中だった。

いや、もう棒の形をした炎と形用したほうが適切なのかもしれない。刹那《せつな》も数え終わらぬうちに、高速で『炎と嘆きの枝《レーヴァティン》』が射出される。『無貌《ナイアルラトホテップ》』はその技を、ギリギリのところでなんとかかわしている風だった。あんな武器、もし味方じゃなかったらマジ怖《こえ》え。

「リヴル！　槍の使い心地はどうだ⁉」

「安定しています。以前の『天王狼《フェンリル》』の比ではありません。これならば途中で消え去ることはないかと思われます。講習の成果が早速《さっそく》出たようですね」

そりゃ三時間ぶっ続けでやってりゃあな！

たとえ安定していても、これで終わりじゃない。俺は『真白き本』にどんどんと文字を書き連ねていく。それを命令として受け取り、リヴルは行動を決定していくのだ。少々融通が利《き》かない部分はあるものの、俺がきちんと、敵を倒す過程を想像さえしていれば――リヴルは、強い。

「リヴル、一気に片づけろ！　本をばらばらにしたヤツだ、許すなよ！」

「イエス、マイライター」

『真白き本』には、千変万化の神を瞬殺《しゅんさつ》する過程を書き込んでいく。ティンダロスの猟犬《りょうけん》などより、動きは俊敏《しゅんびん》にして強壮だ。攻撃《こうげき》らしい攻撃をしてこないのが不気味だが、まあ妙《みょう》な触手を伸ばされるよりははるかに良い。

「　！　　！　　！　　！」

けれど、防戦もこれまでということか。声なき声でいななく神が。

ついに、その右脚をふるった。

「っ、く！」

リヴルがそれを『炎と嘆きの枝《レーヴァティン》』で受け止める。燃えさかる槍は相当に熱いはずだが、触れている邪神《じゃしん》は苦しそうな素振りも見せない。

「イツキ様！　次はいかがいたしましょう！」

リヴルは俺の書くとおりに動く。

いつまでもスフィンクスの脚を受け止められるわけでもない。なんとか突破口《とっぱこう》を開かない限り、この硬直状態だ。俺は『真白き本』に素早く書き込んだ。脇腹《わきばら》を狙《ねら》え。

命令通り、スフィンクスの前脚を石突で弾《はじ》いたリヴルは、そのまま槍を回転させて『無貌《ナイアルラトホテップ》』の脇腹へえぐりこもうとする。俺の想像通りの、リヴルの動き。

だが顔のないスフィンクスも素早く動いて、リヴルと再び距離をとった。警戒《けいかい》するようなその動きは、獣じゃない。かなりの知性の高さを、その動きから窺《うかが》うことができる。

「…………イツキ様」

「動くな。今考えている」

『無貌《ナイアルラトホテップ》』は、随分《ずいぶん》とリヴルを警戒《けいかい》しているようだ。だが、それはちょっとおかしい。クトゥルフの邪神の中でもトップクラスに位置する『無貌《ナイアルラトホテップ》』だぜ？　こっちも終末の破壊武器だが、それでも宇宙規模の邪神が怯《おび》えるとは思えない。こいつ、今でこそ力は存分に発揮できていない（あるいはする必要がない）ようだが、その気になれば地球なんてあっさりぶち壊《こわ》せるはず。

そういう設定のはずだ。

（思い出せ。こいつは、なにを怖《こわ》がっている？　こいつの、『無貌《ナイアルラトホテップ》』に関する話はいくつか読んだから…………）

「――――炎か！」

「イツキ様？」

「リヴル！　警戒はいらねえ攻めろ！　思い出した！　こいつの属性は土で、炎が苦手なやつだったんだよ！」

神話体系における火の神クトゥグアと対立関係にある。ダーレスのそういう後付け設定は賛否両論だが、今は素直《すなお》にありがたい！

偶然《ぐうぜん》にも敵の弱点を突《つ》いた武器だったのか。俺と『邪神秘法書《ネクロノミコン》』がそれぞれ切り札をだしただけ。その相性が、ただ俺に有利に働いたというだけだ。

数行を十秒ちょっとで書きこむ。『真白き本』に書かれた文章に従って、リヴルは『無貌《ナイアルラトホテップ》』に突撃《とつげき》していった。案《あん》の定《じょう》だ、あいつビビっていやがる。『炎と嘆きの枝《レーヴァティン》』が怖いのだ。

だが、そう甘くはなかった。

『無貌《ナイアルラトホテップ》』も「！　！　！　！」今までより強い声をあげてリヴルに向かっていた。「っふ！」横に薙《な》ぎ払う炎槍《えんそう》をかわすスフィンクス。そのまま体勢を低く沈め「っあ、あっ！」鋭い爪《つめ》で、リヴルの足を狙《ねら》う。「っ、は！」だが、かわした。俺はそれを読んでいたから。反撃《はんげき》に転じる獅子《しし》を警戒しろと、すでに本に書きこんである。

「終わらせろ、リヴル！」

とどめを刺せと、俺は執筆《しっぴつ》した。

しゅるり。そんな、たとえば着物から帯をほどくような摩擦《まさつ》の少ない音がしたのはその時で「！　！」『無貌《ナイアルラトホテップ》』の右前脚か、奇妙《きみょう》にうねる触手へと変貌《へんぼう》していた。「っ、は！」とっさに炎槍で薙ぎ払おうとするリヴル「！」しかしそれをすり抜ける触手は、白いリヴルの肌に巻きついて一気に引きずりおろし「リヴル！」俺の悲鳴よりも先に、顔のない獅子の爪が彼女に「っ、あ、あああああッ！」その、コンクリートでもぶち壊せそうな爪で。

血。

白いニーソックスを裂《さ》いて、血がにじむ。

「な、リヴルっ！」

足を引き裂かれて、リヴルは床に倒れこんだ。びくんと震えたのは痙攣《けいれん》か恐怖か。いや、そんなことはどうでもいい。問題は『無貌《ナイアルラトホテップ》』が今にもリヴルにとどめを刺そうと狙《ねら》ってること。

「くっ…………あぁっ！」

甲高い悲鳴はリヴルのもの。痛みで立ち上がれないのだ。ああ、ちくしょう嘘《うそ》だろう？　こんなあっさり反撃された。その身体を触手に変えて反撃するなんて、俺にも想像できてしかるべきだったのに。甘く見てんじゃねえ、相手は定形のない千変の神だ。

くそ。また俺のせいだ。

俺が、俺が全然ダメだから。こんなんだから。

「待ちやがれ」

もう失敗しないと決めた。

『真白き本』を片手に、俺は進む。低い恫喝《どうかつ》に怯《おび》えたか、顔のない神の動きが止まった。それとも俺の顔が怖いからか？　どっちでもいい。どっちでもいいからとっとと。

リヴルからどけよ。

「まだ俺がいるぜ、『無貌《ナイアルラトホテップ》』」

リヴルが戦えないなら、俺が行くしかないだろう。怖くないわけじゃねえよ。具体的な考えなんかねえよ。死んでもいいなんてこれっぽっちも思えねえよ。じゃあなんで行くのかって？　そんなこともわからねえのか。

俺が行かなきゃ——リヴルが死ぬからだ。

死んでほしくないからだ。

「そのメイドは俺の下僕《げぼく》だ。そいつ殺すってんなら、まずこの俺の許可得てからにしやがれ、ライオン野郎」

顔のない、暗闇《くらやみ》の洞《ほら》が俺を見る。

やべえ、おかしい。なんなんだこの空白。ただ顔がないだけじゃない。この暗闇は、こいつの真《まこと》を体現している。ずっと見てるわけにはいかねえよ。だって、気が狂《くる》うし。

ああ、それとも。

こんな化け物に生身一つで立ち向かおうなんてことしてる俺は、もうとっくに狂ってしまっているのだろうか。

「！　！　！」

うるせえな。なんだよ。その無音の咆哮《ほうこう》が鬱陶《うっとう》しいんだよ。殺すならさっさと殺しやがれ。

でもな、化け物。

リヴルまで易々《やすやす》と殺させると思うなよ。

「俺が主人だ。主人は下僕《げぼく》守る義務があんだろうがよ」

震える足をプライドで押さえつけて。俺はリヴルを守るように。

「来いよ、化けもの――――！」

俺が、人生で二度と言わないようなセリフを言ったのと。

『無貌《ナイアルラトホテップ》』が吹き飛ばされたのは、同時だった。

俺は思わず声をあげる。一瞬《いっしゅん》、自分がなにかしたのかと思った。『無貌《ナイアルラトホテップ》』が弾丸《だんがん》のように後方に飛んで、死想図書館の壁にぶち当たった。見方によっては、あのスフィンクスが自分の翼《つばさ》で外に飛んで行ったようにも見える。けれど、あのライオンの羽は、根本から抉《えぐ》りとられていた。

な、んなんだ。

「くふふ、まだ終わりでないぞ」

俺の横をすり抜ける、小柄な影。

『無貌《ナイアルラトホテップ》』が立ち上がる隙《すき》も与えずに、その紫《むらさき》の人影は邪神《じゃしん》を組みふせる。片足で、犬でも蹂躙《じゅうりん》するかのように。べちゃりと俺の足元に飛んできたのはライオンの右前脚だった。あいつが引き抜いて投げ捨てたのだと気づく頃には、今度は左前脚がぶちぶちと引き裂かれた。

素手《すで》で、かよ。

とどめとばかりに、影は邪神を蹴《け》り飛ばす。そのまま、『無貌《ナイアルラトホテップ》』は図書館の壁をぶち抜いて濃緑色の夜に消えていった。神々の戦いなんて形容するには、それはあまりに酷薄《こくはく》なワンサイドゲームだった。

「やれやれ、イツキ」

こちらを振り向くのは。

「これは特別サービスじゃ。さっき助けてくれたからの」

傲岸不遜《ごうがんふそん》を座右の銘《めい》とする、薄着《うすぎ》の神様に他ならなかった。

「夢の中ならば余とて存分に力を発揮できる。バランスが崩れたりすることはないからの。ましてや相手は邪神、それが死想図書館にまで侵入《しんにゅう》してきたのじゃ。これは余が手を出さないほうがおかしかろ？」

「いや、お前風邪《かぜ》でさっきまでぐったりしてたじゃねえか」

「少し良くなった。お主らが戦っているうちに、本の山に隠《かく》れて五分くらい寝ておったのじゃ。目覚めた頃にはすっきりじゃ——ま、完治とは違うのじゃがな。さっき暴れたせいで少しだるい」

どういう仕組みだ。いや、確かに人間の風邪とは違うとか言ってたがよ。さっきまで息も絶え絶えだったやつがこうも回復するもんかね。そしたら今度はだるいとか。人間の体調はそんな短期間でころころ変わったりしないだろうに。

「というかイツキ、邪神相手によく立ち向かったのう。普通だったら口上の前に殺されておるぞ？」

「は——だって、アイツ固まってて。俺のセリフにビビってたんじゃ」

「おお、面白《おもしろ》いことを言うのうイツキ。人はそこまで思いあがれるのか。あの邪神が、人間の言葉など一々聞くはずもない。ヤツが怯《おび》えていたのは余に決まっておろう。気づかなかったか、お主の口上の時、余は後ろにいたのじゃぞ」

つまり俺は、あれだけのセリフを吐《は》いていたくせに、全然意味なんかなくて。俺が殺されなかったのは、俺の後ろに怒気こもらせた最強の女神がいたから。俺が出しゃばった時、既《すで》に『無貌《ナイアルラトホテップ》』とエレシュキガルの戦いになっていたということか。

リヴルは、邪神に荒らされた図書館を片付けていた。怪我《けが》は、もうほとんど治っている。体組織が人間ならそんなことはあり得ないはずなのだが、そこはそれ、今はエレシュキガルが力を貸してくれるからな、あの程度エレシュキガルが触《さわ》っただけで治ってしまった。でたらめすぎる。

「本来ならもっと神らしいこともできるんじゃがな。風邪《かぜ》でだるい状態ではこの程度じゃろ」

なんだかエレシュキガルが不満そうにぼやいていたのが印象的だった。

リヴルは散らばった本を棚に戻し、ぶっ壊れたソファは新しいものを持ってきて、崩れた棚はハンマーと釘《くぎ》で補修する。手伝おうと声をかけたのだが、断られてしまった。どうやら、死想図書館の業務に関しては、リヴルはこだわりのようなものがあるらしかった。傷つけられた本に関しては、後日エレシュキガルがなんとかするとのことだった。

引き裂《さ》かれたはずなんだが、なんとかできるのか？

「それに、さっきイツキが身を危険にさらしてまで助けてくれたからの。そのお返しじゃ」

「一生ぐったりしてろよ」

「ひどいのう。お主、余がいなければ『無　貌《ナイアルラトホテップ》』に八つ裂きにされておったのじゃぞ？　余が本気を出せる夢の中で良かったのう。現実であんな邪神と対峙《たいじ》すれば、お主らに勝ち目はなかったじゃろうな」

具体的には、なにをしたのだろう。エレシュキガルは触《ふ》れずに邪神を吹き飛ばしたように見えた。まあ、神様のやることに一々つっこんでも仕方がないのかもしれない。とにかく、『無　貌《ナイアルラトホテップ》』を撃退《げきたい》できたのは確かなようなのだが。

「しかし、けほ」

エレシュキガルが、厳しい目つきで俺を見てくる。見てくるんだが、咳《せき》交じりだったんでいまいち緊張感がない。なんだよ、俺がなんかしたのか。

「イツキよ。この死想図書館に、何故《なぜ》あやつが入ってこれたと思う」

「はあ？」

「言ったはずじゃ。『邪神秘法書《ネクロノミコン》』の手先はもうこの図書館に入ってこれぬと。内から招かねば、あやつらは入ってこれぬのじゃ」

それは、もう聞いた。

失敗したとはいえ、『邪神秘法書《ネクロノミコン》』は直接夢の中で俺やエレシュキガルを狙《ねら》ってきたのだ。現実ではまだ満足に活動できないから、夢の中で殺そうという魂胆《こんたん》だろうか？　今思いついた仮説にしちゃ、良い線いってる気がすんな。

だが、夢で俺は既《すで》に死想図書館に逃げこんでしまっている。ここなら安全だ、と言っていたのは、他ならぬエレシュキガル自身だ。

「リヴルはずっとここにおるし、余も死想図書館と我が家を行き来するのみ。では、誰が内から招くことができる？　イツキ、お主しかおらぬじゃろ。お主が招きよせたのが、さっきの邪《じゃ》神《しん》というわけよ」

「はあ？　おい待て。俺はあんな化け物呼んだ覚えはないぞ」

ていうかあんなのと現実世界と出会っていてたまるか。出くわした瞬間《しゅんかん》に頭から食われたっておかしくねえっての。いや、そもそも現実のほうで『無貌《ナイアルラトホテップ》』みたいな大物を呼び出せるならば、昨日の時点で既にやっているはずだ。

「なにも、ずっとあの姿でいることもあるまい？」

「は？　どういうことだよ？」

「直接、おいでおいでと招かなくとも良いと言っておる。イツキ、心当たりがあるのはお主だけなのじゃぞ。余は外の世界のことはよく知らぬのじゃからな。よいか、たとえばヤツらに関連するものを持ち込んでおれば、それだけであの邪神を招待したことになるのじゃ」

そんな心当たりなんてあるわけがない。あいつらに関連したものだって？　そんなもの持っていたら、それこそエレシュキガル、お前に真っ先に報告しているよ。

「ま、そうじゃろうな。連中、お主に気付くような形で渡しとるわけがない」

「は？」

「うむ、ポケットのどこかじゃ。そこにある」

エレシュキガルが、神秘の瞳でこちらを見た。まるでレントゲンをとられているような、俺を素通りしてその奥を見据えるような、そんな瞳。俺の中にある不純物だけを抜き取って見るような。

何故《なぜ》わかるのか、なんて言ったってまともな返事はもらえないに決まっていた。ああ、こいつは占いができるんだっけ。それはもう、予言と言ってもいいくらいの。だったら、俺が自分で知らずに持っているものも、ただ見るだけでわかってしまうのかもしれない。

つくづく、人外。

「ポケットのどこか……ってもなあ」

最初にジーンズのポケットに手を入れてみる。なにもないとは思ったが、すぐに記憶《きおく》にない手触《てざわ》りが肌を冷やした。なんだこれ。金属、か？

そんなものポケットに入れた覚えはない。ていうか寝る前は寝間着だったんだぜ？　この服を着たのは夢の中に来てからで、もう意味がわからねえ。

「『真白き本』と同じじゃよ」

笑って——いや、嘲笑《あざわら》ってエレシュキガルが言う。可愛《かわい》いペットを見ているような声だった。間違ってはいないだろう、こいつにとっては俺なんか、車輪をくるくる回すだけで前進したつもりになっているバカなハムスターと大差あるまい。

「お主の持ち物のほとんどは、直接手に触《ふ》れていなくても死想図書館にある。逆に、気付かず持たされていたものでも、お主が捨てていなければここに運ばれるのじゃ。図書館をくまなく探せば、お主の私物はおそらく全て見つかるぞ？　ないと不便じゃろうからな」

うわあ。プライベートって言葉知らねえのかこの神様。いや、神にプライベートもなにもないか。雲の上からのぞき放題なんだろうから。

もし神様に煩悩《ぼんのう》があったら、ただの出歯亀《でばがめ》以外の何物でもねえな。そういや学校の本棚までチェックできるんだもんな。

「どのようなものじゃ」

「待てよ、今取り出すから……なんだこれ、ひっかかって……キーホルダーか？」

キーホルダーなんて持っていただろうか。俺は。そもそも携帯《けいたい》になにかつけたりしないからなあ。女子高生がごてごてと凄《すさ》まじい量の装飾《そうしょく》を携帯に施《ほどこ》すのを見て、あれは一体なんの筋トレなんだろうかと思ってしまうような人間だ。

ポケットから出てきたのは、やはり見覚えのないキーホルダーだった。フックがついているのは普通のものだが、その先端《せんたん》には指先に乗るくらいの小さな四角の金属がくっついている。ガラスのような透明な金属でできている。正方形に近いが、どこか歪《いびつ》にも見えた。ところどころ金のようなもので装飾されているが、まさか本物ではあるまい。歪で透明な箱、というのが率直な感想。

その四角い金属の中には。球形の結晶《けっしょう》が入っていた。結晶といっても漆黒《しっこく》で、ところどころ赤い線が入っている。小さくてよくわからないが、どうも外側の箱で吊《つ》り下げられているらしい。

見覚えは、ない——が。

「読んだ覚えは……あるぞ。これ」

「初めて出てきた記述は『闇《やみ》をさまようもの』だったかの？　これは死書ではなく普通の小説じゃが、もちろんクトゥルフ関連の小説じゃ。かの『邪神秘法書《ネクロノミコン》』が生成したとて、なにもおかしくはなかろうよ」

この小さな神様は人間界の書物にも造詣《ぞうけい》が深いらしい。アメリカのホラー小説までお読みになるんですか。意外でもあるし、あるいは神様はそういう色々なことを勉強して過ごしているのかもしれない、とも思った。

この、このキーホルダーは、ヤバイ。

「いつの間に……」

「知らぬよ。それは現実で起きておることじゃろう？　しかしこれは、『輝くトラペゾヘドロン』じゃな。『無貌《ナイアルラトホテップ》』を呼び出すことができるという、忌《い》まわしき秘宝。こんなものが知らずイツキと一緒に紛れ込んでおれば、それはもう死想図書館に連中が入りこむこともできような。ふん、なにも窓ガラスを割らずとも、直接この『輝くトラペゾヘドロン』から出てくればよかったものを。存外、あの貌《かお》無き邪神《じゃしん》は過剰演出がお好みらしいのう」

俺は必死で頭を回転させていた。エレシュキガルの言葉も半分も聞いちゃいなかった。今日の俺の行動、朝からの記憶《きおく》を順にたどる。こんなキーホルダー、拾った覚えもなければ渡された覚えもねえんだからよ。だったら――。

だったら、誰かが俺に気付かずに忍び込ませたとしか。

「正解じゃ」

心を読む女神様。ああ、すごいですね。その傲慢《ごうまん》な声がたまらなく気に入らない。ぐったりしてろよお前はよ。そのほうが可愛《かわい》いよ。

誰だ？　俺が席をはずしている間に荷物に手をつけたバカがいたのか。このキーホルダーは小さいからその可能性もあるだろうが。

「はずれじゃ。お主のポケットにずっと入っておったよ」

それくらい近づかれれば、いくら俺が鈍くてもわかる。最大の候補は妹のユズキだが、さすがにポケットに何かを忍ばせることができるような距離で、俺は妹と会話したりしねえよ。あとはなんだ？　リヴルとも親しく話すが、こいつを容疑者には挙げられまい。最大の味方にして戦闘時《せんとうじ》の鍵《かぎ》だ。こいつが敵だったら、俺はもう終わりだろう。

では、考えろ。

朝からの俺の行動をトレースしろ。なぞり書いて解を導き出して、その先に誰を疑うべきかを考えろ。意識に浮かんだ闇《やみ》は、俺の脳髄《のうずい》をかき乱して脊髄《せきずい》の嫌《いや》な悪寒を増進させていく。ははは。

「嘘《うそ》だろう………」

一人しかいない。俺に気付かないうちに、ポケットにキーホルダーをすべり込ませることができるようなやつは。気付かなかった俺も相当アホらしいけれどなあ。

「未耶《みや》、なのか」

「お主が誰を思い浮かべたかは知らぬ。けれどイツキよ、当事者はお主じゃ。他に候補があるなら言うてみよ。その中から余が占いで当ててみても良いのじゃが」

本当に？　いや、でもさ。他に心当たりなんて。

あの時、だ。屋上でパンをかじっていた時、未耶はもう好きじゃないなんて言葉を告げて、その後。アイツの指先は俺の制服に触《ふ》れた。ははは、俺はあの時、恋愛の話とかしているとよくわかんないことやるよななんて思っていたんだが。馬鹿《ばか》か、アイツの逆の手が俺から見えないアングルでなにやってたか、俺の記憶《きおく》にはあるのか？

今日のことだ。よく思い出せる。

「矢口《やぐち》、未耶《みや》って名前だ。そいつは。俺の——幼馴染《おさななじみ》だ」

「そうかの。お主が言うなら間違いあるまい」

「いや、待て、待ってくれ。そんな、未耶がそんな……そうだ！　あの占いはどうなるんだよ？　８９３８の番号は？　図書分類っていう話じゃなかったのか」

そんな専門書を、未耶が持っているなんて、俺にはとても思えない。

「それはあくまで推測の一つじゃろう？　まったく別の解釈だって可能なはずじゃ——たとえば、そうじゃのう。その娘の名前、語呂《ごろ》合わせならばその数字になるのではないかの？」

語呂合わせ。やぐちみや。ああそうだな、かなり苦しいけど、８９３８の番号はアイツの名前の中に全部入っている。

「かなり……苦しい推測じゃないか、それ」

「ではどう考える？　数字を文字に置換《ちかん》するのじゃから、そもそも語呂合わせ自体が無理矢理じゃ。三桁《けた》の図書分類に、冊数を加えた——という推測だって可能ではあるんじゃろうが、余は語呂合わせのほうが自然に思えるの。それならばこの四桁の数字が全て等価ということになるからの。図書分類の数字と、冊数というのは、最初の三桁と最後の一桁で意味が変わっておる。コンマもないのに、そんな不親切な表記をするとは考えにくいかもしれぬの」

エレシュキガルの言葉が、淡々と俺を追い詰める。

理屈《りくつ》の上では、未耶が『邪神秘法書《ネクロノミコン》』を持っていたところで、なにもおかしくはない。死書が何を考えているのか。いや、そもそも未耶は加害者なのか被害者なのか。

自宅は徹底的に調べた。けれど、未耶は盲点《もうてん》だった。だって別に、俺とアイツは一緒に住んでいるわけではない。すぐ近くにいるけど、俺はアイツの本棚すら見れないんだから。ここ数年、アイツの部屋には入っていない。

「悩み、心配、そういったものは催眠《さいみん》にかかりやすくさせる。イツキ、なにか心当たりはないかの？」

ああ、あるよ。ありすぎるほどにな。俺は未耶にフラれたんだ。苦しいだなんて未耶は口にしなかったけれど。それでもさ。

ちくしょう。

なんでだよ。なんで未耶が、こっちに。

もうなんだか、よくわからなかった。どうすればいいのか、とか。俺はなにをするべきなのか、とか。そういえば結局、あの邪神《じゃしん》を倒したのも俺じゃないし。なんだ、俺はなにもしていないじゃないか。

気だるい脱力感に包まれて、俺はなにも言えなかった。リヴルだけが静かに、荒らされた図書館の部屋を片づけていた。

「って、いうかさー」

未耶《みや》は不満そうだった。まあ、それはそうだと思う。それでもこいつは明るく笑顔で、だからこそ未耶はいつも通りなのだ。ちょっとだけ、ほっとした。

「今までどぉーりって言ったのあたしだけどもさぁー」

ソファに座った俺たちに、未耶は緑茶を出してくれた。そちゃーですがとか妙《みょう》なアクセントとともに。それだとカンフー映画みたいだ。

「まさか次の日に彼女連れてくるたぁ思わなかったぜ！　しかも美人さんでメイド服！」

こいつぁやられた！　額をぺしんと叩《たた》いてあっはっはーと笑う未耶。だーかーらシュールなんだよ、お前はさ。

次の日の放課後。俺は自分の身体を引きずって、未耶の家に行った。もっとも、その前に一度眠りにつき、死想図書館へ行ってリヴルを連れてきている。夢から現実に直通で来たので、本物の俺は未《いま》だ自室で眠ったままらしい。夢の中から現実に来ているので、今ここにいる俺は夢なのか現実なのかよくわからなかった。

ユズキとかに見られたらどうしよう。ドッペルゲンガーだとか言われるのだろうか。『さっきまで寝ていた兄様《あにさま》が起きて⁉　こ、これはどういう』リアルだからやめようぜ。

「そりゃああたしの想いも無駄《むだ》になるわけだわー。早くおせーてよクロマニヨン」

「残念ながら彼女じゃない」

　そして原始人ちっくな名前で呼ぶんじゃねえ。

　リヴルは無言で、緑茶に手をつけた。いつも紅茶ばっかりだから口にあうとは思えなかったが、存外早いペースで飲んでいく。あ、なるほど、緑茶が気に入ったんだな。さすがの俺でもそのくらいならば判別することができるようになっていた。

　リヴルには、言ってある。俺の知り合いが、『邪神秘法書《ネクロノミコン》』を所持しているかもしれない。死書を利用しているのか、それとも利用されているのかはわからないが、『邪神秘法書《ネクロノミコン》』の作りだした品を俺に気づかせず渡したことだけは確かだ、と。

　下手《へた》すれば戦闘《せんとう》になるかもしれない、とも言ってある。リヴルはそれに異も唱えず、従順に俺につき従う。それだけの話。それが俺とリヴルの、主と従なのだから。

　矢口《やぐち》未耶が、死書を所持しているのか。

　どうか違ってくれ、と思った。未耶はユズキと一緒で、俺の日常の大事なパーツなんだ。間違っても、どんな間違いが起きたとしても、今俺が踏み込んでいる領域に来て良いようなヤツじゃあないのだ。

「んで、リヴルさんだっけ？　外人さん？　てかどうしてウチに？」

「はい。実は私は希少本に興味がありまして、イツキ様が既《すで》に絶版となっている本をお持ちになっていると伺《うかが》いました。ですが、それを未耶《みや》様に貸してしまっているとのことでしたので。失礼かと思いましたがこちらに」

「ふぅーん……イツキ様、ねぇ？」

おお、怪《あや》しんどる怪しんどる。けどよどみないリヴルの受け答えには、さすがの未耶も明確に不審点《ふしんてん》を突き刺すことはできないらしかった。ていうか一応筋は通ってるしな。

もっとも、俺があらかじめリヴルと打ち合わせしておいた、デタラメなんだが。

「でもそれなりゃー、言ってくれれば返したぜ？　つかイツキから本借りてたっけあたし？」

「それを言うなら貸しまくってるし借りまくってるよ。もうなに貸したか覚えてないくらいだ」

「お前のものは俺のものー。俺のものもお前のもの」

「ゴロが悪いしそれじゃただ仲の良いお友達じゃねぇか」

そうだ。部屋で向き合っている窓。そこから手を伸ばしあうだけで、本の貸し借りなんて事足りる。兄弟家族に貸すようなもので、特定の相手となら所有権という概念《がいねん》は薄《うす》くなっていく。

「リヴルさんは、この黒い人とどういうご関係なのかにゃ？」

黒い人って言うな。お前いよいよあだ名が面倒《めんどう》になってきただろう。

「はい、私はイツキ様のげぼ」

「いとこだ」

不穏な単語を間髪《かんはつ》いれずに遮った。

「いえ、私はげぼ」

「いとこだ。親の兄弟姉妹の子息子女であるところの、いとこだ」

「いとこって……外人さんなんでしょ？　アンタハーフでもないくせに」

「それでも、いとこだ」

「うおーい、クロマメ？　無理な言い訳って自覚ありますかー？」

「うるせえ」

そんなことはよくわかってんよ。でも下僕《げぼく》を自称《じしょう》させるよりは百倍マシなんだよ。メイド服で下僕を自称する外人風美人。こんなのと歩いていたら俺の名誉《めいよ》は地に落ちる。変態として第二の人生を軽《かろ》やかに飛翔《ひしょう》する羽目になる。

「へいへい。わーったわーりましたー。じゃあリヴルさん、こっちー」

結局、未耶はしつこく聞かなかった。言いたくないのだと察してくれたのだ。相変わらず気がきくというか、気の回しすぎと言うか。

未耶がリヴルを自分の部屋まで案内する。もちろん俺も入ろうとしたが「ここ女の子の部屋男が無遠慮《ぶえんりょ》に入ろうとすんな！」強制的に部屋の外へと押し出されることになってしまった。

まあいい。リヴルに任せておけば、本棚に『邪神秘法書《ネクロノミコン》』があるかどうかの判別くらいはしてくれるだろう。そう思って、俺は未耶の部屋の前、廊下で待たせてもらうことにした。部屋の扉《とびら》には『みやちゃんの部屋。ノック三回ノゾキ惨害《さんがい》』と書いてあった。

惨害。痛ましい災害のこと。

超怖《こえ》ぇ。

部屋の奥からは、未耶《みや》の騒《さわ》がしい声ばかりが聞こえてくる。妙《みょう》な演技をしている様子はなかった。これでも幼馴染《おさななじみ》である、怪《あや》しい素振りがあれば絶対に俺は気付く。そう、未耶に、俺の悪夢のことがお見通しだったように、俺だって未耶の嘘《うそ》は見抜けるのだ。

だから、演技をしていれば絶対にわかる。

そういう意味では、彼女に怪しい部分はなかった。そうだ、それを考えるなら屋上の時だってそう。あの時、未耶はなにか演技をしているようだったか？　話している内容が内容だっただけに、そっちに気をとられていたか。いや、それはあり得ない。だって、あの終わってしまった恋の話が嘘ならば、そもそも俺がぐだぐだ悩むこともない。あの時語っていたのは、間違いなく未耶の本心だった。

ならば、未耶はやはり、『邪神秘法書《ネクロノミコン》』とは無関係なのだろうか？

「おや」

大人しそうな声が、俺に降りかかってきた。

「イツキくん。来てたのかい。なんだ、来てたのなら挨拶《あいさつ》くらいしてくれても」

「克巳《かつみ》さん。お久しぶりっす」

軽く頭を下げる。相手は未耶の兄で、矢口《やぐち》克巳さん。俺の頭の上がらない数少ない人間だ。最近海外留学から帰ってきたばかりだ。

「…………焼けましたか。黒いっすね」

「うん。向こうはこちらと違って日差しが強いからね。それに仲間に誘《さそ》われて海なんかも行ったから。いやあ、場所が変われば二月でもサーフィンができるんだね、驚《おどろ》いたよ」

なんともはや、とても柔らかい物腰の青年である。どこの国に行ったとかは聞いていないが、この分だと赤道周辺だろう。なんの勉強をしているのか、ということもよくわからなかった。あまり、自分のことを話さない人なのである。

だから、俺の印象ではいつの間にか留学に出かけていたし、かと思ったらさらっと帰ってきたという感じなのである。

「未耶に用事なのかな」

「えー……まあ、はい」

この人は、未耶と同じでよくできた優等生。もちろん、未耶の兄貴ってことで親しくさせてもらってる。相変わらず隙《すき》がないというか、笑った顔に嫌《いや》らしさを感じさせない。俺が笑っても、地獄《じごく》の魔王が微笑《ほほえ》んだ顔になるだけだしな。

「あの、克巳さん、すんません。変なこと聞いていいっすか」

「構わないよ。どうしたんだい？」

「昨日今日で、未耶《みや》、変な様子とか」

悩みや心配事は、催眠《さいみん》にかかりやすくなる——エレシュキガルの受け売りだが。

克己《かつみ》さんに直接聞くのはあまりに芸がないような気もしたが、けれどある意味安心だ。未耶の兄貴。俺より近しいし、ここ数日、一番近くで未耶を見ている。

『邪神秘法書《ネクロノミコン》』に操られているなら、彼がなにか気付いているかも。

「……わかるんだね。いや、幼馴染《おさななじみ》なんてそういうものなのかな」

溜息《ためいき》をつくように、克己さんはそう言った。

「昨日は、部屋に閉じこもって出てこなかったし、夕飯をいらないと言ったりね。ま、年頃の女の子だからそういうこともあるだろうが——家族と喧嘩《けんか》したわけでもないし、ちょっとおかしいなと」

ビンゴ、なのだろうか。

克己さんはわかるんだね、なんて言った。けれど学校での未耶はまったくいつも通り。昨日俺をフッたことを除けば、アイツは妙《みょう》な素振りなんてこれっぽっちも見せなかった。兄貴はこんな風に、明確な違和感をもっていたのに。

なんて愚物《ぐぶつ》ぶりだろうか。

「君からも気にかけてもらえないかな」

「あ……はい、それはもちろん」

「そうか。いつも言ってるけど、君が近くにいると僕も両親も安心なんだよ、色々な意味で。未耶を大事にしてあげてくれ」

　それだけ言って、克己さんは行ってしまった。手に持った鞄《かばん》を見る限り、大学に行くのだろうか。研究やなんやで、彼の生活はかなり不規則と聞いている。夕方から大学に行くなんてマジしんどそう。

　すんません、克己さん。

　俺はもう、とっくに未耶を軽く扱《あつか》ってたみたいなんです。いや、言い訳させてもらうと決してわざとじゃあないんすけど。でもそんなの関係ないっすね。あなたの大事な妹、随分《ずいぶん》前から随分と傷つけていたみたいなんすよ。

　剝離《はくり》したんです。

　ぽろぽろぽろぽろ、大事なものが剝《は》がれていってしまったんです。

　無くさないようにしていたのに。

「なに考えてんだ……俺は」

　今はそれどころじゃない。未耶が性悪《しょうわる》な本に利用されているかもしれない。だったら、それを守れるのは誰だ？　俺は、一体どうして『筆記官《ライター》』なんてものになったんだ。

　未耶が大事じゃないわけじゃない。

　きっとそれは、俺ならできて、俺にしかできないことなのだ。

収穫《しゅうかく》はなしだった。

リヴルによれば、本棚に『邪神秘法書《ネクロノミコン》』は存在しなかったらしい。ほっとしたような気もして、けれどそれなら、死書の行方探しはほとんど振り出しに戻ったことになる。未耶《みや》は、逆に考えるならば唯一《ゆいいつ》の手掛かりだったのだ。

「手掛かりもなく、ゼロからやり直し……ってことか？」

むしろそれを望んだ言葉。そうであってくれ、と思った。未耶と関係がない。あの語呂《ごろ》合わせだって、矢口《やぐち》未耶の名前だなんて無理があるだろ。８９３８は別のことを示していると考えるべきだ、なにしろ死書がなかったのだから。

けれど、リヴルは不吉なことを言う。

「イツキ様が確信した以上、未耶様と『邪神秘法書《ネクロノミコン》』に関連があるのは確実と思われます」

なんて、嫌《いや》なことを言ってくれた。

「『邪神秘法書《ネクロノミコン》』は狡猾《こうかつ》です。急ぐべきと思われます。『邪神秘法書《ネクロノミコン》』が未耶様の行動を操《あやつ》っているのでしたら、未耶様を生贄《いけにえ》にする可能性だって考えることができます」

お前は、マイナス思考しかできないのか。コップにまだこれだけ水があると思うだけで人生変わるらしいぜ？

未耶の家からの帰り道は、溜息《ためいき》しか出ない。十メートルもない距離が、とてもとても気だるかった。

他に言葉が出ないくらい、憂鬱《ゆううつ》だった。

第四章

『リヴル・ブランシェ』、あるいは渾沌に七孔を穿つ不可逆

図書館に、全裸の幼女とナース服の女。

「間違えました」

思わず回れ右をしてしまった。この死想《しそう》図書館に間違いなどなく、さらに出口などないとわかっているが、それでもそうしなくちゃいけなかった。小児病棟《しょうにびょうとう》のごとき光景が目の前に展開されてちゃ、頭も痛くなる。

なにしろ、その二人は知り合いだし。

「おお、イツキか。遅かったの」

時流に真っ向から対抗するように、一糸もまとわぬ状態でエレシュキガルがそう言った。近くには湯気のたつプラスチック製の桶《おけ》。どうもナース服のリヴルが。タオルでエレシュキガルの身体を拭《ふ》いてやっているようだった。

つかもう、全裸《ぜんら》の状態見てわかったが完全な幼児体型だよこのロリ神様。

「ふふん、どうじゃ。女神の裸体を見れるなど滅多《めった》にないぞ。存分に堪能《たんのう》するがよい。まったく、風邪《かぜ》をひいておると湯浴みもろくにできぬのじゃな」

偉《えら》そうなとこ悪いんだけど、こうして真っ向から見てもちっとも欲情しねぇのな。むしろミニスカナース服でひざまずいてるリヴルに目が行く。

「おいリヴル、下着見えてるから」

「はあ、それがなにか」

短いスカートで片膝《かたひざ》ついてるから黒い下着が惜《お》しげもなく披露《ひろう》されているんだが。リヴルにはコスプレマニアと露出《ろしゅっ》狂《きょう》、はたしてどちらの称号《しょうごう》が適当なのだろうか。言っても無駄《むだ》だが一応忠告したけどやっぱり無駄だった。

「なっ、こらイツキ！　リヴルばっかり見るでない！　余のほうを見ぬか！　どうじゃ、美しき彫像のごとき身体なのじゃぞ！　よくよく祈って見るがよい！」

「はいはい、風邪ひいてんだから早く服着ような」

ていうかいつもあんな薄《うす》い服着てるから風邪ひくんじゃないのか。露出狂はこっちか。

「子供扱《あつか》いするでないー！　余とてお主の数万倍は生きておるのじゃぞ！」

「でも体型子供じゃん」

おかげで親戚《しんせき》の小さな子を見ているような気分だ。劣情《れつじょう》なんてこれっぽちも湧《わ》いてこねえ。後ろめたさも全くない。自分でも驚《おどろ》きだが、ロリコンじゃないことはきっちり証明できたな。

「う、うう……！　余だって、余だってあと数百年すれば……！　きっと姉上のようなぼんきゅっぼんになれるのじゃー！　うあーん、イツキのバカー！」

「イツキ様！　エレシュキガル様を泣かせるとは何事ですか！」

うおっ⁉　予想もしない方向から怒られたぞ！　ていうかこいつ怒れるんじゃん。顔つきは相変わらず無表情だけど、それだけに結構怖《こわ》いものがある。でもなんか、『女の子をいじめちゃいけません！』って叱《しか》るお姉さんみたいなのは何故《なぜ》だろうか。

身体を拭《ふ》いていたのは、エレシュキガルが風邪《かぜ》をひいていたからだろうか。外国人は風呂に入らない人も多いと聞くが、神様は例外らしい。でもリヴルのナース服はなんか違うような気がしてならない。ていうかいつまで着てんの。

エレシュキガルはすっかり拗《す》ねてしまって（『イツキなんてもう知らぬわー！　バカー！』なんて子供じみた捨て台詞《ぜりふ》を吐《は》いていた）、服を着たらすぐさま出ていってしまった。リヴルの話じゃあここに出口はないはずなんだが。アイツは一体どこに行ったんだ。

「エレシュキガル様にはお部屋のほうに。先日の『無貌《ナイアルラトホテップ》』との戦いもあり、風邪はむしろ悪化していますので、ご自分の部屋でお休みするのが一番かと」

「部屋だぁ？　アイツ死想図書館に住んでるんじゃないのか？」

「いいえ。ここは、エレシュキガル様の管理する一施設《しせつ》です。エレシュキガル様もきちんと、位相の違う空間にお屋敷を構えておられます。最近頻繁《ひんぱん》にここを出入りされていたのは、イツキ様が心配だったからとお見受けしますが」

心配ねえ。その割にはリヴルに甘えたりリヴルに変な事を吹き込んだりとやりたい放題だった気もするんだが。まあいい。いないならいないで、いくらか気が楽だ。

——先日、未耶《みや》の家に行っても収穫《しゅうかく》はなかった。結局、『邪神秘法書《ネクロノミコン》』と未耶に関係があるというのは俺の思い違いだったのだろうか。『輝くトラペゾヘドロン』が紛《まぎ》れたのは、もっと別の要因じゃないか——俺はそう考えていた。もっとも、リヴルもエレシュキガルも別の考えのようだったけどな。

あれから一週間がたった。学校での未耶は全く変わった様子もない。俺とリヴルは毎夜毎晩、エレシュキガルの示したリスト、あの8938という数字が図書分類を示していると仮定して選出した施設をめぐったが、出てくるのはティンダロスの猟犬《りょうけん》ばかりである。めぐった候補地に『邪神秘法書《ネクロノミコン》』はおろか、他の死書だって一冊もなかった。

おかげで今日はやることがない。そんなことを思っていたら、いつの間にかリヴルがナース服からいつかの女教師スタイルにモジュールチェンジされている。どういう七変化ぶりだ。

「今日もやんのかよ……」

「もちろんですイツキ様。やることは山のように。ましてやまだ、イツキ様の知識は不十分です。今日もしっかりと講習を受けていただきます」

教鞭《きょうべん》を持ってやる気満々のコスプレリヴルである。色々あったせいでうやむやになってしまっていたが、リヴルは全く手加減する気はなさそうだった。けれど、このまま講習に入るのも、こちらとしては納得《なっとく》がいかない。

色々と、聞きたいこともあるしな。

「占いって絶対じゃなかったのか」

講習から逃れたいだけじゃなく、明確な疑問だったので聞いてみた。

結局、語呂《ごろ》合わせで未耶《みや》の名前を示しているというのは——間違いだったようだけれど。神様の占いも推測も、存外あてにならない。

「はい。エレシュキガル様の占いはまず間違いはありません。我々が暗号化された数字である8938に関する推測を間違えたか、でなければ——候補を全てまわっても、『邪神秘法書《ネクロノミコン》』がいなかった以上、かの死書が移動した可能性が考えられます」

「は？　移動？　なんだよそれ、本だろ？」

「人間のように自由自在とはいきませんが、移動は可能です」

俺の頭には、本に細い手足が生えてぴょこぴょこと歩く様子が浮かんでしまった。いや、子供向けの絵本じゃねえから。そんなことはないだろうが。

「私——『真白き本』である私と同じです。限定された場所であれば、人知れず本棚に紛《まぎ》れるということは可能です。かの死書は、本の多くある場所に紛れますので。ですが、おそらく可能性は薄《うす》いかと。せっかく潜《ひそ》み、蓄《たくわ》えた力を消費することとなります。自力で移動せずとも、あちらの世界の人間を利用し、移動してもらうということも可能です。その場合、警戒《けいかい》したほうが良いでしょう。それができるならば、利用した人間を生贄《いけにえ》にささげて高位の邪神《じゃしん》を呼び出すこともできるでしょうから」

リヴルは、矢口《やぐち》未耶の名前は使わなかった。もう完全に候補からはずしているのか、それとも単に可能性をあげなかっただけかは、わからないが。

未耶は、変わらなかった。リヴルと共に家を訪《おとず》れた時、いつも通りだった。変わることが嫌《いや》だと言った彼女だから、もしかしたら気味悪いくらいの自制でもってあの笑顔を作っていたのかもしれない。だとしたら、胸に薄汚《うすよご》れたどろどろの何かが溜《た》まっていくような、嫌なことをさせてしまったのかも。

なんだ。俺は、変わっていない。俺も変われていない。自覚なしに未耶を傷つけていたその時から。はは、未耶が正解じゃないか。俺は、自分から剝離《はくり》したものにみっともなく執着《しゅうちゃく》している。

変わっていくことが。自分から大事な物が抜けていくことが。そうして未成熟なままの自分が取り残されていくことが。

寂《さび》しくて。惜《お》しくて。悲しくて。たまらないのだ。

「リヴル」

「なんでしょうか、イツキ様」

「お前は、変化するのか」

俺はまだ、ガキな自分をこすり落とせてない。いい加減、色んなもんを手際《てぎわ》よく、格好よく処理できる大人にならなくちゃいけないのに。愚《おろ》かでみっともないガキから剝離できていない。

脱皮《だっぴ》できていないのだ。

「イエス、マイライター。あらゆるものは変わっていきます。死想図書館すら、年月によって蔵書は変化します。この図書館は、そちらの世界の裏側、そちらの世界から消えてしまった本を所蔵しますので」

「………俺はさ、リヴル。まだ変われていない。子供のまんまだ」

自嘲《じちょう》の笑いをこめると、リヴルは無表情のままで首をかしげた。

「イツキ様。変わらぬものはありません。イツキ様の筋肉骨格その他は、私のように変化の遅《おそ》い者から見れば驚《きょう》異《い》的なほどの速度で変化しているはずです。私は、イツキ様の世界の時間に換算するならば、ここ八十年ほど身長体重、スリーサイズに変化はありません」

何気なくスリーサイズとか言うな。あとお前は一体何歳だ。その女教師コスは微妙《びみょう》にエロいから、そういう煩悩《ぼんのう》を刺激するようなことは言うなよ。

「は、変わってねえよ。中身がな」

「脳神経、ニューロンの数も当然増加しているはずです。イツキ様、変わっていないと感じるのはご自身のことだからではないでしょうか？　私にはわかりかねますが、成長していない、昔のままだという感覚は誰しも持つものかと思います。以前、エレシュキガル様がおっしゃっていたのを耳にしたことがあります」

そういや、あの女神様って昔からあんなロリだったんかな。神様ですら、変わっていくのだろうか。神とは不変で不偏《ふへん》で普遍《ふへん》だというのは、人間の勝手な妄想《もうそう》なのだろうか。

――神すら変わる。

「そうか、あの女神様も、おんなじようなこと言ってたのか」

なら、俺のセリフだって神様の考えていることと同じなのか。悩みが消えたわけではもちろんないが、ちょっと楽になった気がする。神様とおんなじことで悩むなら仕方ねえよな。

うだうだ考えるのも馬鹿《ばか》らしい。未耶《みや》が『邪神秘法書《ネクロノミコン》』に加担しているかどうかなんて、こんな本の城で議論してもわかることじゃないのだ。やるならば、こちらから仕掛けないと。

「……失礼いたしました。イツキ様」

「ん？」

「私は今、一点嘘《うそ》を申し上げました。変わらないことがあります。永久不変、私は絶対に、その事項においては変わりません。何千年たとうと、この身朽《く》ち果て虚無《きょむ》の波間にたゆとうことになろうと――未来永劫《えいごう》、私はイツキ様に隷属《れいぞく》します。イツキ様に、変わることなく服従いたします」

それは、おそらく誓いではない。単なる事実の叙述《じょじゅつ》。

リヴルにとっては、当たり前すぎることだったのだろう。だから言い忘れてしまって後で付け足したのだ。彼女にとってはこんなこと、自明に過ぎることだから。

いや、けどさあ。

言われてるほうは結構恥《は》ずいから、そのセリフ。思わず俺は顔を覆《おお》う。照れ隠《かく》しじゃない。勘違いするな。

「それでは、講義を始めましょう」

「結局やんのかよ………」

上手《うま》い具合に話をそらせたと思ったのだが。しかし教鞭《きょうべん》片手にどこか嬉《うれ》しそうなリヴルである（最近、微細だがリヴルの感情がわかるようになってきた）。もしやらないとか言ったら、あの教鞭でぺしぺし叩《たた》かれそうだ。

お前、もういいから。早くその女教師からメイドに戻れ。SからMに戻ってくれ。

そんな俺の心中も知らず、死想図書館の司書は嬉々《きき》として本の解説を始めるのだった。


全て終わったのが二時間ほど経《た》ってから。

こっちは全力でリヴルの話を聞いて身も心もくたくただってのに、目の前の奴隷《どれい》はまったく平気そうな顔だった。そしていつの間に女教師服からメイド服に着替えやがった。もう早着替えとかいうレベルじゃないぞ。

「お疲《つか》れ様ですイツキ様。お茶をお淹《い》れいたします」

すっかり隷属モードのリヴルだが、女教師よりは好みだった。なにしろ小うるさくねえし。もしかしたらこいつ、着ている服装でわずかながら性格が変化したりするんだろうか。

俺はデスクの椅子《いす》に身をあずけ、大きく息を吐《は》く。体内に充満した疲労《ひろう》と虚脱《きょだつ》感はなかなか抜け出てくれないが、それでも一区切りついたことにはある種の爽快《そうかい》感があった。これでしばらくは北欧《ほくおう》神話に拘《かか》わらずに済む。

知識は増えたが、それを維持《いじ》するのはまた別の問題だ。この記憶《きおく》がはたして半年後、同じように俺の頭に残っているだろうか。いや、多分無理だな。

「なあ、リヴル。ちょっと聞きたいんだが」

「はい、なんでしょうイツキ様。次はゴシックロリータの衣装でも着用いたしましょうか」

「誰がコスプレの話をしてんだよ！　ていうかお前実はコスプレかなり気に入ってんのか⁉」

「失礼いたしました。やはりエレシュキガル様のおっしゃる通り、白のスクール水着のほうをご希望なのですね。言ってくだされればいつでもご準備はできていますのに」

「おい……おいリヴル……頼むから人の話を聞いてくれ……」

俺は真面目《まじめ》な話がしたいんだよ。

聞きたいのは、敵の手口についてだ。死書である『邪神秘法書《ネクロノミコン》』が、自らの記述に依存《いぞん》して邪神《じゃしん》なんかを召喚《しょうかん》している――とするならば。それは、俺にだって可能なんじゃないのか。

俺には死想図書館の蔵書全てという、途方もない戦力があるのだから。

それを尋《たず》ねると、リヴルは頷《うなず》いた。

「もちろん可能です。ただ、肝心《かんじん》の『邪神秘法書《ネクロノミコン》』は死想図書館から脱走していますので。かの死書の記述を元に、幻想《げんそう》を具現化することはできないと思われます」

やっぱそうか。

蔵書だけ、という制約がここにきて痛い。つまり基本的には、敵対している死書と同じ技は使えないということだ。もちろん、同じことが書いてある本が図書館にあるならば別なんだろうが。

それを知るには、やはり蔵書について知識を持たなくては。リヴルの講習も全く無駄《むだ》ではないということだ。いや、精神的には相当にキツいんだけどな？　余談だが、今回持ち帰りを義務付けられた書籍は四冊。これでも結構頑張《がんば》ったんだぜ。

「…………こんなものが、あるんだけどな」

ポケットから取り出したのは、『輝くトラペゾヘドロン』。

このキーホルダーは、まだ俺の手にあった。名前に反してもはや輝きを失っているものの、この忌々《いまいま》しい神秘は厳然と存在し続けている。あれ以来、無貌《むがん》の神は姿を現してはいない。

エレシュキガルがいるなら、この死想図書館に敵はないしな。ようやく侵入《しんにゅう》したってあれだけ派手に粉砕《ふんさい》されちゃあ、邪神《じゃしん》も立つ瀬がないだろう。なにしろ両手をもぎ取ってからぶっ壊したのだ。エレシュキガルも、あれだけやってしまえばもう襲撃《しゅうげき》など不可能だと言っていた。

『輝くトラペゾヘドロン』も、こうなってしまえばただのゴミ。

再びあの邪神が再起するとすれば、一度殺してから再度召喚する必要があるらしいが——

古《いにしえ》の、異次元の邪神。いかに『邪神秘法書《ネクロノミコン》』といえど、そうぽんぽんと呼んだり還《かえ》したりはできないらしい。エレシュキガルの受け売りだがな。

ていうか、エレシュキガルがぶち抜いた図書館の壁、翌日には綺麗《きれい》さっぱり修復されてたんだが。一体どういう仕組みだ。

「なるほど、少なくとも、『無貌《ナイアルラトホテップ》』はもう動ける状態ではありません。もはやそれを入口として死想図書館へ襲撃することは考えづらいでしょう。手掛かりが得られるとは限りませんが、調べてみる価値はあるかもしれません」

「敵の手口、なにかわかるかもと思ってな」

俺はキーホルダーを取りだした。チェーンの先にくっついている小さな箱。箱の中には球体が、吊《つ》り下がっているというか支えられているというか。とにかく、形容しにくいものであるのは確かだった。

『輝くトラペゾヘドロン』。『無貌《ナイアルラトホテップ》』を呼び出すことができるという設定の忌《い》まわしき秘宝。だけどこれこんな小さかったか？　本で読んだ記憶《きおく》だと、もう少し大きかった気がするんだが。まあ、小さいぶんには不便はないか。

それに、これを顕現《けんげん》させたのは邪神の書物たる『死霊秘法書《ネクロノミコン》』なのだ。俺のかじっただけのような知識より、創り手のほうが詳《くわ》しいに決まっていた。

更新される知識。増殖《ぞうしょく》する叡智《えいち》。

考えてみれば、それは常に努力を続ける探究者のようなもの。それがいずれ摑《つか》む栄光など、俺ごときにも想像ができた。

「しかし……なあ」

箱の中を覗《のぞ》きこむ。あんまりやってると気分が悪くなるのでほどほどだが、しかしなんら反応はない。具体的にどうすればいいのだろうか。リヴルもこちらを見ているだけだった。

これを調べればなにかわかるかも。その程度のことしか考えていなかった自分は、やはり浅い。

「おい……『無貌《ナイアルラトホテップ》』。聞こえているなら返事しろよ」

何気なく言った、その瞬間《しゅんかん》だった。

(では)声が響《ひび》く(その)男の声(呼び声に)演説するかのように(応じ)斜《はす》に構えた嫌《いや》な声(汝《なんじ》を)聞こえてくるのは手にしたキーホルダーから(我が森へ)いや待て、でも、この声って(招待しよう)。

「！　　！　　！　　　！」

どこかで聞いたような、無音の咆哮《ほうこう》。

それとともに、俺の視界は暗転して空転して回転して反転して移転した。

なにが森の中だ。

焼け野原、灰と炭にまみれ、焼けつくされた森じゃねえか。俺が死想図書館から連れてこられた場所は、すでに焼却《しょうきゃく》された森の中だった。おい、話が違うぞ。『輝くトラペゾヘドロン』は『無貌《ナイアルラトホテップ》』を呼び出すことができるんだろ？　俺が呼び出されてないか、これ。どうなってやがる。

ああ、でも一番問いただしたのは（ここにいるべき黒の影）俺の目の前に不敵に立ってるやつがいるってことで（いや、いちゃいけないだろアンタはさ）そいつはもう、多分『無貌《ナイアルラトホテップ》』で間違いはないはずなんだけど（かの邪神《じゃしん》は千なる姿をもつ故《ゆえ》に）だけど、だけど、だけどさあ！

なんで、アンタが、当たり前みたいにそこに立ってんだよ！　なあ！

「克巳《かつみ》……さん？」

「ようこそ、我がンガイの森へ。もっとも、クソ忌々《いまいま》しいフォーマルハウトの火の玉野郎に燃やされて、この有様だがね。はは、なに、そんな顔をするな。ここにあるのはいわば記録映像、君の網膜《もうまく》に録画した光景を焼きつけているにすぎない。こうして会話している私も、『輝くトラペゾヘドロン』にあらかじめ入れておいた擬似《ぎじ》的存在にすぎない。本体とは違うのだよ、以上だ」

「ざっけんな！　そんなことはどうでもいいんだよ！　なあ、克巳さん、なんであんたがここにいるんだよ！」

矢口克巳《やぐちかつみ》さん。未耶《みや》の兄貴。

それが、どうしてここで出てくる？　アンタ違うだろ。全然関係のないはずだろ。ていうか口調違うだろ。ああもう、くそ、本当はわかっていたのに。ここにいる時点で無関係なわけがないから。

「うむ。作業に必要だったのでね、この姿を借りている。本物の矢口克巳はまだ海外にいるはずだ。おかげでここまで滞《とどこお》りなく進んだよ、上々だ」

「じゃあ、てめえ……『無貌《ナイアルラトホテップ》』か。克巳さんの顔を借りて……ってことか」

さすが変幻《へんげん》自在。そこだけは素直に感服する。そういや、アンタは黒い肌の男に変身できるんだっけか。そうだな、克巳さん海外から帰ってきて、やたら日焼けしたと思ってたんだよ。つか、未耶もその家族もいたはずだろ。さすが邪神ってことか？　騙《だま》し通しやがってマジでうぜえ。このへらへらした野郎、今度こそ燃やす。

「……いいさ、リヴル抜きでやろうってんだな？　どっちにしろここは夢ん中、異変があればエレシュキガルが気付いてくれる。それまでに俺を瞬殺《しゅんさつ》できんのか、ひねくれた邪神様よぉ」

「む。なにか勘違いをしていないかね？　私が君とこのような形で接触しているのは、君に有益な情報を与えようという私の純粋《じゅんすい》な心遣いからなのだが。そもそも、私の両腕は君の主たるエレシュキガルにもぎ取られてしまったのだがね。非情なことだ」

そう言いながらこの男は、両手を広げてやれやれと溜息《ためいき》をついた。いや、手普通にくっついてるじゃん。それはいったいなんなんだよ。

「矢口未耶の家で会った時もそうだがね、スフィンクスの姿の際の前脚が、矢口克巳の時の両腕になるとは限るまい？　我が質量は千変する。もっとも——さすがにあれだけの損傷を被《こうむ》ったのだからね。この身体を維持《いじ》するのも、今では大変な状態だ。ましてや顔のないスフィンクスの形態などとれぬよ——誤解しないでもらいたい。戦闘をする気はない、というか既《すで》に私は『邪神秘法書《ネクロノミコン》』を裏切ったのだよ、真情だ」

嘘《うそ》をつけ。なにが真情だ、だ。

這《は》い寄る混沌《こんとん》、嘲笑《ちょうしょう》と冷笑の邪神が。その言葉は嘘だらけだ。なにが嘘か、なにが真実か判断することさえ危険。全て嘘だと決めてかかれば、この邪神の場合は、その態度を逆手にとって罠《わな》に嵌《は》める。

腕がないからスフィンクスの姿になれない、なんて話もきわめて怪《あや》しいものである。不意打ちをして俺の首をもぎ取るくらいはしかねない。

「……おい、邪神。そんな言葉信用しろっていうのか？」

「信用しなくても構わない。私の忠告を受けられず、君たちが不利益を被るだけだ。それはつまり、『死霊秘法書《ネクロノミコン》』の望むところでもあるとだけ言っておこうか、ああ、無情だ」

戦う気があるならとっくにやっている。こいつが本気を出せば、今すぐにでも俺を殺せるはずだ。さっきは強気なことを言ったが、リヴルなしで俺がこんな化け物と戦えるわけがない。

克巳《かつみ》さんの顔をして、言いたい放題言いやがるぜ。

「つまり、俺の味方をしてくれるってのか？　お前が？」

「いや、私は私の目的を遂行《すいこう》するだけだ。ただ、それが君の目的と重なるようだから、君に協力を仰《あお》ぐだけ。もっと端的《たんてき》に言うならば、君を利用させてもらおうということさ。上々にね」

その言葉、嘘《うそ》か真《まこと》か。この場は焼き尽くされたとはいえンガイの森、『無貌《ナイアルラトホテップ》』のホームなのだ。それを考えれば、こいつを出し抜こうとするほうが難《むずか》しい。目に見えるところ全てに罠《わな》が巡らされていると考えるほうが、むしろ自然だ。

ならば、飛びこむしか。

「おい、邪神。聞いてやらないこともないが、条件がある。それをのむって言うなら大人しく聞いてやる」

「ほう。私は度量が広いほうだ。もっともこの身体は記録映像だから、なにもかも自由にできるわけではないがね。簡単に言うなら、『輝くトラペゾヘドロン』の中に封入した分身のようなものだ。その分身の回答で良いなら聞こう、上々だ」

偉《えら》そうにしやがって。勝手にこんなところに連れてきたくせに。いや、こいつの言葉を鵜呑《うの》みにするなら、これはビデオみたいなもんなのか？　会話できてんのに、あらかじめ記録した映像っていうのは一体どういうことだ。

「まずはその顔、いつまで克巳さんの顔してやがる。てめえが知り合いの顔してると思うだけで吐《は》き気がするから今すぐ変えろ」

「おや、これは失敬。必定だ」

そう言って、『無貌《ナイアルラトホテップ》』は自分の顔を撫《な》でた。ぐにぐにと、顔面の皮膚《ひふ》を力をこめて揉《も》む。顔面マッサージのようにも見えるが、しばらくすると別の顔が現れた。

やはり浅黒い肌をした、しかし別の男。気取ったような表情が本当に腹が立つ。日本人然とした顔つきも、外国人のそれに変わっていた。髪もいつの間にか黒から金へ。なにも知らなければ、どこにでもいそうな外国の美形に思える。

その正体は、ろくでもない異界の邪神だ。

「いかがかな？　この表情は？」

「次の条件だ。いいか、俺から順番に質問させろ。お前が勝手にぺらぺらと喋《しゃべ》るなよ。俺の質問に答える形でやれ」

そうしないと――いや、あるいはそうしても――この邪神の話術に騙《だま》される可能性もあったが。そんなこと言っても仕方がない。既《すで》に生殺与奪《せいさつよだつ》は相手にあるのだから。

「よかろう。ではなにから聞くかね？　重畳《ちょうじょう》だ」

まずは、小手調べ。

「どうやってエレシュキガルを出し抜いた？　気付かれないはずがないだろう」

「以前、完全に粉砕《ふんさい》されてしまったからね。この状態ではほとんど力はない上に、先ほども言ったように、この身体は記録映像。あの神は力ある神であるが故《ゆえ》に、瑣末《さまつ》な力には鈍感《どんかん》なのさ、失笑ものだ」

ふん、そんなことだろうと思ったがな。

「んじゃあ、次はなんでお前が克己《かつみ》さんになりすましていたか、だ。いつからか、なんの目的か。きっちり聞かせやがれ」

「なんだそんなことか。なに、私が『邪神秘法書《ネクロノミコン》』に命じられたのは、あの娘を意のままに操《あやつ》ることだったのでな。まず家族に催眠《さいみん》をかけて、私は海外に出かけている兄になりすまして潜《せん》入《にゅう》した。ああ、そんな顔をせずとも、本人は未《いま》だ外国で熱心に研究をしているはずだ。そうして、矢口末耶《やぐちみや》がなにをしているか、同行を探るためにね。私を兄と思っているせいで、実に容易《たやす》い作業だった。現に、『筆記官《ライター》』、君に『輝くトラペゾヘドロン』を忍び込ませたのは矢口末耶だとも。以上だ」

聞きたくない情報をどうもありがとう。やっぱりこいつは性格が悪い。

「じゃあ、末耶にあれをやらせたのはてめえか」

「いいや、あれは直接私が手を出したわけではない。人間の催眠や操作は、『深海に眠るもの《クトゥルフ》』ならばともかく、私自身はあまり得意ではないしな。私はあくまで補佐と情報伝達しかしていないよ。彼女を意のままに操っていたのは『邪神秘法書《ネクロノミコン》』自身だ。それに、あの時の会話まで操っていたわけではない。ははは、まさか死書の天敵にして、死書より生まれた我々の天敵

「『筆記官《ライター》』が、あれほどあっさりフラれるとは思いもしなかったがな、爆笑《ばくしょう》だ」

　ならもっと笑って嗤《わら》って嗤えよ、嘲笑《ちょうしょう》の邪神。軽く微笑《ほほえ》んでるだけじゃねえかてめえ。俺の惨《みじ》めな黒歴史はむしろ盛大に笑ってくれたほうがいいんだよ。

　剝離《はくり》の記憶《きおく》。

　あの、未耶の言葉に嘘《うそ》はなく、操られていたのは行動だけ。もしかしたら未耶自身も、『輝くトラペゾヘドロン』を忍びこませたことは自覚していないのではないかと思った。催眠は意識の奥深くに潜伏《せんぷく》して、日常の行為を反復するようにその特異な行動を反映する。

　いや、本当は期待していたぜ？

　あの言葉すら、邪神の催眠であることを——けれど、そんなことをしてもこいつらにメリットはない。フラれたのは事実なんだから、いっそ笑ってくれたほうがいいのに。

　楽に、なるから。

「いや、なにしろあの矢口未耶という少女は生贄《いけにえ》だ。さらに高位の邪神を呼び出すための。しかし、そこで私と『邪神秘法書《ネクロノミコン》』は意見が対立してな。ヤツは私を使う条件として、我々の王である『白痴王《アザトース》』を呼び出すことを約束したのだ。かの、愚昧《ぐまい》の蒙昧《もうまい》の無知性の非理性の象徴、怠惰《たいだ》の泥濘《でいねい》に沈み込む忌《い》まわしくも狂おしい我らの王をな。だが、約束は反故《ほご》にされた。彼奴《きゃっ》め、私が図書館の襲撃に失敗した以上、もはや約束を果たす義理などないと。いや、最初からあの死書は、私を良いように使った後には、『白痴王《アザトース》』よりもはるかに扱《あつか》いやすい別の邪神を呼び出すつもりだったに違いない。私は体《てい》よく無報酬《むほうしゅう》で利用されたのだよ！　今現在、ヤツは『狂気産む黒の山羊《シュブ・ニグラス》』召喚《しょうかん》の儀式を行っている。約束が一方的に破棄《はき》された以上、こちらとしてもあの死書に用はない。我らが忌《い》まわしき王を呼び出すこと叶《かな》わないなら、いっそのこと『筆記官《ライター》』に始末してもらおうと裏切ったというわけさ、高尚《こうしょう》に」

「おい喋《しゃべ》ってんじゃねぇよカス。お前に自発的な発言権があると思うなよ」

あと段々お前の語尾が意味わかんなくなってるぞ。なんだ高尚にって。裏切りに高尚も低俗《ていぞく》もあるか。というか話聞いてる限り単なる八つ当たりじゃないか。上手《うま》くいかないからもう殺そうって、そういう理屈今どきゲームのラスボスでも言わないぞ。

しかし、知った名前が出てきたな。アザトース。クトゥルフ邪神共の王か。全ての存在はアザトースから生まれるという。そんなとんでもないやつ呼び出されてたまるかよ。もちろん、神々の使者である『無貌《ナイアルラトホテップ》』にとってはそれが悲願なんだろうが、そいつを呼び出さなかったことだけは死書に感謝したかった。なにしろ復活したら世界終わるし、アザトース。

それにしても、意外と『邪神秘法書《ネクロノミコン》』も間が抜けている。自分が召喚した邪神を上手く御すこともできず、結局は敵であるはずの俺にのうのうと『無貌《ナイアルラトホテップ》』が接触しているのだから。それはあまりに粗末というか——いや、違うな。

そもそも、『邪神秘法書《ネクロノミコン》』自体が、読む者を狂死《きょうし》へと追いやる暗黒の書物。それが呼び出した邪神など、誰にも御せるはずもない。案外、死書自身もそれを知っていて、それでもなお力を求めて邪神を呼んだのかもしれなかった。

「……生贄《いけにえ》、って言ったな。未耶《みや》のことか。殺すってことか」

「なにも殺すことが目的ではない。要は呼び出す邪神に捧《ささ》げるのだからね。生かすか殺すか、それとも死ぬより酷《ひど》い有様にしてしまうかは邪神の胸三寸。さあ、急ぎたまえよ。『狂気産む黒の山羊《シュブ・ニグラス》』を呼び出す準備はすでに八割方整っているはずだ。『邪神秘法書《ネクロノミコン》』の居場所を探さねば、あの娘の命は危《あや》ういぞ、以上だ」

「なんで、未耶なんだよ」

「君に最も近しい人物のうち、彼女は心に隙間《すきま》があった。悩みと言ってもいいのだろうかね。それは催眠《さいみん》をかけるに最適だった。それだけのことさ。芳情《ほうじょう》だ」

お前さ、少しの間だけど、克巳《かつみ》さんの真似《まね》してたんだろ？

だったら、なんでそういう言い方できるんだ？　克己さんは未耶のことすげえ大切にしてんだぜ。ていうか、俺に言っただろお前、克巳さんの顔でさ、未耶のこと大事にしてあげてくれって。

あれすら偽物《にせもの》か。

神様ってのはどいつもこいつも、演技派だなぁオイ。

悩みってなんだよ。アイツにそんなものがあったのか。なあ、それってもしかして、俺に関しての甘酸《あまず》っぱい青春の恋愛問題じゃあないだろうな。それが原因で、未耶が狙《ねら》われたなんて言うのだったら。

俺は。

「――とっとと教えろ。『邪神秘法書《ネクロノミコン》』はどこにある?」

「ふむ、君もよく知っている(ノイズ)(ノイズ)、以上だ」

はっきりと発音したはずなのに、俺の耳に届かなかった。まて、これはいつか見た光景に似ている。そうだ、初めてエレシュキガルと、リヴルと森の中で出会った時の――。

「おい、聞こえねえ!」

「おっと、しまった、これは死書の(ノイズ)、裏切りが発覚してしまったよう(ノイズ)。本体のほうが妨害を受けて(ノイズ)(ノイズ)(ノイズ)、『筆記官《ライター》』! 急ぎたまえ! 君ならばわかるはずだ! いいか、矢口未耶《やぐちみや》が(ノイズ)(ノイズ)問題はどこでなにを行ったか! 君と『真白き本』と同じ! 死書とその所蔵者に実際の距離は問題では(ノイズ)最初からそこに、あるようにある(ノイズ)、彼奴《きやつ》が所蔵されているのは(ノイズ)(ノイズ)! あるべき場所に、あるようにある! それこそが(ノイズ)(ノイズ)(ノイズ)(ノイズ)!」

俺の目に映る光景にすら、ノイズが混じり始めた。ちくしょう、肝心《かんじん》なとこでダメじゃないか邪神様よ! こういうところもどっかの風邪《かぜ》ひき神様と似てるな!

「『無貌《ナイアルラトホテップ》』! お前……!」

「本体が攻撃《こうげき》を(ノイズ)。この(ノイズ)映像も間もなく(ノイズ)! 『筆記官《ライター》』! 急いでかの死書を！（ノイズ）（ノイズ）思考するがいい人間！（ノイズ）（ノイズ）この嘲笑《ちょうしょう》の邪神が手助けしたのだ、成果を上げねば（ノイズ）（ノイズ）（ノイズ）（ノイズ）ぞ！以上だ！」

画面が砂嵐に変わった。テレビみたいなもんだ。以前みたいなモザイクですらない。それだけ画面が荒れてるってことか。『無貌《ナイアルラトホテップ》』は最後まで笑った顔を張り付けて砂嵐の中へ消えていった。ああ、嫌《いや》なやつだ。情報提供ご苦労さん。けど同情はしねえよ、やっぱ敵だったし。それに大した情報もなかったし。

次に迂闊《うかつ》に俺の前に出てきたら、今度こそ燃やしてやる。

俺の意識も遠くなった。ンガイの森とやらが砂嵐に巻き込まれて消えていく。あの砂嵐ってずっと見てると気が狂いそうになるよな。だから俺は素直に目を閉じた。無秩序《むちつじょ》のモノクロよりも、なにもない暗闇《くらやみ》のほうが心地よかった。

「！　　！　　！　　！　　　！」

声なき声で月に吠《ほ》える。異形の獣。

アイツの断末魔が、砂嵐の向こう側から聞こえた気がした。

身体が痛い、と最初に思った。気付けば、俺はキーホルダーを目の前に下げている体勢のままだった。どのくらいこうしていたのだろうか。ずっと手を持ち上げていたことになるわけだ

から、腕が痛いのも当然だった。

「イツキ様」

すぐ傍《そば》にリヴルがいて頭を撫《な》でていた。そういやこいつほったらかしだったわけだ。顔はいつもの無表情だが、もしかして心配してくれたりしたのだろうか。それにしては頭を撫でるという挙措《きょそ》はおかしいけれど。

「リ、ヴルか……俺どうしてた？」

「『輝くトラペゾヘドロン』に呼びかけてから、イツキ様は一切の動きを停止なさいました。私自身では現象の判断ができなかったので、イツキ様の頭を撫でてました」

「なんでだよ」

「なにをすればいいか、わからなかったのです」

声に若干怒ったような響《ひび》きがこもっていたのは、気のせいだったろうか。

もしかしたらこの無表情の奥に、混乱と焦《あせ》りがないまぜになって、こんな妙《みょう》な行動をしたのか。なにかしなきゃ、とは思っていたのだろうが、状況の分析《ぶんせき》にも失敗すれば妙なこともするだろう。ましてやこいつの行動は、よく常識からはずれるから。

無表情で無感情だけど、まったく心がないわけではない。

そしてそれは、それこそとても人間らしいような気もして。

「悪いな」

だから俺は、リヴルの頭を撫《な》でた。満足そうにでもすりゃ可愛《かわい》げもあったろうが、こいつは相変わらずの無表情だった。

ま、お前はそれでいいや。

俺は、あの邪神に呼び出されてなにをしていたかを詳《くわ》しく話した。多分、リヴルは自分からは聞かないだろうと思ったからだ。だってそうだろ、従者は主の命に従うだけ。主がなにをしてきたかとか、なにを考えるとか、聞き出す権利はない。

なら、聞いてほしいと思うなら。俺が話さなくちゃならないだろ？

「理解しました。『邪神秘法書《ネクロノミコン》』がそれほどまでに矢口未耶《やぐちみや》様を取り込み、利用していたとは予想外です。おそらくエレシュキガル様も想定していないと思われます——邪神の言う通り、催眠《さいみん》にかかりやすい精神的な隙《すき》が存在したのかと」

「ああ、死書を見つけることが最優先だ、だろ？」

もう、『無貌《ナイアルラトホテップ》』の手助けは得られない。俺はキーホルダーの先にぶら下がっている『輝くトラペゾヘドロン』を睨《にら》みつけた。これ、割れちまってるし。本当役に立つんだか立たねえんだかわからねえな、アイツ。

——いや、違うな。

アイツは、敵だ。未耶を騙《だま》して利用して操《あやつ》って、挙句《あげく》に邪神の生贄《いけにえ》に差し出した。そこをアイツは躊躇《ためら》っていなかった。そりゃそうだ、未耶の兄貴の真似《まね》しているだけで、中身は嘲笑《ちょうしょう》の邪神なんだから。

自分の失敗を人のせいにして（まあその失敗はエレシュキガルのおかげなんだがな）、目的を達成できないから寝返っただけだ。感謝することなんてなにもない。敵の敵が味方だなんて、大嘘《うそ》だ。

「ですが……イツキ様、その場所は結局聞き出す前に邪魔《じゃま》をされてしまったのでしょう？　いかがいたしますか？」

そうなのだ。結局、一番肝心《かんじん》なことは言わずに消えちまったのだ、『無貌《ナイアルラトホテップ》』は。だったら考えるしかない。アイツも言っていた。考えろと。俺にできるのはそれくらいだ。エレシュキガルやリヴルのように戦う力もないのなら。

今まで読んだ本の知識を導入して、考えていくしかない。

矢口未耶（無貌《ナイアルラトホテップ》）真白き本（死想図書館）筆記官《ライター》（『邪神秘法書《ネクロノミコン》』）ならば（リヴル・ブランシエ）（エレシュキガル）（黒間《くろま》イツキ）でなければ（所蔵）死想図書館はこの世にない本を集める場所（リヴル・ブランシェはそれらの管理者にして封印者）黒間イツキは。

いや、違う。

思考がズレている。もう一回だ。未耶の行動と、その軌跡《きせき》を考えるんだろ。そうしないと導き出せない。

矢口未耶（幼馴染《おさななじみ》）委員長（隣人《りんじん》）兄がいる（無貌《ナイアルラトホテップ》）化けていた（催眠）俺のこと

を好きででももう好きじゃなくて（姉様《あねさま》）本棚には変わったところは（邪神秘法書《ネクロノミコン》）彼女の近くに（難《むずか》しいことじゃないはず）占いの結果（8938）考えればわかる（距離が問題ではないと）『輝くトラペゾヘドロン』（そうだ）怪《あや》しい行動は（未耶《みや》がこちら側に踏み入ったのは）たった一つの行動だけ（俺たちはそこから分析《ぶんせき》を）なら。

「まだ、まだ……足りない」

思考しろ。今までの材料を、しっかりと摘《つま》みとれよ。

本があるところに（そして近いところ）すべて見たはず（あの数字の意味は？）なにを確認した（なにを見落とした？）そもそも気付けなかったところが（神ですら見落としたのでは）どれだけ知っている（なにを知らないんだ？）図書室（四桁《けた》の数字）それだけが（それだけか）それだけだというのならば。

「…………学校、か？」

「イツキ様？」

「俺たちの通っている高校……。俺は『輝くトラペゾヘドロン』を受け取ったんだ。だったらそこにある可能性が高いんじゃや、ないか？　だってそうだ、催眠《さいみん》とかなんだとか、あの邪神は言っていたがよ……未耶が死書の利益になる行動とったのは、その一回？　あとは普段通りにやってたじゃないか」

生贄《いけにえ》、だと言っていた。ならば、未耶は『邪神秘法書《ネクロノミコン》』にとっては戦力ではないのだ。そうだ、そもそも死想図書館を襲《おそ》っても、夢の中ではエレシュキガルに撃退《げきたい》されてしまうことなど、すぐにわかるはず。

だったら。

全部が全部、時間稼《かせ》ぎだった？　図書館の襲撃《しゅうげき》も、未耶に疑いを向けさせたのも。まとめてひっくるめて、未耶を生贄にして強大な邪神を呼ぶ時間を稼ぐためだったとしたら？

そうだ、待て。だってさ、未耶は演技をしている素振りなんかなかった。あの『輝くトラペゾヘドロン』を俺によこした時も、演技をしていなかったのは、あいつはあの時、完全な無意識下で、行動のみを操《あやつ》られていたということで？

「ですが、ですがイツキ様。イツキ様は既《すで》に、高校の図書室に、『邪神秘法書《ネクロノミコン》』がないことを確認をしたのでは？」

「聞きたいんだが、リヴル」

そうだ。もし例の番号、８９３８が図書分類でなく矢口未耶のことでもなく、まったく別の。

「死書ってのは、本の形でしか存在しないのか？」

「？」

「紙の束になっている、本の形でしかないのかって言ってんだ。例えば——デジタルデータになって、パソコンの中に忍び込んでいることはないのかって聞いてるんだ」

リヴルは、唖然《あぜん》としていた。ああ、この死想図書館の本は全部アナログだもんな！　そりゃありヴルも思いつかないかもしれないな。

「そんなことが、本当に……いや、いえ……ある、あり得ます。死書の本質は紙ではなく、書かれている事項です。要は、中身が重要なのです。媒体《ばいたい》が紙でも電子データでも、なんの問題もありえない……いえ、でも」

恋池《こいいけ》先生は言っていた。本は重いしかさばるから、既《すで》にある程度をパソコンの中にデータ化したと。そうだ、そう考えるならば、図書室の中にあるパソコンだって、十分に本の集まる一つの『図書室』じゃないか。

そして、恋池先生ならばそれはまず気付かない。機械音痴《おんち》のあの人が、データ化された書籍《しょせき》が既知《きち》か見知らぬものか判別できるとは到底《とうてい》思えない。

「そのパソコンを開くためのパスワードか、このパスワードを入力すれば『邪神秘法書《ネクロノミコン》』が閲《えっ》覧《らん》できるのかはわからないが——そう考えりゃ、死書が見つかんなかった理由もわかる……！」

考えてみれば、『邪神秘法書《ネクロノミコン》』が常時未耶《みや》の傍《そば》にある必要なんかないんだ。彼女の兄に化けていた邪神もいる。もし未耶になにかさせたければ、邪神を通して未耶を上手《うま》く誘導すればいい。

そうだ、思い返すならば。

未耶を操るのに、未耶が『邪神秘法書《ネクロノミコン》』に目を通す必要があるなんて、誰も。

「急いでエレシュキガル様にご報告します」

「いや、その必要はないぞリヴル」

後ろから入ってくんな女神様。

あくびをかみ殺して、俺の後ろ側の扉から入ってきたのは小さな女神。んむーとか言いながら目をこすってんのはどう見ても寝起きだった。お前はちょっと前にむくれて出ていったんだろ。

「イツキ、その話、きちんとした証拠《しょうこ》はないな？」

「悪いが、お前の言う通りだよ。けど、確かめてみる価値はあるんじゃないか？」

「もちろんじゃや。お主がなんのために『筆記官《ライター》』になったか、もう一度教える必要はあるまい？」

ああ、そうだな。どっちにしろここで考えているなんてバカらしい。

俺は『真白き本』と羽ペンを手に取った。もう失敗はしないと決めた。未耶が危ないなら、俺が助けなきゃ。そうだろう？　俺とリヴルでなきゃ、あの化け物に立ち向かうことなんかできやしないんだから。

「――――そうだ、リヴル」

人形のごとき司書にして死書、死想図書館のリヴル・ブランシェに声をかける。

俺だって、いつもの装備で最大の敵に相対する気はなかった。考えていたことがある。そのために必要なのは、一冊の死書だ。『邪神秘法書《ネクロノミコン》』をぶっ倒すのならば、絶対に有効だと言えるそれ。

「持ってきてほしい本がある。急いで頼む」

「イエス、マイライター」

間髪《かんはつ》いれず返る答えが、従者の証。死書を封ずる、美しき本の答えだった。


近道を使えと、女神は言った。

今までのようなやり方でなく、もっと違ったやり方で図書室まで導いてくれるらしかった。

相変わらず、風邪《かぜ》をひいてるらしいのになにかと面倒《めんどう》を見てくれる女神である。こいつの世話になるのも、そろそろ終わりにするべきだろうか。

「こちらです」

無機質なリヴルの案内は、狂気《きようき》に満ちる。

様々な場所を通過した。最初に出たのは俺の家、廊下を伝い妹の部屋の扉を開けたら、その先は何故《なぜ》か市営プールにつながっていたのだ。困惑しているうちに、リヴルはサウナ室を開けて中に入る。今度出たのは小学校の図書室で、次はよく利用する駅の地下商店街だった。

市内に点在する、様々な場所を通過した。色々な場所を通るものの、直線距離なら高校の玄関から最上階の図書室へ向かうより早い。要は『つなぎ方』の問題だと、彼女は言った。

「イツキ様のご覧になっている空間のつながり方は、ほんの一つの組み合わせに過ぎません。

見方を変え、別の視点で空間のつながり方を見るならば、この移動は全く理に適《かな》ったものです。不思議なことなどありません」

いや、十分不思議だから。

そうして、わずかな時間で俺たちは高校の図書室にたどりついた。常連の俺が、玄関から駆《か》けるよりも早い所要時間。いつも出てくるティンダロスの猟犬《りょうけん》が、今回はいなかった。どうしてだ、やはりはずれなのだろうか？

深夜の学校。不自然なまでの静寂《せいじゃく》は、その場の異様を示している。俺はすぐさま隣接《りんせつ》された司書教諭《きょうゆ》のための部屋に飛び込んで、パソコンを起動させた。何度も手伝いに駆り出されてんだ、これくらいは楽勝だよ！

「イツキ様」

「どうした」

「この機械の奥に、結界――いえ、亜空間を感じます。死想図書館と同じく、別次元に広がる空間です。イツキ様の感覚でいえば、夢でしょうか。クトゥルフの邪神は夢や異次元を操作しますし、ドリームランドも大いに関係します。もし死書の居場所だとすれば、この場に異空間異次元が出現すると思われます。『邪神秘法書《ネクロノミコン》』が、自分の力を存分に発揮できる場所だとお考えください」

それは、つまり。

「当たりか。やっぱりこのパソコンの中に」

「はい、形態を変化させて中に入り込んでいます。そこまでして逃げ出したかった、ということなのでしょう。お気をつけくださいイツキ様、中を閲覧《えつらん》すると同時に、相手の亜空間がこちらに噴出《ふんしゅつ》します」

なるほど、相手のホームってわけか。誘《さそ》ってるんだな。

それは構わない。別に相手のホームが、こっちのアウェイだとは限らないだろう。むしろ学校壊《こわ》す心配がないってことなら、いっそやりやすいじゃねえか。

夢、異次元は連中のお得意だ。向こうがコロシアム用意してくれてるって言うのならば、これ以上楽なこともないじゃないか。

「なあ、リヴル」

「なんでしょうか、イツキ様」

「助けられる、よな」

起動する画面を見つめながら、問う。

未耶《みや》を、とは言わなかった。それを言ってしまえば、つまり俺は不安がっているということに他ならないと思った。未耶を助ける自信がないように見えてしまうかもしれなくて。

「申し訳ありません。その問いに答えるには、私には判断要素が不足しています。ですが、相手が既《すで》にコンピューターに収まらず、その枠外《わくがい》にまで力を伸ばしていることは事実です」

この司書はいつだって現実的だった。だけど、俺はその答えを待っていた（震）。イエスでもノーでもない、リアル。それが俺を叱咤《しった》する（震震）。助けるのならばお前しかいないと（怯震）、脅迫《きょうはく》のように気合をいれる。

それだけで（昂震昂）、いいのだ。

「見つけた、これだ」

マウスを操作して（昂）、電子書籍《しょせき》の閲覧を試みる。それについて表示されたのは、パスワードを入力してくださいという表示（怯震昂）。ご丁寧なことに、半角四桁《けた》の数字でという注意書き付きだ（震震、震）。

ようやく決戦。

テンキーに指を乗せてから、リヴルを見る（震）。イエスマイライターという返事は、いよいよ決戦という時にあってもまったく普段通りだった（震震震震）。こっちはさ、足がちょっと震えてるんだぜ。

俺でもわかる。リヴルの言った通り、このコンピューターは別の次元とつながっている。リヴルは、この場所に異空間が広がると言った。その時、この図書室が原形をとどめているかはわからないが――もし、先の次元が夢と同じようなものだと仮定すれば、多分現実の図書室は全く変わっていないのだろう。夢は現実に影響《えいきょう》できないから。

現実で連中が暴れられるのは、そうだ、『邪神秘法書《ネクロノミコン》』が未耶を介した時。だからここで俺たちが食い止めることができなければ。

邪神どもが、現実で一体なにをするかわかったもんじゃねえ。

「行くぞ」

俺は、躊躇《ためら》わず8938と入力した。そうしてから、世界が目まぐるしくその色を変え、俺の正気を奪い取らんと襲《おそ》いかかってきた。

叫び声もあげず、その闇《やみ》に呑《の》まれていく。

見えるのは。

汚濁《おだく》——黒色——沈殿《ちんでん》——白濁《はくだく》。

血色——鉄錆《てつさび》——回転——暗転。

茫漠《ぼうばく》——酷薄《こくはく》——墓場——森林。

荒廃——空白——駸駸《しんしん》——無風。

大樹——黒色——混沌《こんとん》——暗澹《あんたん》。

鉄錆——惨憺《さんたん》——狂乱——汚濁。

女。

「ようやく来たわね。『筆記官《ライター》』のお兄さん。せっかく待ってたのになかなか来てくれないんだもの。待ちくたびれちゃった♪」

女がいた。アラビア風の、ただし紫外線からの防御を一切放棄したような露出《ろしゅつど》度の高い衣装。呆《あき》れるほどに日に焼けた褐色《かっしょく》の肌。足を大胆《だいたん》に開いてあぐらをかいているが、こんな異常な空間で色気なんか感じられなかった。豊満な肢体《したい》、この状況でなければ釘《くぎ》付けになったろうが、今じゃただただ不気味なだけだ。お前が誰か見当はついてるし。

つかさ、ここどこだよ。

異空間だって話だな。どこを見渡しても、赤と黒の吐《は》き気のするマーブル模様しかない。俺はどこに立ってるんだ？　リヴルも、アラビア衣装の女も、空中に浮かんでいるようにしか見えない。女のほうは、なにかに座っているように足を組んでいた。椅子《いす》なんかどこにもねえけど。

まあ、血の色と闇《やみ》の色のエスプレッソのこの世界、そもそも床とか壁とかいう概念《がいねん》はどこかに消えちまったみたいだけどな。

「やあだ、やあだ。あのお喋《しゃべ》りったら、自分が失敗したのが悪いくせに、いつの間にか裏切って貴方《あなた》と通じちゃうんだもの。なーにが這《は》い寄る混沌《こんとん》よ。『白痴王《アザトース》』呼んであげなかっただけで簡単に寝返っちゃうなんて。鬱陶《うっとう》しいからぶち殺しちゃった。あ、でも貴方みたいないい男連れてきてくれたから、ちょおーっとだけ感謝してあげてもいいのかも♪」

「『邪神秘法書《ネクロノミコン》』です、イッキ様」

作者はアラビア人のアブドゥル・アルハザード。邪神《じゃしん》や異端《いたん》種族に関する文書が多く記された禁忌《きんき》中の禁忌、魔導書中の魔導書。設定上は七百三十年に記されたもんだから、女の着てる衣装は多分、時代錯誤《さくご》だ。いや、ベリーダンスの起源がいつかなんて知らないんだけどな？

リヴルが、端末とはいえ人の形をとるならば。

『邪神秘法書《ネクロノミコン》』が人の形をとっても、おかしくはねえだろ。まあ、ちょっと驚いたんだけどな。

「戻りなさい、『邪神秘法書《ネクロノミコン》』。現実の世界において、貴女《あなた》はあるべきではない。比類なき力も、架空《かくう》の設定も静かに死想図書館で眠るべきです。空想は空想に、妄想《もうそう》は妄想に還りなさい」

「あーん、リヴルちゃん怖《こわ》いわぁ。デジタル化して必死になって逃げたのに、また捕まるなんてまっぴらごめんよぉ。ねえ、『筆記官《ライター》』のお兄さん、貴方《あなた》も同意見なのかしら？　なんだったら私と一緒にせかいせーふくとかしてみない？　イイコトいっぱいしてあげる。触手と粘液《ねんえき》の中で良い夢見させてあげるわよ♪」

そんなことは、どうでもいい。異次元存在に欲情するほど堕《お》ちちゃいねえ。

いいから、聞かせろ。それはなんだ。お前の後ろにある、黒い大樹の幹は。最初は、単なる大木かと思った。色は真っ黒だが、まあそれは問題じゃないよな。問題は、その大樹が、見方によっては。

蹄《ひづめ》をもつ、山羊《やぎ》の脚みたいに見えることでさ。

「『狂気産む黒の山羊《シュブ・ニグラス》』……ふふ、どう、女の子一人捧げただけで出てきてくれたの。邪神に関する叡智《えいち》を結集し総動員したからこそ、それだけの対価で呼び出すことができたのよ。この

大技、私以外の死書になんかできやしないわ♪」

そうだ、気付かなかった。あまりにも大きすぎて見えなかったのだ。この異空間の遠く遠く、はるか遠くに、同じような大樹の脚が三本ある。はは、今気付いたが、上になんかあるぜ。そうだ、この大樹のような山羊《やぎ》の脚。その付け根には、当然俺らを囲むようにあるべきなのだ、『狂気産む黒の山羊《シュブ・ニグラス》』の本体が。

クトゥルフの邪神、『狂気産む黒の山羊《シュブ・ニグラス》』。全ての邪神の母と言われる、自然崇拝《すうはい》、魔女崇拝の根源。邪神どもの中でもいわゆる大地母神的な性格をもち、他の凶暴な邪神と比べれば与《くみ》しやすい——はずだが。

それでも、邪神の中でもトップクラス。かなり高位の悪魔的存在。

だって、ほら、俺今の今まで頭の上なんか意識しなかったし？　こうして何かあると気付いても（できればそりゃ気付きたくなかったんだよ！）上を向く勇気なんて湧《わ》いてこない。見ただけで発狂《はっきょう》することがわかる。ああ、これ、人間が見ちゃいけないものだ。死想図書館を襲《おそ》った『無　貌《ナイアルラトホテップ》』の、顔のない闇《やみ》と同じ。見たら死ぬ、狂い死ぬ。なにもわからなくなって、ただただ脳のニューロンをズタズタに引き裂かれて死ぬ。生物の生きようとする本能がそれを察知して、俺の首に上を向かせまいとしているのだ。上から感じる背徳的な圧力は感じた者しかわからないだろう。隣のリヴルが平然としているのがまたムカつく。

けど、俺は見なくちゃいけない。

『邪神秘法書(ネクロノミコン)』のすぐ後ろにある、大樹の脚。その爪先から付け根のほうに顔をあげていく。

ああ、なんか気持ちの悪い黒くて爛《ただ》れた肉がある。そんなケロイド状の表皮で構成された無数の触手が寄り集まって、雲のように不定形な塊《かたまり》をつくりあげている。遠くから見れば黒い樹木の塊に見えるかもしれないし、近くでみればグロテスクな肉の蠕動《ぜんどう》でしかない。

　そんな邪神の脚と胴の付け根に。

　未耶《みや》がいた。

「み…………！」

　背徳的なまでに蹂躙《じゆうりん》された、幼馴染《おさななじみ》の姿があった。

　下半身は見えない。ケロイド状の触手が隠している（けどあれどう見たって触手と下半身が癒着《ゆちやく》してんだろ違うのか？）。

　上半身は動いてる。不気味な鼓動にあわせ痙攣《けいれん》している（ダンスを踊《おど》るように見えたけどあれは生命の危《あや》うさを表現する最期《さいご》の抵抗だ）。

　表情は崩れている。白目を剥《む》いて舌を出してぶっ壊れている（垂れ流しの唾液《だえき》と涙が顔をてらてらと濡《ぬ》らしていやがった）。

「一足遅かったわね。頑張《がんば》ったほうだけど、私のほうが早かったのよ。ああん、そんな顔しないでぇ。泣き叫ぶ姿なんて私見たくなかったから、『狂気産む黒の山羊《シュブ・ニグラス》』にあげるのはきちんと眠らせてからにしてあげたの♪」

お前もう黙れよ。その鬱陶《うっとう》しい声聞きたくねえんだよ。

あれ、未耶《みや》だ。見たことない表情してるし妙《みょう》な痙攣《けいれん》でびくびく動いてるし下半身は触手と一緒になってるけどよ、未耶だろ。俺が間違えてたまるか。だって、ずっと近くにいたんだからよ。

あんな状態でも、肩が上下していた。

生きているのだ。あんな、生物としての形を蹂躙《じゅうりん》された状態でも。呼吸しているのだ。

（助けて）俺の知り合いだというだけで目をつけられて（助けてよぉ）兄貴のふりをした化け物に騙《だま》されて（ねえ、お願いだから）訳もわからないまま本なんかに操られて（守ってくれるんじゃないの）こんなところまで連れてこられて（あたしが大事なんじゃなかったの）気味悪い触手の生贄《いけにえ》にされて（お願いだから）ただの女の子だったはずなのに（お願いだから助けてよおイツキいいいいいいいいいいい！）。

ああああああああああああああああああああああああああああああああああ
ああああああああああああああああああああああああああああああああああ
あああああああうるせえぞ幻聴《げんちょう》おおおおおおお！

幻《まぼろし》の声のくせに俺の鼓膜に蔓延《まんえん》してんじゃねえええええ！

見てみろ！　あの未耶を見ろよ俺！　声が出せんのか！　助けてなんて言えるのかあの状態で！　俺はあいつの助けを求める声を聞くこともできないで、あんな風になっているのをただただ見ているだけじゃねえか！

「リヴル！　なあ、なあリヴル！」

「はい、イツキ様」

「あれ助けられるんだよな！　あの邪神ぶち殺せば助けられるんだろ！　なんか下半身融合してるけどなんとかなるんだよな、なあ、なあ！」

なんて無様。こんなに取り乱すなんて。こんな風に情けなくリヴルに頼るなんて。

ああ、未耶から上は確かに邪神の本体だ。そこを見たら狂気を発する。でもさ、でもさあ、俺はあんな状態の未耶を見てしまっただけで十分狂いそうだぜ！　あれで死んでるなら、死んでるならまだいい！

でも、舌突きだして、目の焦点《しょうてん》失って、それでもまだ呼吸してるじゃねえか！

「助けられるんだろ、おい、リヴル！」

「いいえ、イツキ様。未耶様は既《すで》に死んでいます」

「は…………ふざけんな！　まだ、まだ生きてる！　息してるじゃないか！」

「邪神との融和は既に深部にまで達しています。未耶様と『狂気産む黒の山羊《シュブ・ニグラス》』は、胎児《たいじ》と母体の如《ごと》くその命を一にしています。邪神と強引に切り離せば未耶様の生命活動は停止しますが、かといって邪神を攻撃しても未耶様は助かりません。しかし、あのまま放っておけば未耶様はその身体の全てを邪神に取り込まれ、いずれ『狂気産む黒の山羊《シュブ・ニグラス》』の養分と化して消失します。

イツキ様、矢口未耶《やぐちみや》様を助ける方法はありません」

なんだそれ。

ようやく、見つけたと思ったら。ようやく『邪神秘法書《ネクロノミコン》』を見つけたと思ったらなんでこんなことになってんだよ。助けられない、だって。だって、そんな、俺は助けるために。大事な人たちを守りたくて、こうしてペンを握《にぎ》っているのに。

どうしてそんな無慈悲に、無理だなんて言うんだよ。

「嘘《うそ》だろ、リヴル！　お前、幻想《げんそう》を具現化できるって言ったじゃないか！」

「私の記憶には、クトゥルフの邪神にあそこまで取り込まれた生贄《いけにえ》を、無傷で助け出す方法を書いた死書はないようです」

は、はは。そりゃそうだ。クトゥルフ神話ってのは邪神どもの恐怖を描くものなんだから。

そいつらはどうやっても克服できない、絶対強者として描かれているんだから。

未耶を助けられないのなんて、道理だろ。

なんで、俺は油断していたんだ。どこかで『真白き本』とリヴルさえいれば、どんな敵にも勝てると思っていた。大切なものを守れると思っていた。とんだ思い違いだ。

『嫌《いや》がらせなの』

好きじゃないと、そう言った。なんで今、その言葉がリフレインするんだよ。

心の隙《すき》。精神の隙間。もしそれがあの、屋上での告白を含む諸々だとしたら、未耶が狙《ねら》われる原因を作ったのは俺に他ならない。そうだろう、俺は、完璧《かんぺき》なまでに、どうしようもない加害者だ。

ああ、もしかしていつかどこかで未耶を抱きしめていれば。こんなことにはならなかったのだろうか。それが全然関係ないとはわかっていても、俺が未耶を大事にしなかったから、この結末を引き起こしたのだというのなら。

たとえ、嘘でも。恋愛としての好きでなくても。

そう言えば、良かったのだろうか。

「あらあら、泣いちゃったね『筆記官《ライター》』のお兄さん。この邪神がそんなに怖かった？　それとも女の子がそんなに大事だった？　心配しないで、お兄さんは殺さないであげてもいーよ？　私と一緒にくるなら、『狂気産む黒の山羊《シュブ・ニグラス》』は敵じゃないし、そんなちっちゃな女の子忘れるくらいの快楽をあげるわよぉ。悪い話じゃないんじゃないかな、だってぇ、ほらぁ、私はこんなに美人だし♪」

「喋《しゃべ》んな」

短く告げる。そこに込めるのは満身の怒り。ああそうだ、たとえ俺の選択が原因だろうと、未耶を狙った直接の敵はこいつなのだ。自分を責めるのは後でいくらでもできる。順番を間違えるな。未耶をこんなにした張本人は誰か、きっちり脳髄《のうずい》に刻み込め。

食いしばった歯に、涙の流れる感触が。

まず責めるのは、お前からだ。『邪神秘法書《ネクロノミコン》』。

「誰が寝返るか。エレシュキガルだっていけ好かないが、お前なんかよりはるかにマシだ。それに、リヴルは俺の言うこと聞いてくれる最高の従者だよ。俺はな、この二人と約束したんだ。お前を封印《ふういん》すると約束した。だから、あの図書館にきっちり送り返してやる」

それでもう、俺は『筆記官《ライター》』をやめよう。

守るべきものを守れなかったのだから。いや、それどころか俺自身が加害者となったのだから。この異界を忘れよう。襲《おそ》ってくる怪物《かいぶつ》の恐怖になにも対処できず殺されるだけの、ただの一般人になり下がろう。だって、そのほうが、守れるはずだったものを守れなかった無様な英雄より、よっぽどマシのはずなんだから。

「なあ、リヴル」

「はい?」

「倒すぞ」

「イエス、マイライター」

返す受け答えは、いつもの通りの氷の音声で。

だから、終わりだ。全部終わらせる。リヴルと俺で、もう完璧《かんぺき》なまでに全てきっちり終わらせよう。

「てめえが俺の初仕事。最初で、そして最後の死書だ、『邪神秘法書《ネクロノミコン》』!」

「そ♪」

椅子《いす》もなく、どんな仕組みか空中に座っている女。足を組みなおして、邪神擁《よう》する死書が笑う。ああ、こいつはやっぱりリヴルと似ている。俺らと考える優先順位が違う。だから、こんなにも酷薄《こくはく》に笑うことができるのだ。

「じゃ、死になさいな♪」

敵の最初の一撃が来る前に。

俺はリヴルに問うた。封印なんて言うが、具体的にはどうすればいいのかと。

「『邪神秘法書《ネクロノミコン》』に一定以上の損害を与えれば、人間体を維持《いじ》できずに本へと戻ります。自らをデータに変換しているようですが、本質は本。書籍《しょせき》の状態に戻すことは、司書たる私にとっては難《むずか》しいことではありません。後はそれをイツキ様がお読みになれば、イツキ様の力で死書を死想図書館に封印したことになります」

的確な説明ご苦労さんだ。さすが俺の下僕《げぼく》。よくできている。

そんなわずかの会話をしていると、『狂気産む黒の山羊《シュブ・ニグラス》』が動いた。邪神の中では比較的温厚だと聞いているのだが、なにしろこの巨体。黒い大樹のごとき脚が、俺らを踏みつぶそうと天から襲う。

「っ、ち、っ！」

動きだけならそんなに速くない！　俺でも避《よ》けられるほどだ！　ぎりぎりだけどな！

だから俺は、素早く敵の分析《ぶんせき》を開始した。この山羊《やぎ》の形をした邪神は、属性で言うなら土。『無貌《ナイアルラトホテップ》』と同属のはず。それに——見てもわかる通り、こいつの脚は気持ち悪いけど、樹木にとても似ている。

だったら！

「リヴル、打ち合わせの通りにやるぞ！」

「イエス、マイライター！」

濃紺《のうこん》のメイド服が、このマーブル模様の異世界に翻《ひるがえ》る。俺は素早く『真白き本』に書き込みを始めた。はは、いいぜ！　ペンの滑《すべ》りが今までで一番だ。絶好調じゃぁねえか俺！　今ならキーボードすら超えられる。『真白き本』の中途から書き出されるのは、いつか使った炎の槍《やり》だ！

(検索《けんさく》完了。『フィヨルスヴィズの詩』と、記述内容が合致《がっち》しました)

(『炎と嘆きの枝《レーヴァティン》』、具現化《アップロード》します)

「リヴル！　受け取れ！」

一瞬《いっしゅん》で彼女の手に出現するのは、燃えさかる槍。いつか邪神に立ち向かった、爆炎《ばくえん》のスピア。

再び、山羊の邪神の脚が持ち上がった。動きが鈍いから容易《たやす》く避けられそうなものだが、生《あい》憎《にく》とこちらには上を向けないというハンデがある。自分の上になにかあると判断するには、自分の身体に影ができているか確認しなくてはいけないのだ。動きが遅いとはいえ、攻撃範囲はバカみたいにデカい。悠長《ゆうちょう》にやっていると、踏みつぶされてすりつぶされてゴミクズとなって終わりである。

くそ、こんな異空間のくせに、一応床みたいなものはあるようだった。超重量の蹄《ひづめ》が踏み落とされて、空間全体が一挙に震動する。下手《へた》をすると『真白き本』や羽ペンをとり落としてしまいそうになる。

けど、それがチャンスだ。『狂気産む黒の山羊《シュブ・ニグラス》』の動きはすごく遅い。蹄を落としてから、次の攻撃までのタイムラグがある。その隙《すき》をついて俺は『真白き本』への書き込みを再開する。

「ほら、ほらほら、ほらぁ！　どうしたのぉ『筆記官《ライター》』のお兄さん！　逃げ回ってるだけじゃあ潰《つぶ》されちゃうよぉ♪」

うるさい死書の声は無視して、『真白き本』を通してリヴルに命令を下す。

メイド服の従者の行動は、迅速《じんそく》。未《いま》だ体勢を整えているところなのか、持ち上がる気配のない大樹の脚に向かって、『炎と嘆きの枝《レーヴァティン》』を突きたてた。そのまま引き抜いて、今度は扇状《おうぎじょう》に薙《な》ぎ払ってしまう。一挙に、邪神の脚が燃え上がる。灯油でも浴びせたかのような発火ぶりである。

触れただけで全てを燃やす、終末の枝。

空を裂く、炎の音が耳に心地いい。

山羊《やぎ》が、そこで初めて啼《な》いた。はは、やべぇこの鳴き声でも気が狂いそうだ。なんだこの不安にさせるような音。人を自殺させる踏切の音、というものがあった気がするが——これ、それに近いんじゃやねえ？

「ッ、ッ！」

俺は、思いきって唇を噛《か》む。加減なんかしなかった。薄《うす》い皮を裂いて、生暖かい血がにじんでいく。

「あれぇ、『筆記官《ライター》』のお兄さん。『狂気産む黒の山羊《シュブ・ニグラス》』の鳴き声でとうとう発狂しちゃったのかな♪」

言ってろ色ボケ死書。こうしてねえと意識がもっていかれそうなだけだ！

再び、山羊の蹄《ひづめ》が持ち上げられた。けれど今度は燃えさかっているせいか、その熱と光から逃げれば回避《かいひ》できる。もちろん、踏まれたらよく火の通った焼肉（内臓こみ）になること間違いなしだけどな？

でも、俺は、俺の狙《ねら》いは——。

「きゃん♪　お兄さんこっちに来てくれるのー♪　やーん嬉《うれ》しーどうしよー♪」

狙いは、てめえだ！　『邪神秘法書《ネクロノミコン》』！

俺は駆《か》ける。それに追随《ついずい》するのは、『炎と嘆きの枝《レーヴァテイン》』を構えたリヴル。邪神ははるか後方で、鈍重に次の攻撃《こうげき》の準備をしていた。素早いリヴルの動きをとらえられるわけがない。

「まずはっと……あ、リヴルちゃんが邪魔《じゃま》ね♪　仕方ないなあ、リヴルちゃんには可愛《かわい》いワンちゃんをプレゼント♪」

臭気《しゅうき》。臭《にお》いたつ、吐《は》き気。『邪神秘法書《ネクロノミコン》』が腕を一振りしただけで、そこから何匹ものティンダロスの猟犬《りょうけん》が飛び出してくる。なんの手品だ、しゃらくせぇ！

「リヴル！」

書く前に、既《すで》にリヴルは動いていた。俺を守るように繰り出される『炎と嘆きの枝《レーヴァティン》』は、群がってくるティンダロスの猟犬を次々と貫通した。まるで焼き鳥のように、猛犬《もうけん》どもが串《くし》に刺さっていく。数が多いが、それだけだ。そのまま犬どもは発火して、ウェルダンでもまだ足りない消し炭と化した。

勝敗決定は一劫《いちごう》かからず。

俺たちの敵じゃあねぇ！

「う、そ♪　本命は上だったり♪」

高熱を感じて、俺は思わず目を見開いた。

すぐ隣のリヴルが、眩《まぶ》しいくらいの光で映し出されている。上を見ることは恐怖でできない。ははは、いや、そんなことしなくたってわかるぜ。こいつは、あの山羊の、高熱と高重量の蹄だ！

「なっ、は――――ッ！」

羽ペンが、高速で動いた。間に合え、このための力だろ！

このための高速筆記だろうが！

「……ちぇ♪」

舌打ちすら能天気だなあ、『邪神秘法書《ネクロノミコン》』。

『狂気産む黒の山羊《シュブ・ニグラス》』の蹄《ひづめ》は、俺たちを踏みつぶすことはなかった。横に倒したリヴルの『炎と嘆きの枝《レーヴァテイン》』が、俺を守ってくれたのだ。正確に言えば、リヴルはその体勢のままで固まってしまっているのだが。

炎の槍《やり》は、襲いくる蹄を次々と灰にしている。その威力《いりょく》はさすが終末の槍というべきだが、邪神の物量もまた相当なものだった。燃やしても燃やしても、巨大な蹄は全然減る気配がない。まだリヴルを踏みつぶそうと力を込めているようだった。おそらく蹄の五パーセントも焼却《しょうきゃく》できていないのだろう。

結果的に言えば、リヴルと邪神の力は拮抗《きっこう》していた。俺はリヴルに突き飛ばされ、地に両手をついている。『真白き本』に書いたのはただ一言の命令だった。俺を守れ。

「ふうん。で、『筆記官《ライター》』のお兄さんはどうするのかな♪　頼みの綱《つな》のリヴルちゃんは動けないみたいだし？　お兄さん一人で私を封印なんてできるの♪」

「…………ああ、できるさ」

俺は素早く『真白き本』を拾う。羽ペンもだ。悪いがリヴル、お前はそこで蹄を食い止めてろ。アイツのとこに行くのは俺だけで十分なんだよ！

「あはははははは♪　やあだ、特攻？　嫌いじゃないよそーゆー潔《いさぎよ》さ。ねえ、お兄さん、本当に私のものになる気はない？　ねえ、ねえねえねえってば♪」

「断るっつってんだろ！　未耶《みや》あんなにしたヤツなんて吐《は》き気がするんだよ！」

「じゃあ、食い散らかされちゃって♪」

再び、『邪神秘法書《ネクロノミコン》』が腕を振るった。おぞましい臭気《しゅうき》とともに現れるティンダロスの猟《りょう》犬《けん》。迷わず地を駆ける異形の犬。はは、そうだよな、俺がもし生身だったらこいつらに食い散らかされるしかないだろうさ。

けど——俺の手にあるのは、なんだ？

他に比類ない、幻想を具現化できる『真白き本《リヴル・ブランシェ》』じゃないか！

「リヴル！」

「イエス、マイライター」

広げた本に文字が浮かび上がる。記述と具現化が同時でなくてはいけないなどと、一体誰が言った。あらかじめ書いておいた記述、それをリヴルの合図で具現化《アップロード》するという、前もった打ち合わせ。

記述が消える二時間の間にしかできないタイムラグ。しかし逆に言うなら、戦闘《せんとう》の直前に準備しておけばこういうこともできるのだ。罠《わな》のように書いておいた時間差が、ここで功を奏することになる。

出てこい、嘲笑《ちょうしょう》の邪神！

（検索《けんさく》完了。『エイボンの書』と、記述内容が合致《がっち》しました）

（『輝くトラペゾヘドロン』、具現化《アップロード》します）

俺の手に出現するのは、未耶《みや》が俺に渡してくれたキーホルダー。学校に来る前、死想図書館できちんと調べ、『真白き本』に『輝くトラペゾヘドロン』の記述をしていた。リヴルに指示を出して、それを具現化《アップロード》するのは俺が合図した瞬間《しゅんかん》、という打ち合わせをしておいたんだ。『邪神秘法書《ネクロノミコン》』には色々と準備があるだろうが、俺がこの邪神を呼び出すにはただ想像すればいい。簡単なものだ。

想像するのも難しくねえ。だってそうだろうが！　お前が実物を作って俺に渡してくれたんだろう！　『邪神秘法書《ネクロノミコン》』！

「ッ！」

「てめえができるなら俺にもできる！　このうざってえ秘宝のことが書いてあるのがお前だけ

だと思うなよ！」

『エイボンの書』は逃げださなかった死書の一つ。ただし、『邪神秘法書《ネクロノミコン》』をもしのぐ魔導書ともいわれるこいつは、そこに書いてある知識の量も尋常《じんじょう》じゃない。『邪神秘法書《ネクロノミコン》』と重なることもあるのだという。だから、こういうこともできるんだよ！

リヴルが手をふさがっていようが、関係があるか。

「さあ、来いよ『無貌《ナイアルラトホテップ》』！　今度こそ俺たちの味方をしやがれ！」

声なき咆哮《ほうこう》。聞きなれたその音とともに、キーホルダーから顔のない邪神が出現した。死想図書館を襲った時と同じ、顔のない砂漠の邪神。千変万化のスフィンクス。

「！　！　！」

リヴルを襲ったその爪が、手近なティンダロスの猟犬を弾《はじ》き飛ばす。嫌《いや》な粘液をまきちらし、哀《あわ》れな犬はその辺りに転がっていった。鋭い爪《つめ》が引き裂いたか、袋が破れたように、腹の辺りがちぎれて中身が飛び出している。

猟犬の反応も素早かった。合図もないのに、示し合わせたような一斉《いっせい》攻撃。強靭《きょうじん》な脚をバネとして、無貌《むぼう》の神へと飛びかかる。

爪が、ひらめいた。

速度なのか、それとも筋肉なのか、でなければ獣のくせに小賢《こざか》しいテクニックでも使うのか。一体なにが、ティンダロスの猟犬と『無貌《ナイアルラトホテップ》』を歴然と区別するのかはわからない。ああ、それとも、全てにおいてこの邪神はレベルが違うのだろうか。俺にわかるのは、精々その身体の大きさくらいだ。

敵が雑魚《ざこ》とはいえ、いや雑魚だからこそ、この邪神は堂々と、とてもわかりやすく俺たちに強者であることを証明した。

色ボケ死書は、それを見ていて、しかし未《いま》だに笑っていた。

「！　！　！　！　！」

「あははははははは！　なによぉ、『無貌《ナイアルラトホテップ》』！　懲《こ》りずにまた来たのぉ、いいわよぉ、さっきみたいにぶち殺してア♪　ゲ♪　ル♪」

『無貌《ナイアルラトホテップ》』みたいな架空《かくう》の存在に死はない。そりゃ、エレシュキガルが両腕もぎ取ったりしたけどな。俺たちが呼べば、こいつはこうして来てくれるんだよ。俺がそう言う風に執筆《しっぴつ》したんだ。だからさ。

今のスフィンクスは、完全な形だ。

「！　！　！」

顔なきスフィンクスの爪が、空を裂く。

『邪神秘法書《ネクロノミコン》』のことを、読み違えていた。この死書はそれ単体では戦闘《せんとう》能力はないと思っていたのに。それは俺の適当な勘違いだったらしい。

少なくとも。不意打ちからの『無貌《ナイアルラトホテップ》』の一撃を避《よ》けてしまうくらいの力は、あったらしい。無論、それを追撃することは、無貌《むぼう》の神には造作もないことだったろうが——。

「『狂気産む黒の山羊《シュブ・ニグラス》』————ッ！」

気づけば影が、俺たちを覆《おお》っていた。

リヴルは、はるか後方で『狂気産む黒の山羊《シュブ・ニグラス》』の後ろ脚をせき止めている。とすればこれは前脚か。雲のように天を覆う『狂気産む黒の山羊《シュブ・ニグラス》』が今どんな体勢をしているかはしらないが、この死書の窮《きゅう》地《ち》にあってもう一本脚を動かせるのは確からしい。

「く、あ、嘘《うそ》だろッ⁉」

間に合わない。

そう思った瞬間《しゅんかん》、俺を押しのけたのは『無貌《ナイアルラトホテップ》』だった。たまらず投げ出される俺と、その直後に響く轟音《ごうおん》。『無貌《ナイアルラトホテップ》』は俺を救う代償《だいしょう》として、巨大な蹄《ひづめ》に体後部を圧縮された。

血混じりの肉が潰《つぶ》れる音、ぐじゃりと。

「！　！　　　　！　！」

「あっはははは！　はは、ははははは！　良いザマねぇ『無貌《ナイアルラトホテップ》』！　きゃーん、お兄さん邪神に助けてもらえるなんてかっこいー！　でも、もうさ♪」

持ち上がる。緩慢《かんまん》な動作で、『狂気産む黒の山羊《シュブ・ニグラス》』の蹄が持ち上がる。頼みの綱《つな》の『無貌《ナイアルラトホテップ》』は身体の半分を潰されて動けない。あいつ結局露払《つゆはら》い程度しかできてねえじゃんかよ！

とっさに立ち上がり逃げようと思ったが、いつの間にか周りをティンダロスの猟犬《りょうけん》が取り囲んでいた。褐色《かっしょく》肌の死書が悠然《ゆうぜん》と笑う。

「おしまいだよね♪」

俺を覆《おお》う影。巨大な邪神の、逃れ得ぬ蹄《ひづめ》。

一瞬、諦《あきら》めそうになった。上は山羊《やぎ》の脚に、周囲を猛犬に囲まれた今では、どんな手管《てくだ》も功を奏さないように思えた。この瞬間、どんなこともできないと思ってしまって。

「イツキ様！」

俺の下僕《げぼく》の声が、響いた。

「イツキ様、ご命令を！」

そうだ、知っていた。勝てる。まだ書ける。執筆はできる。一行くらいしかないだろうが、本を開いて文字を書く時間はある。その一瞬で——俺はこの勝負の決着をつけなくては。だから、もう、迷っちゃいけないんだ。

草原の白紙を、漆黒《しっこく》のインクが犯す。

俺はただ一行だけ、書いた。

暫定《ざんてい》的優先順位の置換《ちかん》。今現在のみ、殺人を容認する。

「──イエス、マイライター」

どこか哀しげだと感じたのは多分錯覚《さっかく》で、さかしまに、俺の心のありようを示していただけなのだろう。

蹄が振り下ろされることなどなかった。なぜなら、『狂気産む黒の山羊《シュブ・ニグラス》』が、一瞬で炎に包まれたからだ。

「え？」

間の抜けた声。なにが起きたのか、『邪神秘法書《ネクロノミコン》』には理解できていまい。たった今まで、リヴルと『狂気産む黒の山羊《シュブ・ニグラス》』の力は拮抗《きっこう》していた。それなのに、どうしてこうもあっさり、巨大な邪神が炎に包まれるのか。おそらくわからないのだろう。

そんなはずがないのに。

触れただけで全て炎に包む『炎と嘆きの枝《レーヴァテイン》』は、邪神にさえ勝るのに。

「そんな…………なんで、なんで！」

「私は」

もはや、炎の槍《やり》を構えたリヴルを、阻《はば》むものはない。俺の隣に、当たり前のように立つメイド服。既《すで》に頭上で燃え盛る邪神には目もくれず。はは、苦しそうな山羊の断末魔が聞こえてくるが──それすら、炎の轟音《ごうおん》にかき消される。

「イツキ様の命令を守っていただけです。人を殺すな、と。それが解除された以上、加減する道理はありません」

どこまでも愚直《ぐちょく》。

リヴルが、いや、『炎と嘆きの枝《レーヴァティン》』の真骨頂《しんこっちょう》なら、いかな大地の邪神といえど粉砕《ふんさい》する。それが果たされず、互角を演じていたのは、なんのことはない。

まだ、生きていたはずの未耶《みや》。

それごと燃やすことができなかった。ただそれだけの話である。俺はそれを知っていたけれど、でも。いまだに、バカみたいに揺らいでいた。未耶を殺せと、リヴルに命じることができなかった。この苦戦は、この醜態《しゅうたい》は、結局のところ、俺自身から派生したものでしかない。

助ける方法はないとリヴルは言ったけれど、それでも――俺が殺せと宣言しなくては、リヴルはいつかの命令をずっと守り続ける。これは、ただそれだけの話でしかない。『邪神秘法書《ネクロノミコン》』は、一度だって優位には立っていなかった。

でも、覚悟はついたよ。

炎に包まれて聞こえないけれど、未耶がなんて言っているかは、痛いほど俺にはわかるから。

「覚悟」

焼ける光が目に痛い中。

終末の槍《やり》を構え、図書館の司書が駆け抜ける。

「そんっ、そんなッ！　こんな、データ化《こんなこと》までして逃げたのに、なんで、なんで捕まらなくちやならないのよぉ！」

最後の抵抗か、『邪神秘法書《ネクロノミコン》』が腕を振るう。最後の砦《とりで》のティンダロスの猟犬《りょうけん》は、大口を開けてリヴルを狙《ねら》うが。

死書の顔には、絶望が張り付いていた。たかだか数匹の猟犬では、この司書をしとめることはできないと、よく知っているようだった。

炎が突きだされる。断末魔《だんまつま》とともに、気色の悪い猟犬はよく焼かれた炭化ステーキとして散らばった。ああ、とても不味《まず》そうだ。

「ひっ」

「観念なさい、『邪神秘法書《ネクロノミコン》』！」

一気に近づいたリヴルが、死書の胸へと槍を繰り出した。

「ひ、ひぃ！　火、火いやあ！」

「今のあなたはデータですから、燃えることはありえませんよ」

やはり、本であるが故《ゆえ》に炎は嫌うのか。先端が『邪神秘法書《ネクロノミコン》』の胸をえぐり出すと同時に、彼女は燃え盛る轟炎《ごうえん》に包まれる。悲鳴が聞こえるかと思ったが、ただただ全てをのみこむように、音を立てる炎が邪魔《じゃま》をしてくれた。

やがて、炎が消える。

リヴルがこちらを振り向いて、一礼した。お疲《つか》れ様です、というところか。後半は俺、ほと

んどなにもせず見ているだけだったんだけどな。

「終わった、のか」

小さく頷《うなず》く、俺の下僕《げぼく》。

勝ったっていう気がしなかった。でも、多分俺たちの勝ちなのだろう。隣に、平然とした顔でリヴルがやってきたことで、それがわかる。

それで、終わりだった。陰湿《いんしつ》な死書がなにをしたかったのかはわからないままだけど、もうそれで終わり。

ああ、なんかもう、疲れた。

ただただ、疲れたよ。俺。

「これでいいのかな。首尾《しゅび》は、上々に？」

お前、その状態で喋《しゃべ》れんのか。てっきりそのスフィンクスモードじゃ喋れないと思ってたよ。ていうか後ろのほう内臓とか骨とかでぐちゃぐちゃなんだけど苦しくないのか。

「ああ、ありがとう。もういいぞ」

「なに、私は『邪神秘法書《ネクロノミコン》』に私怨《しえん》を返したのみ。礼を言われるようなことはしていない。とはいえ、確かに用がなければ還《かえ》るしかあるまいな。では、二度と千なる異形の我と出会わぬことを宇宙に祈るがよい。我こそは這《は》い寄る」

「その決め台詞《ぜりふ》はもう知ってるから言わなくていいぞ」

「！　！　！　！」

いや、嘆《なげ》きをその咆哮《ほうこう》で表現するな。そんなに決め台詞言いたかったのか。悪かったよ。邪魔して悪かった。一応、身を挺《てい》して助けてもらったわけだしな。

『邪神秘法書《ネクロノミコン》』がやられてから、あの気持ち悪いマーブル模様の空間は嘘《うそ》のように消えてしまい、見慣れた夜の図書室が戻る。もちろん『狂気産む黒の山羊《シュブ・ニグラス》』も、初めからどこにもいなかったかのように消失した。術者がやられたから、呼び出された奴《やつ》も還るしかないのだろうか、それとも単に炎に包まれて焼失《しょうしつ》したのかは、わからなかった。

『邪神秘法書《ネクロノミコン》』がやられたあとには、図書室の真ん中に、やたらと古臭《ふるくさ》い本が置かれていた。きっとこれがあいつの本体だったのだろう。でも、それは今は後回しだった。

先に、未耶《みや》を見なきゃ。

未耶は、消えてはいなかった。触手は綺麗《きれい》さっぱりなくなっているのに、犯された身体はそのままで。見なれた図書室の床に横たわっているのは、下半身をなくして内臓を露出《ろしゅつ》した俺の幼馴《おさなな》染《じみ》だった。

なんでだよ。

炭になっていれば、まだ納得《なっとく》ができたのに。それとも、やはり『狂気産む黒の山羊《シュブ・ニグラス》』の身体が巨大すぎて、未耶まで燃やすことができなかったのか。エレシュキガル辺りに聞けば適当な答えが返ってくるのだろうが、今はそんなことはどうでもよくて。

「あれ……イツキ……」

こいつが目を覚ましたことに、驚《おどろ》くしかなくて。

後から聞いた話だと、もう人間に見えている部分もかなり『狂気産む黒の山羊《シュブ・ニグラス》』に侵食《しんしょく》されていたから、こんな死んでるはずの状態でもわずかな意識があったのだという。つまり、もう人間じゃない別物だから、まだ生きていられたというだけ。けど、そんなことはこの時はわからなかったから。

ただただ、呆然《ぼうぜん》とするばかりで。瀕死《ひんし》の未耶の肩を抱いて、手を握った。

「んー……あたし、なあにしてた？　というか、なにがあったの？」

「な、なあ、喋《しゃべ》るな、喋るなよ未耶」

いずれ瀕死。喋ろうが喋るまいが死ぬことには変わらない。

神様は本当に残酷《ざんこく》だ。こんな、最期《さいご》の別れの時間なんて必要ない。未練が募《つの》って気が狂いそうになるだけなのに。

「そうだ、あたし、イツキに言わなくちゃ……」

「なん、なんだよ。なんだよそれ。言わなくちゃならないことなんて」

謝らなきゃいけないのは、こっちのほうだ。

ごめん。守れなくて、ごめん。大切にできなくてごめん。もうお前は、多分目も濁《にご》って視界も朦朧《もうろう》としてんだろ。自分の下半身が酷《ひど》い有様になっていることにも気付いてるか？　そんな風にしたのは俺なんだよ、ごめん。

なのに。

「嫌《いや》がらせなんて言って、ごめんね……あたし、変なこと言って、フッて、イツキ、悩ませちゃったね……」

なんでお前が、謝るんだよ。

後悔《こうかい》してくれていたのか。あの、屋上での告白を。それで、多分、きっと未耶《みや》もすごく悩んで、悔《く》やんで、だから今ここで謝って。

「やっぱ、好き」

そんな、酷い言葉を。

「諦《あきら》められないよぉ……！　やっぱ、やっぱ好きだよ、好きだよイツキ。だから、だからさ……！」

聞きたくない。聞かなくちゃいけないのはわかってる。けど、けどさ。こんなのって。

「助けて」

それを最期《さいご》の言葉とするのか。

懇願《こんがん》の顔のまま、わずかに開いた瞳のまま、未耶が動きを止めた。その表情が再び動くことはないと、知っていた。ここで今、わずかだけでも会話できたことが奇跡《きせき》なのだ。きっと意識が朦朧としていて痛みすら感じられなかったはずで。

　助けられなかった。俺のせいで追い詰めた。その結果が、こんなもの。ああ、俺になにができた。瀕死《ひんし》の状態で助けてなんて言われたところで、俺には何かを言うことすらできなかった。そんな力は俺にはなかった。

　ふと、顔をあげた。隣で佇《たたず》んでいたリヴルが泣いていた。

　俺と同じように、泣いていた。

「……………リヴル」

「イエス、マイライター」

　受け答えはいつも通り。しゃくりあげもしないし、泣き声をあげたりもしない。けれども、確かにリヴルの綺麗《きれい》な瞳の端《はし》からは、月に照らされる雫《しずく》がこぼれ落ちていた。

「お前、泣いてんぞ」

　言われて初めて気づいたというように、リヴルが自分の頬《ほお》を撫《な》でた。なんだこいつ、ちゃんと人間みたいに泣けるんじゃないか。本人は、瞳から流れる水がなんなのか、よくわかってないみたいな顔してるけどさ。

「……………泣いていません」

　意地をはるように、彼女はそう答えた。答えてくれた。

　それだけで、なんだかほっとした。

理由なんて説明できないけど、ほっとしてしまったのだ。

未耶《みや》とは一度会っただけのはずなのに、それでもリヴルが泣いてくれたから。

俺は未耶の死体を見る。下半身は目も当てられない酷《ひど》い有様だけれども、顔だけは綺麗《きれい》なまだった。俺の守りたくて守れなかった、矢口《やぐち》未耶だった。

俺が、死なせたのだ。

俺のせいだ。誰がなんと言おうと、俺のせいだ。俺が選択を誤らなければ、その隙《すき》を襲《おそ》われることはなかった。俺がもっとしっかりしていれば、守りきれたはずなのだ。

「――――――――――――――――ッ！」

『無貌《ナイアルラトホテップ》』のごとく、俺は月に慟哭《どうこく》した。声なき声で悲嘆《ひたん》を告げた。聞いているのは、正しく金に光る月と、無表情で涙を流すリヴルだけだった。

ただ、それだけだった。

エピローグ

後日談だ。

まずは『邪神秘法書《ネクロノミコン》』のことから。未耶《みや》が死んだ後、俺はあの本を読んだ。それで封印《ふういん》は完了するというから、必要な作業だった。難《むずか》しい文字や、見たら発狂する挿絵《さしえ》が書いてあるのかとビクビクしながら読んだのだが、中身はあの色ボケ女の独白そのものだった。リヴルによれば、死書がなにを考えていたのか、知る必要があるのだという。だからこんな、他人の日記を覗《のぞ》くようなスタイルになっているらしい。封印が完了すれば、きちんと邪神《じゃしん》や異端《いたん》種族のことを書いた魔導書となる、と言っていた。

相変わらず訳のわからない仕組みだ。

内容を要約する。『死想《しそう》図書館はエレジュキガルの兵器庫なの♪　あの神様は魔導書を集めて姉のイシュタルに反逆するつもりよ♪　「筆記官《ライター》」のお兄さん、私と一緒にあのロリ神様の野望を食い止めてみないかなぁ♪』なんて書いてあった。

本当なのかどうか、判断する材料はなかった。どっちにしてもこの色ボケ死書についていく気はなかった。矢口《やぐち》未耶を殺した張本人なわけだし。

それに、俺はもう『筆記官《ライター》』じゃない。

エレシュキガルには、もう『筆記官《ライター》』を辞《や》めると告げた。色々と脅《おど》されたし、『筆記官《ライター》』は一度決めたら辞めることなどできないとも言われたのだが、俺はそれを嘘《うそ》だと見抜いていた。簡単なことだ。『筆記官《ライター》』となる時、俺は『真白き本』に契約《けいやく》のための名前を書かされた。名前を書かされたということは、契約は自由意志。つまりそこに、俺の意志が介入する隙《すき》がある。

結論から言ってしまえば、『筆記官《ライター》』の候補は俺以外にもいるのだ。

そいつらに頼めばいい。だって、候補が俺しかいないのならば、最初から『真白き本』に俺の名前を書けばいいだろう。フェイルセーフが俺だけだというのならば、説得だの脅迫《きょうはく》だのという手段に訴えずに、最初っから逃げられない仕組みを作ってしまえば良かったのだ。

それを指摘《してき》してやると、エレシュキガルは負けを認めた。かなりしぶっていたが、結局俺を二度と死想図書館に呼ばないことで、話がついた。存外あっさりしたもんだった。

だから、俺はいつも通りの日常へと帰還する。なにも変わらず学校に行って、授業を受けて、帰れば妹や母と話して、妙《みょう》な夢を見ずに眠る。ただそれだけのことだ。

だけど、そこに未耶はいない。

俺はもう、嫌《いや》だった。『筆記官《ライター》』を降りたのは、未耶みたいに守りたくても守れないやつを、また量産してしまうと思ったからだ。そう、たとえばユズキや、母親や、それ以外にも友人を。

未耶みたいに、失うのはごめんだった。

ああ、それに未耶は特に最悪だ。だって、剝離《はくり》して心も離れたまま、未耶の身体はズタボロにされて。最期《さいご》の別れは綺麗《きれい》には見えたかもしれないけど、でもろくな言葉も言えなかった。最悪の死別じゃないか。

だから、もういい。

守れる力なんかいらなかった。死想図書館でもなんでも、好きにやってくれ。俺はもう、ただ忘れる。あの悪夢を丸ごとひっくるめて忘れて、未耶《みや》のいない世界で生きていく。

だって、そうするしかないだろう。未耶がいないのが現実なんだか（不具合《エラー》が発生しました）（記述内容と合致《がっち》する死書を検索《けんさく》できませんでした）（これまでの記述内容は消去されます）（改めて書きなおす場合は、死書の再検索から実行してください）

「…………」

やっぱ、ダメか。俺は大きく溜息《ためいき》をついてから、『真白き本』を閉じた。わずかに紙と紙がこすれあう音がしただけで、この本は俺に対しての肯定《こうてい》も否定もしてくれなかった。

こうあってほしいという妄想《もうそう》を『真白き本』に書き込んでみた。けれど、それだけじゃ想像の具現はできない。この本は、万能ではないのだから。それに書いた内容は、現実とは明らかに違う。

俺は、神様じゃない。その真似事《まねごと》すらもできていない。現実はただただ無慈悲《むじひ》なまでに、それに翻弄《ほんろう》される俺たちのことなど一瞥《いちべつ》もせずに押し流してしまう。羽ペンと『真白き本』があったところで、俺は自分のやりたかったことがなに一つできていない。なんだよ、こんなヒーロー、どんな本にも出てこなかったぞ。

危《あや》うい綱渡《つなわた》りは、まだ終わらない。いや、中間地点も過ぎてない。

だって、現実には。

俺は『筆記官《ライター》』を辞《や》めてもいなければ。

未耶だって、死んではいないのだから。


今俺がいるのは、エレシュキガルの部屋。全体を紫《むらさき》で統一された、狭い部屋だ。こいつこんなところで寝起きしているのか。道理で死想図書館に頻繁《ひんぱん》に出入りしているはずである。あっちは相当広いからな。

俺はエレシュキガルに、今回の顚末《てんまつ》を報告がてら、『真白き本』で戯《たわむ》れていた。戯言《ざれごと》を書いていたのである。

「どうして、未耶を生き返らせたんだ、エレシュキガル」

紫の布という、悪趣味なベッドに横たわる女神。今日は調子がいいほうなのか、文庫本を読みながら俺と相対していた。

「んー？　それはもちろん、余は死と生の女神じゃからの。死人を生き返らすことなど造作もないわ」

文庫に目を通しながら、話半分という様子である。すげえムカつく。

「そんなことは知ってるんだよ。お前、だってさ、こないだ死人を生き返らせるのはダメだって言ってたじゃないか。規則がどうとか、バランスがどうとかさ」

「うむ。だからあの娘を元の通りにしたのは、今回限り。これが最初で最後ということじゃ」

なんでそこまでして、とは言わない。

未耶《みや》を生き返らせた理由、そんなのはわかりきっている。エレシュキガルは、俺に『筆記官《ライター》』を続けてほしいのだ。さっき『真白き本』に書いた妄想《もうそう》とは違い、生憎《あいにく》と俺の代わりはいない。俺がやる気を失ってしまえば、死想図書館の封印《ふういん》を執行《しっこう》できるやつがいなくなる。

だから、未耶を生き返らせた。

守るべき者を守れるように。俺がもう、二度と失敗できないように。

「どうした、イツキ？　嫌《いや》だったかの？」

「ああ、嫌だな」

未耶は死んだ。死んだのだ。

それは、俺たちの行動の結果だろ。介入するなよ神様。自分で手は出さないというルール作っておいて、都合が悪くなればその力を使ってくる。振り回されるのは俺と――なにより未耶だ。

死なせてあげてくれよ。

ほとんど抜けがらみたいだった俺が学校に行った時、隣に未耶が当たり前のように座っていた。あん時は俺が死ぬかと思ったぜ。心臓麻痺《まひ》で。

「あの娘がおれば、お主は守らなくてはならんじゃろ。今度こそ逃げだせぬ。一度死なせてしまった娘、お主が逃げだせば今度こそ死んでしまうはずじゃ——実際はお主などいなくともあの娘は生きていけるはずじゃが、少なくともお主はそんな、妄想《もうそう》に似た脅迫《きょうはく》観念を頭の片隅《かたすみ》に置いておるはずなのじゃろう？」

ああ、そうだな。

死書どもには、俺が『筆記官《ライター》』の素質をもつというだけで危険なのだ。だから、俺を狙《ねら》う。俺と、俺の周りのやつを狙う。あの色ボケ死書だけじゃない。他のやつが未耶を狙う可能性だってある。

その時、俺は今度こそ守らなくてはならないのだ。

もう失えない。剝離《はくり》できない。

けど、けどさ、けどさあ！

「自信がねえよ、エレシュキガル」

「お主なら大丈夫じゃ。最初の失敗など誰でもするもの、じゃからこそ、あの娘を生き返らせて失敗を帳消しにしてやったじゃろ？」

だから、倒《たお》れるなと言った。簡単に倒れるなど許さないと。どれだけ叩《たた》かれても打ちのめされても、仕事だけはきちんとやれ、ということだ。そういうの、拷問《ごうもん》じゃね？　もう、やめさせてほしかった。けど未耶《みや》がいる以上、それもできない。続けるしかないのだ、『筆記官《ライター》』。

「バランスが崩れるって言ってただろ。それはどうなるんだ」

「その点については」
・さて、俺は言いたい。この期《ご》に及《およ》んで新キャラ登場だというその事実に、溢《あふ》れんばかりの文句をな。伏線なんて張ってあったか？　覚えてねえよ。
狭い部屋に、がちゃがちゃという金属音。ベッドと俺が座ってしまえばそれだけでいっぱいの三畳半くらいしかない部屋に、更に人が侵入《しんにゅう》してきた。もちろん、俺が背にしている扉から。

「私から説明します」

首筋に、冷たい感触《かんしょく》。

ちょ、おい待て待て待て！　なんだこれ！　俺の周りがいつの間にか剣とか刀とかその他刃のついた武器で囲まれてんだけど！

「は……な、お」

「私はイシュタル。エレシュキガルの姉です。全ての中庸《ちゅうよう》と秩序《ちつじょ》を司《つかさど》る女神です。妹と同じく、この名前は便宜《べんぎ》的なものですのでどうぞご理解を――矢口《やぐち》未耶を生き返らせる許可をだしたのは、私です。妹の今回の死者蘇生《そせい》については、協議の上で良しとしました」

二十はありそうな武器をすべて両手に構えて（職人芸的な持ち方で重そうな武器を器用に摑《つか》んでいた）、白銀の鎧《よろい》をまとった女は告げた。姉、とはいうもののエレシュキガルにある気だるさは微塵《みじん》もない。輝く白い肌、なびく金髪は、内側から光り輝いているようにすら見えた。エレシュキガルの、暗く怠惰《たいだ》な様子とは大違いだ。

すご一く美人なことだけ、よくわかった。

「ちょ、お前……いきなり客人に向かってなんてことしてやがる！」

武具に囲まれて一ミリも動けねえよ！　頭だって五センチ横に動かしたらそれだけで原形をとどめないほどに破壊されてしまいそう。密集する金属の林。

「いえ、ただ、この特例事項。貴方《あなた》にはきちんと理解していただこうと思っただけです、『筆記官《ライター》』。全ての生き物の生まれる時期と死ぬ時期については妹が、その間の秩序と統制については私が予《あらかじ》め定めています。これを中途で変更することは、それぞれの予定に支障が生じるため、私と妹は、その行為を厳重に禁じていたのですが——それを、貴方が原因で変更せざるをえなくなりました。この代償《だいしょう》は、矢口未耶の精神的な時間軸《じく》を戻すことで補います。死書に関する記憶《きおく》を全て削除し、変わりに平穏無事な日常の記憶を補塡《ほてん》します。無論、それでも問題は諸々ありますが、それについてはなんとかしましょう。可愛《かわい》い妹の頼みです」

記憶。記憶を消すと。

それについては、異論はなかった。あの死書の記憶など、忘れたほうがいいに決まっている。

そうやって、人間をいじくって玩具《おもちゃ》みたいにするのは業腹《ごうはら》だが、けれどそれはもう、ずっと前からこの女神どもはそうしていたはずなのだ。今更言っても、多分どうしようもない。

でも、それなら、今の未耶《みや》は？

俺のことを嫌いなのか、好きなのか。いや、最後に好きだと未耶は言ってくれたけど——アイツは、揺れていたのだ。俺を結局、諦《あきら》めたいのか好きなままでいたいのか、未耶自身もわかっていない。

そうして、俺はどうすればいい？　未耶とどんな距離をとればいい？

それすら俺は失敗できない。未耶が『邪神秘法書《ネクロノミコン》』に狙《ねら》われた理由が彼女の心の隙間《すきま》であったというのなら、俺の下手《へた》な動きはまた彼女を危険にさらすことになる。俺が『筆記官《ライター》』を続けるなら、未耶の危険はまだ続いている。

「貴方《あなた》が矢口《やぐち》未耶とどのような関係を続けるかなど、私の関知するところではありません」

うるせえ。なにも言ってねえよ。勝手に心を読んで勝手なこと言うな。

「私の仕事も妹の仕事も増えることになり、諸々の面倒《めんどう》事もありますが、それについては我々は納得《なっとく》済みです。協議の上でね。そういった、我々の負担が増えることはご承知願いたいのですが、そこまで貴方ごときに責任を問おうなどとは思いません」

ごとき、ごときとか言ったかこのキンキラ女神。ていうか、じゃあなんで俺こんな風に殺されかけてんだよ。

「私から告げることは、一つです。今回だけ、妹がどうしてもと言うので、秩序《ちつじょ》を曲げることを承知しました。けれどそれは今回だけです。次、もし妹から同様の申し出があった場合、私は躊躇《ちゅうちょ》なく貴方の存在を抹消《まっしょう》します」

「…………おい」

「貴方がその申し出の際に関係あるかないか、それは無視します。悪《あ》しき前例を作った貴方を抹殺します。精々気をつけなさい。人の生き死にはもちろん、私の作った世界の秩序を変更するような申し出が妹からあれば、私はどんな手を使ってもこの無数の武具で貴方のいた痕跡《こんせき》を消し去ります」

おいおい、言ってくれるなあこの女。言っとくが、今回のことはエレシュキガルが勝手にしたことだぞ。俺はなにも言ってねえ。それを俺一人が全部悪いみたいな言い方しやがって。

「おかしいじゃねえか。お前、人のこと予定外に殺したり生き返らせたりができないんだろ？だったら俺にだってそれが適用されるんじゃないのか？」

「む？　誰が殺すなどと甘いことを言いましたか？」

心底不思議そうに、イシュタルは首をかしげる。本当に首だけを傾《かたむ》ける動作で、二十近い武器を構えている両手は一ミクロンも動かねえ。なんなんだよこのウエポンマニア。

「存在の抹消は、秩序の女神たる私が行使できる権限の一つです。秩序を守るために、過去何世紀にもさかのぼり、貴方の先祖の痕跡までを全て排《はい》します。いいですか、貴方が出生する可能性の芽を、一つ残らず消し去っていく、ということです。死ぬのではありません、初めからどこにもおらず、またどうあっても生まれることのないように、『調整』するのです。殺害ではないので、どうか勘違いのなきよう」

ははは、さすが女神様。言ってることのスケールが違う。しかも調整と言ったか。命なんてなんとも思っていないような口ぶりじゃないか。

まったく好き勝手な女神様である。お前、妹もっと大事にしろよ。お前が来てからエレシュキガルが一言も喋《しゃべ》ってないじゃん。怯《おび》えてんのか萎縮《いしゅく》してんのか知らねえけどさ。

俺が妹を大事にするくらい、大事にしてみやがれ。

「では、以上です」

それだけ言って、イシュタルは俺に向けていた無数の武具を引き抜き、白銀の鎧《よろい》に魔法のように接着していった。大小の剣は腰に、弓や槍《やり》、斧《おの》は背中に。そうして、こちらも見ずに部屋から出ていった。なんだアイツ、妹に見舞いの言葉もなかった。

「くふふ」

安心したように、エレシュキガルが口を開いた——そう見えたのは、俺の錯覚《さっかく》だったろうか。

「姉者は忙《いそが》しいのじゃ。許してやっておくれ」

俺は別にいい。今回使えた反則技が次はないだけだ。綱渡《つなわた》りが少々厳しくなった程度。

けど、エレシュキガルがそうまでして姉をかばったのが、少しだけ痛々しい。そう思った。

ああ、ちくしょう、あの超ツンデレ姉（デレがいつになるかは知らん）のせいで、この女神が可愛《かわい》く見えてしまった。

「……ま、わかったよ。次はないんだろ」

そうして、未耶《みや》の記憶も剥奪《はくだつ》された。

ということは、つまりだ。あの告白もさ、なかったことになるんだろ。もう好きじゃないって言った未耶。だけどあの日のことも、一切帳消しになる。もしかしたら、また未耶からいつか、諦《あきら》めると断言される日が来るかもしれない。

また、剥離する。脱皮のように剥《は》がれてしまう。

その時、エレシュキガルが助けてくれるとは思えなかった。彼女とイシュタルが言ったのだ。例外なのだから、と。こういったボーナスは今回限り。次はない。

何度でも言う。もう失敗はできないのだ。

「なあ、エレシュキガル。『邪神秘法書《ネクロノミコン》』が言っていたんだ——つか、封印《ふういん》した時、アイツの本に書いてあった。死想図書館はアンタの兵器庫で、アンタは姉貴に反逆するために死書を増やして力を蓄《たくわ》えているって。『邪神秘法書《ネクロノミコン》』はそれが嫌《いや》で図書館を脱走したみたいなんだけど——これって、本当か？」

本人に直接聞いたのは、なんということもない。

俺だって、こんなの与太話の一歩手前だと思っているからだ。この風邪《かぜ》ひき女神がそんなことを考えているとは思えないし、仮に本当だとしてもエレシュキガルは誤魔化《ごまか》さず、それは本当だと答えると思ったからだ。

俺の家族を脅《おど》した時も、そう。

きっとこの女神は、本質的には悪事が苦手なのだ。

それに、もしイシュタルに反逆するって言うなら手伝うぜ？　あの女は俺としてもいけ好かない。あの無数の武器を突き付けられたとき、やっぱり怖《こわ》かったんだぜ？

「うむ、そういう見方もできるやもしれんの」

「………………」

「『邪神秘法書《ネクロノミコン》』は力は強いが、歴史ある死書の中ではまだまだ新参者、子供と言ってもよい。大方、余を嫌う別の死書にそんな話を聞かされて、丸ごと信じてしまったというところかの？正義感もあったかもしれんの」

エレシュキガルがそう言って、溜息《ためいき》をついた。どこか残念そうだった。そうか、こいつ、あんまり所蔵図書に好かれてはいないのか。

いや、まあ、俺だって苦手な相手ではあるんだがよ。

「死想図書館は、確かに余の財産であり力と見ることもできる。『邪神秘法書《ネクロノミコン》』は生まれてすぐに死想図書館へ放り込まれたからの、あの施設《しせつ》を牢獄《ろうごく》と思ってしまうかもしれぬ。それならばさっきのような話を信じて、余を悪人にしたてることもあるじゃろう。けど、イツキ、余は断じて、そんな理由で死想図書館を作ったわけではないのじゃ」

エレシュキガルが、文庫を読むのをやめて、ベッドの上でもぞもぞと布団にこもってしまった。新手の昆虫《こんちゅう》のようにも見える。頭に触覚《しょっかく》とか生えてねえかな。

あったら存外、可愛《かわい》い気もするんだけど。

「イツキ」

「なんだ？」

「お主は、この世のどこにもないものがどこにあるか、知っておるか？」

いきなり、脈絡のない話になった。

いや、多分話はつながっているのだろう。まだどこにつながるか見えないだけだ。エレシュキガルが、布団からわずかに目だけを覗《のぞ》かせて、こちらを窺《うかが》ってくる。

「どこにもないんなら、どこにもないんだろ？」

「正解じゃ。どこにもないものは、すなわち『無』にある」

なんの哲学《てつがく》だ。言い方変えただけじゃないのか、それって。

「その昔、はるかはるか昔じゃ。人も、物も。ありとあらゆるものも、死んだら『無』へと行った。お主は、想像できるかの？　『無』というのは本当になにもない。なにもないと思う心さえない。寂《さみ》しく寂《さび》しい、とても寂しいところなのじゃ」

「…………」

「余は、それが嫌《いや》じゃった。あんなところへなにかが行くというのが耐えられなかった。『無』に落ちたものの声は、暗く寂しく悲しく辛《つら》いものじゃった。だから死の世界を作ったのじゃ。人が死ねば冥界《めいかい》に。本が死ねば図書館に。食が死ねばレストランに。物が死ねば工房に。そうして、少しでも『無』へと迷いこむものを減らそうと思ったのじゃ。おかげで、『無』にあるものは相当減った。『無』にあるのは、真実どこにもないものだけ。昔あったもの、あったかもしれないもの、空想の中だけにあったものは、余の施設にちゃんと来る。死想図書館のようにの？」

けど、とエレシュキガルは続ける。

「けど、余が作った死想図書館は、死書らには、あんまり居心地のいい場所じゃなかったのかもしれぬのう………」

出た、出たよ弱気女神様。

ま、今日のへこみ具合はそんなでもないから許してやろう。これが行き過ぎるとエレシュキガルはリヴルに泣きつくから、弱い者いじめしているような気分になるのだ。

それこそ、故意だか天然か知らないが、この女神の策略に違いない。

「……なら、俺が居心地よくしてやるよ。死書どもが、出ていけっていっても意地でも動きたくなくなるような、そんな場所にな」

そう言って、風邪《かぜ》ひき女神のベッドをぽんぽんと撫《な》でた。ああ、そういや昔ユズキが風邪ひいた時も、同じように看病してやったっけ。こうして見ると子供なんてのはどこでも一緒なんだと思えてくる。

神様も、ウチの妹も、変わんねえ。

「さっきまでなに読んでたんだ、お前」

「うむ。気になるかの？『死想図書館のリヴル・ブランシェ』という本なんじゃが」

「……………あー、聞かねえ聞かねえ。それは俺聞いちゃいけないことだわー」

踏み込んではいけない禁断領域。すぐさま記憶から消去する。よし消去完了。便利なもんだ。世の中、聞いてしまえば発狂《はっきょう》する禁断知識ってのはあるからな。今のはその類だ。

「イツキ」

「ん？」

最後に、死の女神は笑う。

「姉者に、お主の幼馴染《おさななじみ》のことを頼んだのは、確かにお主に『筆記官《ライター》』を続けてほしかったのもあるんじゃがの……半分は、お主が哀《あわ》れだったからじゃ。あまりにな」

哀れって言うな。

「一度くらいの失敗は、しても良いんじゃぞ？」

それは、もう俺には失敗できないと言われているようだった。だって俺は一回失敗してるんだから。やっぱりこの女神性格悪《わり》ぃよ。暗に脅迫《きょうはく》して、発破をかけているんだから。いや、俺がそう勘違いしているだけか？

俺は、それには答えなかった。迂闊《うかつ》に答えられない質問だと思った。

「お大事にな」

だから、そう言うしかない。エレシュキガルは素直《すなお》にうんと呟《つぶや》いて、そのまま毛布を頭からかぶったのだった。


俺の妄想《もうそう》。未耶《みや》に死んだままでいてほしいというのは、今でも嘘《うそ》じゃない。かといって、生き返ってほしくなかったというわけでもない。そこらへんは、なんだ、青少年の複雑な心理なんだよ。

でも、でもさ。

実はもしかしたら、『筆記官《ライター》』を辞《や》めたいというのは、本心ではなかったのかもしれないとも思う。だってさ。

俺の下僕《げぼく》、いなくなっちゃうだろ？

「リヴルー、帰ったぞ」

なんか新婚の旦那《だんな》みたいなセリフになった。いや、エレシュキガルの部屋から帰ってきただけなんだけどな？

「はい、イツキ様。エレシュキガル様のお加減はいかがでしたか？」

「アイツもっと風邪《かぜ》ひいたほうがいいな」

元気だとうざくてうざくて仕方がない。とにかく疲《つか》れたので、俺は一言リヴルに紅茶をくれと言った。忠実なメイドはすぐさま準備に取りかかる。いやあ、やっぱどう見ても司書というよりはメイドだよなあ。服装も行動も全部。

「きゃーん♪　おっかえりなっさーいア、ナ、タ♪」

そして。

俺の指定席。いつものデスクのところに、なんかいやがった。ヘビみたいに身体をくねくねさせてる色ボケ死書。褐色《かっしょく》肌のベリーダンサー。

『邪神秘法書《ネクロノミコン》』。

「リヴル。紅茶ポットのまま持ってこい。こいつにぶっかける」

「はうっ⁉　ちょっと！　そんなことしたらシミになっちゃうでしょ♪」

その割には語尾のマークがとれてねえぞ。マゾか。マゾなのか。そうだとしたらますます俺の好みからは遠ざかってんぞ。

「お前、大人しく本の姿になってろよ……」

「やあよ、こんなかび臭《くさ》いところで本のままじっとしていたら虫に食われちゃう。これは防虫対策なのよ♪」

「死書は定期的に虫干しを行っております。湿気《しっけ》の対策も万全ですので、虫に食われるようなことはありません。イツキ様、紅茶をお持ちしました」

こいつ俺に対しては腰が低いのに、死書には強気なんだよなあ。

そういう序列なのかもしれない、と思った。死書はリヴルに、リヴルは俺に、俺はエレシュキガルに逆らえない。この場における関係はただ縦割りだ。リヴルはずっと、ついてきてくれた。

そういう風に作られているって？

いや、違う。だって、リヴルにも感情がある。命令を聞いて遂行《すいこう》するだけの機械じゃない。本人は気づいていないかもしれないけれど――でもこいつ、未耶《みや》が死んだ時に泣いたんだから。

泣いてくれたんだから。

「リヴルちゃん、ひどい……………みんなして私をいじめるのね、よよよよよ♪」

「いいからどきやがれ。そこは俺の席だぞ『邪神秘法書《ネクロノミコン》』」

もう失敗はしないと決めた。

ただ、少しだけ休憩《きゅうけい》しよう。この、歪《いびつ》な月が窓から見える異界の図書館で、少しだけ休もう。剥離《はくり》していくものに執着《しゅうちゃく》するのはダメだと、俺は以前未耶に言った。

でも、執着を振り払うには、少しだけ時間がいる。休息も。

「おい」

「あら、なにかしら♪　夜伽《よとぎ》ならリヴルちゃんだけじゃなくて私にもできるわよ♪　千夜一夜の夢を見させてあ、げ、る♪」

「まだお前のこと、許したわけじゃないからな」

『邪神秘法書《ネクロノミコン》』は未耶のことを狙《ねら》ったのは確かだ。たとえその原因が俺にあるのだとしても。

そのことを許す気はない。今はまだ、な。これからのこの死書の働き如何《いかん》では、わからないが。

お人好《よ》しじゃない。

俺はただ、ぬるく甘いだけだ。そんな俺に、『邪神秘法書《ネクロノミコン》』はただただお気楽な顔で頷《うなず》くだけだった。

とりあえず、俺はリヴルになにか面白《おもしろ》い本を持ってきてくれと頼んだ。なんでもいいから、笑えそうなものをと。

「イエス、マイライター」

リヴルは間髪《かんはつ》いれずにこう返事して、本を持ってきてくれる。あれだ、なんだかんだ言ってもさ。

リヴルが選んでくれる本は、面白いんだよ。悔《くや》しいことにさ。

視界の右端《みぎはし》で邪神《じゃしん》の本が読まれたーい♪　と手をあげた。けどお前ダメだから。読んだら俺多分死んじゃうから。リヴルに頼むのが全然いいから。

また今度、リヴルの頭を撫《な》でてやろう。

ペットの犬にするようなそんなことを思って、俺は紅茶を一口すすった。あとどれだけ頭を撫《な》でてやれば、リヴルは笑顔を見せてくれるのだろうか。
そんな他愛《たわい》もないことを、ただゆっくりと考えた。

あとがき

（BGM「禁書」by ALI PROJECT）

お久しぶりというほど間が空いていませんね。二ヶ月連続刊行なんていきなりやるとは思いませんでした。さすがワーカホリックの担当Mさんです。九罰《くばつ》Ⅲから一ヵ月ぶりです、折口良乃《おりぐちよしの》です。

新人のくせに新しいシリーズだと調子にのるなこのクズ、などということは言わないでくださぃ。担当さんと以下のような経緯があったのです。ほら、メディアワークス文庫ってあるじゃないですか。あの関係で。

担当Mさん「折口さん、メディアワークス文庫でなにか書きませんか？」

俺「あ、じゃあ今丁度《ちょうど》書いている作品があるので、それができたらお見せしますよ（九罰Ⅲと同時進行でやっていました）」

それでまあ、完成しまして。

担当Mさん「リヴル手堅いので出版しますけど、メディアワークス文庫はイラストがあまり多くないので、電撃文庫のほうがいいと思うんですがどうですか？」

俺「（えっ、挿絵《さしえ》が少ない……!?）あー、じゃあ電撃のほうがいいですかね？」

まあかなり要約しましたが、出版の経緯としてはこんなところです。メイド、奴隷《どれい》、図書館、幼馴染《おさななじみ》、アヘ顔、グロテスクなどなど、ぶっちゃけ自分の好きな要素を鍋《なべ》のようにごった盛りにした作品です。どこかの這《は》い寄る混沌《こんとん》はバールのようなものを振り回している美少女だそうですが、こっちはただの黒くて口の悪い兄ちゃんです。

真面目《まじめ》な話。

『九罰《くばつ》の悪魔《あくま》召喚術《しょうかんじゅつ》』で書いたのは、『並列』の関係性でした。あの作品の中で、悪魔と人間は相棒となり、お互いがお互いを補いあう、そんな関係性を書いています。

しかし、『死想《しそう》図書館のリヴル・ブランシェ』は『上意下達《じょういかたつ》』の関係性です。横並びではなく縦割りの関係であり、リヴルは絶対にイツキの命令に逆らうことはありません。九罰では描けないものを描くことができれば良いと思っています。

では、最後にこの本にかかわってくださった方に感謝を。

編集Mさんはネーミングセンスが抜群です。エレシュキガルを『エレさん』、ナイアルラトホテップを『ナイアルさん』と略しての打ち合わせはこちらも楽しいですが、リヴルだけはさん付けなくて良いんですよ！　なにしろ奴隷ですから！

絵師のＫｅＧ《ケージ》さんはめっちゃ仕事のできる方です！　とても仕事の速い方で、むしろ自分の執筆が追い抜かれそうです。そのうちＫｅＧさんのイラストだけのリヴル・ブランシェが出版されるかもしれません。それは画集って言うんだよ！　自分のお気に入りはもちろんネクロノミコンです。

そのほか、何気なくいつも格好のネタをくれる家族、忘年会やその他の飲み会でお世話になりました作家様がた、細かいところまで修正をしてくださった校正さま、そしてなによりもこの本を買ってくださった皆様へ、最大限の感謝を。

それでは、次で会いましょう。いつ頃になることやら。

◉折口良乃著作リスト

「九罰の悪魔召喚術」（電撃文庫）
「九罰の悪魔召喚術II」（同）
「九罰の悪魔召喚術III」（同）

本書に対するご意見、ご感想をお寄せください。

■

あて先

〒160-8326 東京都新宿区西新宿4-34-7
アスキー・メディアワークス電撃文庫編集部
「折口良乃先生」係
「KeG先生」係

■

電撃文庫

死想図書館《しそうとしょかん》のリヴル・ブランシェ

折口良乃《おりぐちよしの》

発行　二〇一〇年四月十日　初版発行
　　　二〇一〇年七月二十二日　三版発行

発行者　髙野 潔
発行所　株式会社アスキー・メディアワークス
〒一六〇-八三二六 東京都新宿区西新宿四-三十四-七
電話〇三-六八六六-七三一一（編集）
発売元　株式会社角川グループパブリッシング
〒一〇二-八一七七 東京都千代田区富士見二-十三-三
電話〇三-三二三八-八六〇五（営業）
装丁者　荻窪裕司（META+MANIERA）
印刷・製本　株式会社暁印刷

ISBN978-4-04-868453-8 C0193

電撃文庫創刊に際して

文庫は、我が国にとどまらず、世界の書籍の流れのなかで〝小さな巨人〟としての地位を築いてきた。古今東西の名著を、廉価で手に入りやすい形で提供してきたからこそ、人は文庫を自分の師として、また青春の想い出として、語りついできたのである。

その源を、文化的にはドイツのレクラム文庫に求めるにせよ、規模の上でイギリスのペンギンブックスに求めるにせよ、いま文庫は知識人の層の多様化に従って、ますますその意義を大きくしていると言ってよい。

文庫出版の意味するものは、激動の現代のみならず将来にわたって、大きくなることはあっても、小さくなることはないだろう。

「電撃文庫」は、そのように多様化した対象に応え、歴史に耐えうる作品を収録するのはもちろん、新しい世紀を迎えるにあたって、既成の枠をこえる新鮮で強烈なアイ・オープナーたりたい。

その特異さ故に、この存在は、かつて文庫がはじめて出版世界に登場したときと、同じ戸惑いを読書人に与えるかもしれない。

しかし、〈Changing Times,Changing Publishing〉時代は変わって、出版も変わる。時を重ねるなかで、精神の糧として、心の一隅を占めるものとして、次なる文化の担い手の若者たちに確かな評価を得られると信じて、ここに「電撃文庫」を出版する。

1993年6月10日
角川歴彦

電撃文庫

死想図書館のリヴル・ブランシェ

折口良乃
イラスト／KeG

ISBN978-4-04-868453-8

お待ちしておりました、黒間イッキ様。貴方様は私をお使いになり、死書の封印をしていただきます。その過程において、この身はすべてイッキ様に隷属します。

お-13-4　1925

九罰の悪魔召喚術

折口良乃
イラスト／戍角 柾

ISBN978-4-04-867821-6

「天草の乱」成功後の景教国・日本。信仰心ゼロの少年・遠野九罰は、召喚した覚えのない美少女悪魔アイムにつきまとわれる毎日で……学園ゴシックストーリー開幕！

お-13-1　1770

九罰の悪魔召喚術Ⅱ《ドウ》

折口良乃
イラスト／戍角 柾

ISBN978-4-04-868139-1

アイムと共に街の悪魔召喚事件を解決した九罰だったが、再び天草国教庁からエクソシストが派遣された。今度の悪魔召喚事件の容疑者はなんと親友の羽堂征十郎で!?

お-13-2　1849

九罰の悪魔召喚術Ⅲ《トロア》

折口良乃
イラスト／戍角 柾

ISBN978-4-04-868396-8

丘の上の屋敷には魔女が住み、自身の悪魔と共に暮らしている――。アイムと共に居る方法を求め、九罰はそう噂される屋敷へと向かう。そこで待ち受けていたのは……。

お-13-3　1911

精恋三国志Ⅰ

奈々愁仁子
イラスト／甘塩コメコ

ISBN978-4-04-868458-3

まだ無名で流浪の武者修行を続ける無骨な趙雲と、彼の優しさに素直になれない優音。不器用な二人が繰り広げる三国志を舞台にしたお伽噺なラブストーリー、開幕！

な-13-1　1930

電撃文庫

輪環の魔導師　闇語りのアルカイン

渡瀬草一郎
イラスト／碧　風羽

ISBN978-4-8402-4066-6

全ての魔導師が畏怖する魔導具——〝還《ソ》流の輪環《リッド・トーラス》〟。その伝説の魔導具を巡ってセロの運命は大きく変わろうとしていた！　壮大なファンタジー冒険譚!!

わ-4-25　1510

輪環の魔導師2　旅の終わりの森

渡瀬草一郎
イラスト／碧　風羽

ISBN978-4-8402-4191-5

アルカインの仲間と合流するため、辺境の都市ロンバルドを訪れたセロたち。不思議な少女と出会い、助けを求められるが……。大人気ファンタジー第2弾！

わ-4-26　1566

輪環の魔導師3　竜骨の迷宮と黒狼の姫

渡瀬草一郎
イラスト／碧　風羽

ISBN978-4-04-867132-3

魔族に乗っ取られたエルフール王家。逃げ延びた姫君救出のため、潜伏先の街へと向かったセロたちだが、すでに魔族の手が伸びていて……。シリーズ第3弾!!

わ-4-27　1619

輪環の魔導師4　ハイヤードの竜使い

渡瀬草一郎
イラスト／碧　風羽

ISBN978-4-04-867268-9

魔族の将・ルナスティアが待つ王都に向かったセロたちは、途中、魔族に襲われていた女性を助けるが、彼女はセロのよく知る人物で——？　人気シリーズ第4弾！

わ-4-28　1664

輪環の魔導師5　傀儡の城

渡瀬草一郎
イラスト／碧　風羽

ISBN978-4-04-867598-7

捕らえられたセロとフィノを救うため、王都に乗り込んだアルカイン。西天将ルナスティアとの決着のゆくえは——？　王都奪還編クライマックス！

わ-4-29　1737

電撃文庫

輪環の魔導師6 賢人達の見る夢
渡瀬草一郎
イラスト／碧 風羽
ISBN978-4-04-867906-0
エルフール王国に滞在するセロ達のもとに〝楽人〟からの手紙が届く。その内容は意外にも!? 一方で、北天将・ルーファスも本格的に行動を開始し……。第6弾！
わ-4-30 1796

輪環の魔導師7 疾風の革命
渡瀬草一郎
イラスト／碧 風羽
ISBN978-4-04-868462-0
セロの中で呼び起こされる〝大罪戦争〟の記憶。その一方で、アルカインを退けた聖教会の騎士団と、北天将率いる魔族が対峙する。激動のシリーズ、第7弾！
わ-4-31 1934

偽りのドラグーン
三上 延
イラスト／椎名 優
ISBN978-4-04-867947-3
復讐を胸に秘めた亡国の王子ジャン。彼が謎めいた美少女ティアナと出会ったとき運命は動き出す。ティアナは名門の騎士学院に偽装入学させると言うのだが!?
み-6-24 1816

偽りのドラグーンII
三上 延
イラスト／椎名 優
ISBN978-4-04-868149-0
アダマスとの試合に勝ち、一躍時の人となったジャン。だが、執念深いアダマスはさらなる画策をする——その毒牙はジャンのよき理解者クリスへと向かい!?
み-6-25 1859

偽りのドラグーンIII
三上 延
イラスト／椎名 優
ISBN978-4-04-868460-6
騎士学院に新たな荒波が!? 突然やって来たウルス公国の公女サラ。彼女はジャンの許嫁だと言い放つ。なぜか、その言葉にティアナが過剰反応し!?
み-6-26 1932